SHIYOUYAQUZAIRENJIAN

时有雅趣在人间

SHIYOUYAQUZAIRENJIAN

老舍◎著

图书在版编目(CIP)数据

时有雅趣在人间 / 老舍著 . -- 北京：北京燕山出版社，2019.4
ISBN 978-7-5402-5375-2

Ⅰ.①时… Ⅱ.①老… Ⅲ.①散文集—中国—现代 Ⅳ.① I266

中国版本图书馆 CIP 数据核字（2019）第 069360 号

时有雅趣在人间

著　　者	老　舍
责任编辑	贾　勇　王　迪
封面设计	末末美书
责任校对	石　英
出版发行	北京燕山出版社有限公司
社　　址	北京市丰台区东铁营苇子坑路 138 号
电　　话	010-65240430
邮　　编	100078
印　　刷	北京德富泰印务有限公司
开　　本	880mm×1230mm　1/32
字　　数	240 千字
印　　张	10
版　　次	2019 年 5 月第 1 版
印　　次	2019 年 5 月第 1 次印刷
定　　价	32.00 元

版权所有　盗版必究

出版说明

老舍(1899—1966),原名舒庆春,字舍予,满族,北京人。老舍一生著述颇丰,在长篇小说、中短篇小说、散文、戏剧、文论等方面均有建树。文笔生动、语言幽默,善于刻画市民阶层的生活和心理,用语富含北京地方色彩。

在老舍先生诞辰120周年之际,我们策划了《时有雅趣在人间》一书。全书由"在英国,在国内山河""时有雅趣在人间""严肃得很""从心而论""一些人,常在心"五部分组成,精选老舍先生的作品数篇,加以精心编排,以此纪念先贤,并飨悦读者。

老舍先生是一位语言大师,他在遣词造句以及标点符号的运用上都极为讲究。但随着社会的发展,国家逐渐制订了一些现代语言文字规范标准。此次出版《时有雅趣在人间》,我们在力求保持作品原貌的基础上,参照国家现行语言文字标准,对所选作品进行了一定规范。例如,"作梦"改为"做梦","多嗏"改为"多咱","跌了一交"改为"跌了一跤",等等。另外,一些外来名词,由于近现代音译原因,与现行词汇有所出入,但并不属于错误,为了帮助读者更准确地理解词义,我们在这些名词后面加"( )"作补充说明。例如,"佛朗"规范为"佛朗(法郎)","科仑布"规范为"科仑布(哥伦布)",等等。

我们希望,通过这些出版整理工作,能够给读者带去美好的阅读体验。但由于自身水平有限,难免处理不当,如有不足之处,敬请方家指正。

目录

在英国，在国内山河

到了济南 / 3

一些印象（选章）/ 11

更大一些的想象（济南通信）/ 19

头一天 / 22

还想着它 / 27

春　风 / 34

青岛与我 / 36

青岛与山大 / 39

想北平 / 43

英国人 / 46

我的几个房东——留英回忆之二 / 50

东方学院——留英回忆之三 / 55

大明湖之春 / 60

英国人与猫狗 / 63

五月的青岛 / 68

在成都 / 70

滇行短记 / 72

可爱的成都 / 90

青蓉略记 / 93

时有雅趣在人间

济南的药集 / 103

吃莲花的 / 106

小麻雀 / 109

落花生 / 112

小动物们 / 115

小动物们（鸽）续 / 120

西红柿 / 127

母　鸡 / 129

多鼠斋杂谈 / 131

猫 / 143

严肃得很

神的游戏 / 149

鬼与狐 / 152

谈幽默 / 155

"幽默"的危险 / 161

兔儿爷 / 166

灵的文学与佛教 / 168

我的"话" / 173

什么是幽默? / 178

从心而论

新年醉话 / 183

抬头见喜 / 185

大发议论 / 188

小　病 / 193

避　暑 / 196

习　惯 / 200

又是一年芳草绿 / 203

暑　避 / 207

婆婆话 / 209

闲　话 / 214

有了小孩以后 / 218

无　题 / 222

在乡下 / 225

"住"的梦 / 227

入　城 / 230

北京的春节 / 232

乍看舞剑忙提笔 / 237

一些人，常在心
  代语堂先生拟赴美宣传大纲 / 241
  小型的复活 / 245
  致女友 ×× 函 / 250
  宗月大师 / 253
  自　述 / 257
  敬悼许地山先生 / 263
  四位先生 / 270
  我的母亲 / 275
  八方风雨 / 280

在英国,在国内山河

到了济南

一

到济南来,这是头一遭。挤出车站,汗流如浆,把一点小伤风也治好了,或者说挤跑了;没秩序的社会能治伤风,可见事儿没绝对的好坏;那么,"相对论"大概就是这么琢磨出来的吧?

挑选一辆马车。"挑选"在这儿是必要的。马车确是不少辆,可是稍有聪明的人便会由观察而疑惑,到底那里有多少匹马是应当雇八个脚夫抬回家去?有多少匹可以勉强负拉人的责任?自然,刚下火车,决无意去替人家抬马,虽然这是善举之一;那么,找能拉车与人的马自是急需。然而这绝对不是容易的事儿,因为:第一,那仅有的几匹颇带"马"的精神的马,已早被手疾眼快的主顾雇了去。第二,那些"略"带"马气"的马,本来可以将就,哪怕是只请它拉着行李——天下还有比"行李"这个字再不顺耳,不得人心,惹人头皮疼的?而我和赶车的在辕子两边担任扶持,指导,劝告,鼓励,(如还不走)拳打脚踢之责呢。这凭良心说,大概不能不算善于应付环境,具有东方文化的妙处吧?可是,"马"的问题刚要解决,"车"的问题早又来到:即使马能走三里五里,坚持到底不摔跟头;或者不幸跌了一跤,而能爬起来再接再厉;那车,那车,那车,是否能装着行李而车底儿不哗啦啦掉下去呢?又一个问题,确乎成问题!假使走到中途,车底哗啦啦,还是我扛着行李(赶车的当然不负这个责任),在马旁同行呢?还是叫马背着行李,我再背着马呢？自然是，三人行必有我师，陪着御者与马走上一程，也是有趣的事；可是，花了钱雇车，而自扛行李，单为证明"三人行必有我师"，是否有点发疯？至于马背行李，我再负马，事属非常，颇有古代故事中巨人的风度，是！可有一层，我要是被压而死，那马是否能把行李送到学校去？我不算什么，行李是不能随便掉失的！不为行李，起初又何必雇车呢？小资产阶级的逻辑，不错；但到底是逻辑呀！第三，别看马与车各有问题，马与车合起来而成的"马车"是整个的问题，敢情还有惊人的问题呢——车价。一开首我便得罪了一位赶车的，我正在向那些马国之鬼，和那堆车之骨骼发呆之际，我的行李突然被一位御者抢去了。我并没生气，反倒感谢他的热心张罗。当他把行李往车上一放的时候，一点不冤人，我确乎听见哗啦一声响，确乎看见连车带马向左右摇动者三次，向前后进退者三次。"行啊？"我低声地问御者。"行？"他十足地瞪了我一眼。"行？从济南走到德国去都行！"我不好意思再怀疑他，只好以他的话作我的信仰；心里想："有信仰便什么也不怕！"为平他的气，赶快问："到——大学，多少钱？"他说了一个数儿。我心平气和地说："我并不是要买贵马与尊车。"心里还想："假如弄这么一份财产，将来不幸死了，遗嘱上给谁承受呢？"正在这么想，也不知怎的，我的行李好像被魔鬼附体，全由车中飞出来了。再一看，那怒气冲天的御者一扬鞭，那瘦病之马一掀后蹄，便轧着我的皮箱跑过去。皮箱一点也没坏，只是上边落着一小块车轮上的胶皮；为避免麻烦，我也没敢叫回御者告诉他，万一他叫"我"赔偿呢！同时，心中颇不自在，怨自己"以貌取马"，哪知人家居然能掀起后蹄而跑数步之遥呢。

幸而××来了，带来一辆马车。这辆车和车站上的那些差不多。马是白色的，虽然事实上并不见得真白，可是用"白马之白"的抽象观念想起来，到底不是黑的，黄的，更不能说一定准是灰色的。马的身上不见得肥，因此也很老实。缰，鞍，肚带，处处有麻绳帮忙维系，更显出马之稳练驯良。车是黑色的，配起白马，本应黑白分明，相得

益彰；可是不知济南的太阳光为何这样特别，叫黑白的相配，更显得暗淡灰丧。

行李，××和我，全上了车。赶车的把鞭儿一扬，吆喝了一声，车没有动。我心里说："马大概是睡着了。马是人们最好的朋友，多少带点哲学性，睡一会儿是常有的事。"赶车的又喊了一声，车微动。只动了一动，就又停住；而那匹马确是走出好几步远。赶车的不喊了，反把马拉回来。他好像老太婆缝补袜子似的，在马的周身上下细腻而安稳的找那些麻绳的接头，慢慢地一个一个地接好，大概有三十多分钟吧，马与车又发生关系。又是一声喊，这回马是毫无可疑的拉着车走了。倒叫我怀疑：马能拉着车走，是否一个奇迹呢？

一路之上，总算顺当。左轮的皮带掉了两次，随掉随安上，少费些时间，无关重要。马打了三个前失，把我的鼻子碰在车窗上一次，好在没受伤。跟××顶了两回牛儿，因为我们俩是对面坐着的，可是顶牛儿更显着亲热；设若没有这个机会，两个三四十的老小伙子，又焉肯脑门顶脑门的玩耍呢。因此，到了大学的时候，我模仿着西洋少女，在瘦马脸上吻了一下，表示感谢它叫我们得以顶牛的善意。

二

上次谈到济南的马车，现在该谈洋车。

济南的洋车并没有什么特异的地方。坐在洋车上的味道可确是与众不同。要领略这个味道，顶好先检看济南的道路一番；不然，屈骂了车夫，或诬蔑济南洋车构造不良，都不足使人心服。

检看道路的时候，请注意，要先看胡同里的；西门外确有宽而平的马路一条，但不能算作国粹。假如这检查的工作是在夜里，请别忘了拿个灯笼，踏一脚黑泥事小，把脚腕拐折至少也不甚舒服。

胡同中的路，差不多是中间垫石，两旁铺土的。土，在一个中国城市里,自然是黑而细腻,晴日飞扬,阴雨和泥的,没什么奇怪。提起那些石块,只好说一言难尽吧。假如你是个地质学家,你不难想到:这些石是否古代地层变动之时,整批的由地下翻上来,直至今日,始终原封没动;不然,怎能那样不平呢?但是,你若是个考古家,当然张开大嘴哈哈笑,济南真会保存古物哇!看,看哪一块石头没有多少年的历史!社会上一切都变了,只有你们这群老石还在这儿镇压着济南的风水!

浪漫派的文人也一定喜爱这些石路,因为块块石头带着慷慨不平的气味,且满有幽默。假如第一块屈了你的脚尖,哼,刚一迈步,第二块便会咬住你的脚后跟。左脚不幸被石洼囚住,留神吧,右脚会紧跟着滑溜出多远,早有一块中间隆起,棱而腻滑的等着你呢。这样,左右前后,处处是埋伏,有变化,假如那位浪漫派写家走过一程,要是幸而不晕过去,一定会得到不少写传奇的启示。

无论是谁,请不要穿新鞋。鞋坚固呢,脚必磨破。脚结实呢,鞋上必来个窟窿。二者必居其一。那些小脚姑娘太太们,怎能不一步一跌,真使人糊涂而惊异!

在这种路上坐汽车,咱没这经验,不能说是舒服与否。只看见过汽车中的人们,接二连三地往前蹿,颇似练习三级跳远。推小车子也没有经验,只能理想到:设若我去推一回,我敢保险,不是我——多半是我——就是小车子,一定有一个碎了的。

洋车,咱坐过。从一上车说吧。车夫拿起"把"来,也许是往前走,也许是往后退,那全凭石头叫他怎样他便得怎样。济南的车夫是没有自由意志的。石头有时一高兴,也许叫左轮活动,而把右轮抓住不放;这样,满有把坐车的翻到下面去,而叫车坐一会儿人的希望。

坐车的姿式也请留心研究一番。你要是充正气君子,挺着脖子正着身,好啦:为维持脖子的挺立,下车以后,你不变成歪脖儿柳就算万幸。你越往直里挺,它们越左右的筛摇;济南的石路专爱打倒挺脖子,显正气的人们!反之,你要是缩着脖子,僦松着劲儿,请要留神,车子忽高忽低之际，你也许有鬼神暗佑还在车上，也许完全摇出车外，脸与道旁黑土相吻。从经验中看，最好的办法是不挺不缩，带着弹性。像百码决赛预备好，专候枪声时的态度，最为相宜。一点不松懈，一点不忽略，随高就高，随低就低，车左亦左，车右亦右，车起须如据鞍而立，车落应如鲤鱼入水。这样，虽然麻烦一些，可是实在安全，而且练习惯了，以后可以不晕船。

坐车的时间也大有研究的必要，最适宜坐车的时候是犯肠胃闭塞病之际。不用吃泄药，只需在饭前，喝点开水，去坐半小时上下的洋车，其效如神。饭后坐车是最冒险的事，接连坐过三天，设若不生胃病，也得长盲肠炎。要是胃口像林黛玉那么弱的人，以完全不坐车为是，因没有一个时间是相宜的。

末了，人们都说济南洋车的价钱太贵，动不动就是两三毛钱。但是，假如你自己去在这种石路上拉车，给你五块大洋，你干得了干不了？

三

由前两段看来，好像我不大喜欢济南似的。不，不，有大不然者！有幽默的人爱"看"，看了，能不发笑吗？天下可有几件事，几件东西，叫你看完而不发笑的？不信，闭上一只眼，看你自己的鼻子，你不笑才怪；先不用说别的。有的人看什么也不笑，也对呀，喜悲剧的人不替古人落泪不痛快，因为他好"觉"；设身处地的那么一"觉"，世界上的事儿便少有不叫泪腺要动作动作的。噢，原来如此！

济南有许多好的事儿，随便说几种吧：葱好，这是公认的吧，不是我造谣生事。听说，犹太人少有得肺病的，因为吃鱼吃的多；山东人是不是因为多嚼大葱而不患肺病呢？这倒值得调查一下，好叫吃完葱的士女不必说话怪含羞地用手掩着嘴；假如调查结果真是山西、河南、广东因肺病而死的比山东多着七八十来个（一年多七八十，一万年要多若干?),而其主因确是因为口中的葱味使肺病菌倒退四十里。

在小曲儿里,时常用葱尖比美妇人的手指,这自然是春葱,绝不会是山东的老葱,设若美妇人的十指都和老葱一般儿粗(您晓得山东老葱的直径是多少寸),一旦妇女革命,打倒男人,一个嘴巴子还不把男人的半个脸打飞!这绝不是济南的老葱不美,不是。葱花自然没有什么美丽,葱叶也比不上蒲叶那样挺秀,竹叶那样清劲,连蒜叶也比不上,因为蒜叶至少可以假充水仙。不要花,不看叶,单看葱白儿,你便觉得葱的伟丽了。看运动家,别看他或她的脸,要先看那两条完美的腿,看葱亦然。(运动家注意。这里一点污辱的意思没有;我自己的腿比蒜苗还细,焉敢攀高比诸葱哉!)另起一段济南的葱白起码有三尺来长吧:粗呢,总比我的手腕粗着一两圈儿——有愿看我的手腕者,请纳参观费大洋二角。这还不算什么,最美是那个晶亮,含着水,细润,纯洁的白颜色。这个纯洁的白色好像只有看见过古代希腊女神的乳房者才能明白其中的奥妙,鲜,白,带着滋养生命的乳浆!这个白色叫你舍不得吃它,而拿在手中颠着,赞叹着,好像对于宇宙的伟大有所领悟。由不得把它一层层地剥开,每一层落下来,都好似油酥饼的折叠;这个油酥饼可不是"人"手烙成的。一层层上的长直纹儿,一丝不乱的,比画图用的白绢还美丽。看见这些纹儿,再看看馍馍,你非多吃半斤馍馍不可。人们常说——带着讽刺的意味——山东人吃的多,是不知葱之美者也!

反对吃葱的人们总是说:葱虽好,可是味道有不得人心之处。其实这是一面之词:假若大家都吃葱,而且时常开个"吃葱竞赛会",第一名赠以重廿斤金杯一个,你看还敢有人反对否!

记得,在新加坡的时候,街上有卖柘莲者,味臭无比,可是土人和华人久住南洋者都嗜之若命。并且听说,英国维克陶利亚女皇吃过一切果品,只是没有尝过柘莲,引为憾事。济南的葱,老实得讲,实在没有奇怪味道,而且确是甜津津的。假如你不信呢,吃一棵尝尝。

注：此文原有七八段，后几段多是描写济南之美，因不甚幽默，所以删去。读者幸勿谓仆与济南来不及也。——作者。

原载1930年10月至1931年2月《齐大月刊》第1卷第1、2、4期

一些印象
（选章）

四

济南的秋天是诗境的。设若你的幻想中有个中古的老城，有睡着了的大城楼，有狭窄的古石路，有宽厚的石城墙，环城流着一道清溪，倒映着山影，岸上蹲着红袍绿裤的小妞儿。你的幻想中要是这么个境界，那便是济南。设若你幻想不出——许多人是不会幻想的——请到济南来看看吧。

请你在秋天来。那城，那河，那古路，那山影，是终年给你预备着的。可是，加上济南的秋色，济南由古朴的画境转入静美的诗境中了。这个诗意的秋光秋色是济南独有的。上帝把夏天的艺术赐给瑞士，把春天的赐给西湖，秋和冬的全赐给了济南。秋和冬是不好分开的，秋睡熟了一点便是冬，上帝不愿意把它忽然唤醒，所以作个整人情，连秋带冬全给了济南。

诗的境界中必须有山有水。那么，请看济南吧。那颜色不同，方向不同，高矮不同的山，在秋色中便越发的不同了。以颜色说吧，山腰中的松树是青黑的，加上秋阳的斜射，那片青黑便多出些比灰色深，比黑色浅的颜色，把旁边的黄草盖成一层灰中透黄的阴影。山脚是镶着各色条子的，一层层的，有的黄，有的灰，有的绿，有的似乎是藕荷色儿。山顶上的色儿也随着太阳的转移而不同。山顶的颜色不同还不重要，山腰中的颜色不同才真叫人想作几句诗。山腰中的颜色是永远在那儿变动,特别是在秋天,那阳光能够忽然清凉一会儿,忽然又温暖一会儿,这个变动并不激烈,可是山上的颜色觉得出这个变化,而立刻随着变换。忽然黄色更真了一些,忽然又暗了一些,忽然像有层看不见的薄雾在那儿流动,忽然像有股细风替"自然"调和着彩色,轻轻地抹上一层各色俱全而全是淡美的色道儿。有这样的山,再配上那蓝的天,晴暖的阳光;蓝得像要由蓝变绿了,可又没完全绿了;晴暖得要发燥了,可是有点凉风,正和诗一样的温柔;这便是济南的秋。况且因为颜色的不同,那山的高低也更显然了。高的更高了些,低的更低了些,山的棱角曲线在晴空中更真了,更分明了,更瘦硬了。看山顶上那个塔!

再看水。以量说,以质说,以形式说,哪儿的水能比济南?有泉——到处是泉——有河,有湖,这是由形式上分。不管是泉是河是湖,全是那么清,全是那么甜,哎呀,济南是"自然"的Sweet heart吧?大明湖夏日的莲花,城河的绿柳,自然是美好的了。可是看水,是要看秋水的。济南有秋山,又有秋水,这个秋才算个秋,因为秋神是在济南住家的。先不用说别的,只说水中的绿藻吧。那份儿绿色,除了上帝心中的绿色,恐怕没有别的东西能比拟的。这种鲜绿全借着水的清澄显露出来,好像美人借着镜子鉴赏自己的美。是的,这些绿藻是自己享受那水的甜美呢,不是为谁看的。它们知道它们那点绿的心事,它们终年在那儿吻着水皮,作着绿色的香梦。淘气的鸭子,用黄金的脚掌碰它们一两下。浣女的影儿,吻它们的绿叶一两下。只有这个,是它们的香甜的烦恼。羡慕死诗人呀!

在秋天,水和蓝天一样的清凉。天上微微有些白云,水上微微有些波皱。天水之间,全是清明,温暖的空气,带着一点桂花的香味。山影儿也更真了。秋山秋水虚幻地吻着。山儿不动,水儿微响。那中古的老城,带着这片秋色秋声,是济南,是诗。要知济南的冬日如何,且听下回分解。

五

上次说了济南的秋天,这回该说冬天。

对于一个在北平住惯的人,像我,冬天要是不刮大风,便是奇迹;济南的冬天是没有风声的。对于一个刚由伦敦回来的,像我,冬天要能看得见日光,便是怪事;济南的冬天是响晴的。自然,在热带的地方,日光是永远那么毒,响亮的天气反有点叫人害怕。可是,在北中国的冬天,而能有温晴的天气,济南真得算个宝地。

设若单单是有阳光,那也算不了出奇。请闭上眼想:一个老城,有山有水,全在蓝天下很暖和安适地睡着;只等春风来把他们唤醒,这是不是个理想的境界?

小山整把济南围了个圈儿,只有北边缺着点口儿,这一圈小山在冬天特别可爱,好像是把济南放在一个小摇篮里,他们全安静不动地低声地说:你们放心吧,这儿准保暖和。真的,济南的人们在冬天是面上含笑的。他们一看那些小山,心中便觉得有了着落,有了依靠。他们由天上看到山上,便不觉地想起:明天也许就是春天了吧?这样的温暖,今天夜里山草也许就绿起来了吧?就是这点幻想不能一时实现,他们也并不着急,因为有这样慈善的冬天,干啥还希望别的呢。

最妙的是下点小雪呀。看吧,山上的矮松越发的青黑,树尖上顶着一髻儿白花,像些小日本看护妇。山尖全白了,给蓝天镶上一道银边。山坡上有的地方雪厚点,有的地方草色还露着,这样,一道儿白,一道儿暗黄,给山们穿上一件带水纹的花衣;看着看着,这件花衣好像被风儿吹动,叫你希望看见一点更美的山的肌肤。等到快日落的时候,微黄的阳光斜射在山腰上,那点薄雪好像忽然害了羞,微微露出点粉色。就是下小雪吧,济南是受不住大雪的,那些小山太秀气。

古老的济南,城内那么狭窄,城外又那么宽敞,山坡上卧着些小村庄，小村庄的房顶上卧着点雪，对，这是张小水墨画，或者是唐代的名手画的吧。

那水呢，不但不结冰，反倒在绿藻上冒着点热气。水藻真绿，把终年贮蓄的绿色全拿出来了。天儿越晴，水藻越绿，就凭这些绿的精神，水也不忍得冻上；况且那长枝的垂柳还要在水里照个影儿呢。看吧，由澄清的河水慢慢往上看吧，空中，半空中，天上，自上而下全是那么清亮，那么蓝汪汪的，整个的是块空灵的蓝水晶。这块水晶里，包着红屋顶，黄草山，像地毯上的小团花的小灰色树影；这就是冬天的济南。

树虽然没有叶儿，鸟儿可并不偷懒，看在日光下张着翅叫的百灵们。山东人是百灵鸟的崇拜者，济南是百灵的国。家家处处听得到它们的歌唱；自然，小黄鸟儿也不少，而且在百灵国内也很努力地唱。还有山喜鹊呢，成群的在树上啼，扯着浅蓝的尾巴飞。树上虽没有叶，有这些羽翎装饰着，也倒有点像西洋美女。坐在河岸上，看着它们在空中飞，听着溪水活活的流，要睡了，这是有催眠力的；不信你就试试；睡吧，绝冻不着你。

要知后事如何，我自己也不知道。

六

到了齐大，暑假还未曾完。除了太阳要落的时候，校园里轻易不见一个人影。那几条白石凳，上面有枫树给张着伞，便成了我的临时书房。手里拿着本书，并不见得念；念地上的树影，比读书还有趣。我看着：细碎的绿影，夹着些小黄圈，不一定都是圆的，叶儿稀的地方，光也有时候透出七棱八角的一小块。小黑驴似的蚂蚁，单喜欢在这些光圈上慌手忙脚地来往过。那边的白石凳上，也印着细碎的绿影，还落着个小蓝蝴蝶，抿着翅儿，好像要睡。一点风儿，把绿影儿吹醉，散乱起来；小蓝蝶醒了懒懒地飞，似乎是做着梦飞呢；飞了不远，落下了，抱住黄蜀菊的蕊儿。看着，老大半天，小蝶儿又飞了，来了个愣头磕脑的马蜂。

真静。往南看，千佛山懒懒地倚着一些白云，一声不出。往北看，围子墙根有时过一两个小驴，微微有点铃声。往东西看，只看见楼墙上的爬山虎。叶儿微动，像竖起的两面绿浪。往下看，四下都是绿草。往上看，看见几个红的楼尖。全不动。绿的，红的，上上下下的，像一张画，颜色固定，可是越看越好看。只有办公处的大钟的针儿，偷偷地移动，好似唯恐怕叫光阴知道似的，那么偷偷地动。从树隙里偶尔看见一个小女孩，花衣裳特别花哨，突然把这一片静的景物全刺激了一下；花儿也更红，叶儿也更绿了似的；好像她的花衣裳要带这一群颜色跳舞起来。小女孩看不见了，又安静起来。槐树上轻轻落下个豆瓣绿的小虫，在空中悬着，其余的全不动了。

园中就是缺少一点水呀！连小麻雀也似乎很关心这个，时常用小眼睛往四下找；假如园中，就是有一道小溪吧，那要多么出色。溪里再有些各色的鱼，有些荷花！哪怕是有个喷水池呢，水声，和着枫叶的轻响，在石台上睡一刻钟，要作出什么有声有色有香味的梦！花木够了，只缺一点水。

短松墙觉得有点死板，好在发着一些松香；若是上面绕着些密罗松，开着些血红的小花，也许能减少一些死板气儿。园外的几行洋槐很体面，似乎缺少一些小白石凳。可是继而一想，没有石凳也好，校园的全景，就妙在只有花木，没有多少人工作的点缀，砖砌的花池咧，绿竹篱咧，全没有；这样，没有人的时候，才真像没有人，连一点人工经营的痕迹也看不出；换句话说，这才不俗气。

啊，又快到夏天了！把去年的光景又想起来；也许是盼望快放暑假吧。快放暑假吧！把这个整个的校园，还交给蜂蝶与我吧！太自私了，谁说不是！可是我能念着树影，给诸位作首不十分好，也还说得过去的诗呢。

学校南边那块瓜地，想起来叫人口中出甜水；但是懒得动；在石凳上等着吧,等太阳落了,再去买几个瓜吧。自然,这还是去年的话;今年那块地还种瓜吗?管他种瓜还是种豆呢,反正白石凳还在那里,爬山虎也又绿起来;只等玫瑰开呀!玫瑰开,吃粽子,下雨,晴天,枫树底下,白石凳上,小蓝蝴蝶,绿槐树虫,哈,梦!再温习温习那个梦吧。

七

有诗为证,对,印象是要有诗为证的;不然,那印象必是多少带点土气的。我想写"春夜",多么美的题目!想起这个题目,我自然地想作诗了。可是,不是个诗人,怎办呢;这似乎要"抓瞎"——用个毫无诗味的词儿。新诗吧?太难;脑中虽有几堆"呀,噢,唉,喽"和那俊美的";",和那珠泪滚滚的"!"。但是,没有别的玩艺,怎能把这些宝贝缀上去呢?此路不通!旧诗?又太死板,而且至少有十几年没动那些七庚八葱的东西了;不免出丑。

到底硬联成一首七律,一首不及六十分的七律;心中已高兴非常,有胜于无,好歹不论,正合我的基本哲学。好,再作七首,共合八首;即便没一首"通"的吧,"量"也足惊人不是?中国地大物博,一人能写八首春夜,呀!

唉!湿膝病又犯了,两膝僵肿,精神不振,终日茫然,饭且不思,何暇作诗,只有大喊拉倒,予无能为矣!只凑了三首,再也凑不出。

想另作一篇散文吧,又到了交稿子的时候;况且精神不好,其影响于诗与散文一也;散了吧,好歹把那三首送进去,爱要不要;我就是这个主意!反正无论怎说,我是有诗为证:

一

多少春光轻易去？无言花鸟夜如秋。
东风似梦微添醉,小月知心只照愁！
柳样诗思情入影,火般桃色艳成羞。
谁家玉笛三更后？山倚疏星人倚楼。

二

一片闲情诗境里,柳风淡淡柝声凉。
山腰月少青松黑,篱畔光多玉李黄。
心静渐知春似海,花深每觉影生香。
何时买得田千顷,遍种梧桐与海棠！

三

且莫贪眠减却狂,春宵月色不平常！
碧桃几树开蝴蝶,紫燕联肩梦海棠。
花比诗多怜夜短,柳如人瘦为情长。
年来潦倒漂萍似,惯与东风道暖凉。

得看这三大首！五十年之后,准保有许多人给作注解——好诗是不需注解的。我的评注者,一定说我是资本家,或是穷而倾向资本主义者,因为在第二首里,有"何时买得田千顷"之语。好,我先自己作点注吧：我的意思是买山地呀,不是买一千顷良田,全种上花木,而叫农民饿死,不是。比如千佛山两旁的秃山,要全种上海棠,那要多么美,这才是我的梦想。这不怨我说话不清,是律诗自身的别扭；一句非七个字不可,我怎能忽然来句八个九个字的呢？

得了,从此再不受这个罪;《一些印象》也不再续。暑假中好好休息,把腿养好,能加入将来远东运动会的五百哩竞走,得个第一,那才算英雄好汉;诌几句不准多于七个字一句的诗,算得什么!

原载1931年3月至6月《齐大月刊》
第1卷第5、6、7、8期

更大一些的想象
（济南通信）

要领略济南的美，根本须有些诗人的态度。那就是说：你须客气一点，把不美之点放在一旁，而把湖山的秀丽轻妙地放在想像里浸润着；这也许是看风景而不至于失望的普通原则。反之，你没有这诗意的体谅，而一个萝卜一个坑地去逛大明湖，趵突泉等，先不用说别的，单是人们口中的葱味，路上吱吱扭扭小车子的轮声，与裹着大红袜带的小脚娘们，要不使你想悬梁自尽，那真算万幸。单听济南人说话，谁也梦想不到它有那么美，那么甜，那么清凉的泉水；而济南泉水的甜美清凉确是事实，你不能因济南话难听而否认这上帝的恩赐。好吧，你随我来吧，假如你要对济南下公平的判断，一个公平的判断，永不会使济南损失一点点的光荣。

比如你先跟我上大明湖的北极阁吧，一路之上（不论是由何处动身），请你什么也不看不听，假如你不愿闭上眼与堵上耳，你至少应当决定：不使路上的丑恶影响到最终的判断。你还要毕诚毕敬地默想着，你是去看个地上的仙境。

到了，看！先别看你脚下的湖；请看南边的山。看那腰中深绿，而头上淡黄的千佛山；看后面那个塔，只是那么一根黑棍儿似的，可是似乎把那一群小山和那片蓝而含着金光的天空联成一体，它好像表现着群山的向上的精神。再往西看，一串小山都像带着不同的绿色往西走呢。远处，只见天边上一些蓝的曲线，随着你的眼力与日光的强弱，忽隐忽现，使你轻叹一声：山，伟大图画中的诗料。到北极阁后面来看，还有山呢，那老得连棵树也懒得长的历山，那孤立不倚的华山，都是不太高不太矮，正合适做个都城的小绿围屏；济南在这一点上像意大利的芙劳伦思（佛罗伦萨）。你看到这几乎形成一个圆圈的小山，你开始，无疑的，爱济南了。这群小山不像南京的山那样可怕，不像北平的西山北山那样荒伟地在远处默立，这些小山"就"在济南围墙的外边，它们对济南有种亲切的感情，可以使你想到它们也许愿到城里来看看朋友们。不然，它们为什么总像向城里探着头看呢。

看完了山，请你默想一会儿：山是不错，但是只有山，不能使济南风景像江南吧；水可是不易有的，在中国的北方。这么想罢，请看大明湖吧。自然，现在的湖已成了许多水沟，使你大失所望。我知道，所以我不请你坐小船去游湖，那些名胜，什么历下亭咧，铁公祠咧，都没有什么可看；那些小船既不美，又不贱，而且最恼人的是不划不摇不用篙支不用纤拉，而以一根大棍硬"挺"的驶船方法。这些咱们全不去试验，我只请你设想：设若湖上没有那些蒲田泥坝，这湖的面积该有多大？设若湖上全种着莲花，四围界以杨柳，是不是一种诗境？这不是不可能的；本来这湖是个"湖"，而是被人工作成了许多"水沟"；上帝给济南一些小山，也给它一个大湖，人工胜天，生把一个湖改成沟，这是因穷而忘了美的结果，不是自然的过错。

城在山下，湖在城中。这是不是一个美女似的城市？你再看，或者说再想，那城墙假如都拆去，而在城河的岸旁，杨柳荫中修上平坦的马路，这是不是个仙境？看那城河的水，绿，静，明，洁，似乎是向你说：你看看我多么甜美！那水藻，一年四季老是那么绿，没有法形容，因为它们似乎是暗示出上帝心中的"绿"便是这样的绿。河岸上，柳荫下，假如有些美于济南妇女的浣纱女儿，穿着白衫或红袄，像些团大花似的，看着自己的倒影，一边洗一边唱！

这是看风景呢，还是做梦呢？一点也不是幻想；假如这座城在一个比中国人争气的民族手里,这个梦大概久已是事实了。我绝不愿济南被别人管领;我希望中国人应当有比编几副对联或作几首诗(连大明湖上的游船都有很漂亮的对联,可惜没有湖!)更大一些的想象。我请你想象,因为只有想象才足以揭露出济南的本来面目。济南本来是极美的,可惜被人们给糟蹋了。

原载1932年5月《华年》第1卷第4期

头一天

那时候,(一晃儿十年了!)我的英语就很好。我能把它说得不像英语,也不像德语,细听才听得出——原来是"华英官话"。那就是说,我很艺术地把几个英国字匀派在中国字里,如鸡兔之同笼。英国人把我说得一愣一愣的,我可也把他们说得直眨眼;他们说的他们明白,我说的我明白,也就很过得去了。

……………

给它个死不下船,还有错儿么?!反正船得把我运到伦敦去,心里有底!

果然一来二去的到了伦敦。船停住不动,大家都往下搬行李,我看出来了,我也得下去。什么码头?顾不得看;也不顾问,省得又招人们眨眼。检验护照。我是末一个——英国人不像咱们这样客气,外国人得等着。等了一个多钟头,该我了。两个小官审了我一大套,我把我心里明白的都说了,他俩大概没明白。他们在护照上盖了个戳儿,我"看"明白了:"准停留一月Only"。(后来由学校呈请内务部把这个给注销了,不在话下。)管它Only还是"哼来",快下船哪,别人都走了。敢情还得检查行李呢。这回很干脆:"烟?"我说"no";"丝?"又一个"no"。皮箱上画了一道符,完事。我的英语很有根了,心里说。看别人买车票,我也买了张;大家走,我也走;反正他们知道上哪儿。他们要是走丢了,我还能不陪着么?上了火车。火车非常的清洁舒服。越走,四外越绿,高高低低全是绿汪汪的。太阳有时出来,有时进去,绿地的深浅时时变动。远处的绿坡托着黑云,绿色特别的深厚。看不见庄稼,处处是短草,有时看见一两只摇尾食草的牛。这不是个农业国。

……

走着走着,绿色少起来,看见了街道房屋,街上走动着红色的大汽车。再走,净是房屋了,全挂着烟尘,好像熏过了的。伦敦了,我想起幼年所读的地理教科书。

……

车停在 Gannon Street。大家都下来,站台上不少接客的男女,接吻的声音与姿式各有不同。我也慢条斯理地下来;上哪儿呢?啊,来了救兵,易文思教授向我招手呢。他的中国话比我的英语应多得着九十多分。他与我一人一件行李,走向地道车站去;有了他,上地狱也不怕了。坐地道火车到了 Liverpool Street。这是个大车站,把行李交给了转运处,他们自会给送到家去。然后我们喝了杯啤酒,吃了块点心。车站上,地道里,转运处,咖啡馆,给我这么个印象:外面都是乌黑不起眼,可是里面非常的清洁有秩序。后来我慢慢看到,英国人也是这样。脸板得要哭似的,心中可是很幽默,很会讲话。他们慢,可是有准。易教授早一分钟也不来;车进了站,他也到了。他想带我上学校去,就在车站的外边。想了想,又不去了,因为这天正是礼拜。他告诉我,已给我找好了房,而且是和许地山在一块。我更痛快了,见了许地山还有什么事作呢,除了说笑话?

……

易教授住在 Barnet,所以他也在那里给我找了房。这虽在"大伦敦"之内,实在是属 Hertfordshire,离伦敦有十一里,坐快车得走半点多钟。我们就在原车站上了车,赶到车快到目的地,又看见大片的绿草地了。下了车,易先生笑了。说我给带来了阳光。果然,树上还挂着水珠,大概是刚下过雨去。

……

正是九月初的天气,地上潮阴阴的,树和草都绿得鲜灵灵的。由车站到住处还要走十分钟。街上差不多没有什么行人,汽车电车上也空空的。礼拜天。街道很宽,铺户可不大,都是些小而明洁的,此处已没有伦敦那种乌黑色。铺户都关着门,路右边有一大块草场,远处有一片树林,使人心中安静。

……

最使我忘不了的是一进了胡同:Carnarvon Street。这是条不大不小的胡同。路是柏油碎石子的,路边上还有些流水,因刚下过雨去。两旁都是小房,多数是两层的,瓦多是红色。走道上有小树,多像冬青,结着红豆。房外二尺多的空地全种着花草,我看见了英国的晚玫瑰。窗都下着帘,绿蔓有的爬满了窗沿。路上几乎没人,也就有十点钟吧,易教授的大皮鞋响声占满了这胡同,没有别的声。那些房子实在不是很体面,可是被静寂,清洁,草花,红绿的颜色,雨后的空气与阳光,给了一种特别的味道。它是城市,也是村庄,它本是在伦敦做事的中等人的居住区所。房屋表现着小市民气,可是有一股清香的气味,和一点安适太平的景象。

……

将要做我的寓所的也是所两层的小房,门外也种着一些花,虽然没有什么好的,倒还自然;窗沿上悬着一两枝灰粉的豆花。房东是两位老姑娘,姐已白了头,胖胖的很傻,说不出什么来。妹妹做过教师,说话很快,可是很清晰,她也有四十上下了。妹妹很尊敬易教授,并且感谢他给介绍两位中国朋友。许地山在屋里写小说呢,用的是一本油盐店的账本,笔可是钢笔,时时把笔尖插入账本里去,似乎表示着力透纸背。

……

房子很小：楼下是一间客厅，一间饭室，一间厨房。楼上是三个卧室，一个浴室。由厨房出去，有个小院，院里也有几棵玫瑰，不怪英国史上有玫瑰战争，到处有玫瑰，而且种类很多。院墙只是点矮矮的木树，左右邻家也有不少花草，左手里的院中还有几株梨树，挂了不少果子。我说"左右"，因自从在上海便转了方向，太阳天天不定由哪边出来呢！

……

这所小房子里处处整洁，据地山说，都是妹妹一个人收拾的；姐姐本来就傻，对于工作更会"装"傻。他告诉我，她们的父亲是开面包房的，死时把买卖给了儿子，把两所小房给了二女。姊妹俩卖出去一所，把钱存起吃利；住一所，租两个单身客，也就可以维持生活。哥哥不管她们，她们也不求哥哥。妹妹很累，她操持一切；她不肯叫住客把硬领与袜子等交洗衣房：她自己给洗并烫平。在相当的范围内，她没完全商业化了。

易先生走后，姐姐戴起大而多花的帽子，去做礼拜。妹妹得做饭，只好等晚上再到教堂去。她们很虔诚；同时，教堂也是她们唯一的交际所在。姐姐并听不懂牧师讲的是什么，地山告诉我。路上慢慢有了人声，多数是老太婆与小孩子，都是去礼拜的。偶尔也跟着个男人，打扮得非常庄重，走路很响，是英国小绅士的味儿。邻家有弹琴的声音。

……

饭好了，姐姐才回来，傻笑着。地山故意地问她，讲道的内容是什么？她说牧师讲得很深，都是哲学。饭是大块牛肉。由这天起，我看见牛肉就发晕。英国普通人家的饭食，好处是在干净；茶是真热。口味怎样，我不敢批评，说着伤心。

……

饭后，又没了声音。看着屋外的阳光出没，我希望点蝉声，没有。

什么声音也没有。连地山也不讲话了。静寂使我想起家来,开始写信。地山又拿出账本来,写他的小说。

……

伦敦边上的小而静的礼拜天。

原载1934年8月《良友画报》
第92期

还想着它

钱在我手里,也不怎么,不会生根。我并不胡花,可是钱老出去得很快。据相面的说,我的指缝太宽,不易存财;到如今我还没法打倒这个讲章。在德法意等国跑了一圈,心里很舒服了,因为钱已花光。钱花光就不再计划什么事儿,所以心里舒服。幸而巴黎的朋友还拿着我几个钱,要不然哪,就离不了法国。这几个钱仅够买三等票到新加坡的。那也无法,到新加坡再讲吧。反正新加坡比马赛离家近些,就是这个主意。

上了船,袋里还剩下十几个佛郎(法郎),合华币大洋一元有余;多少不提,到底是现款。船上遇见了几位留法回家的"国留"——复杂着一点说,就是留法的中国学生。大家一见如故。不大会儿的工夫,大家都彼此明白了经济状况;最阔气的是位姓李的,有二十七个佛郎;比我阔着块巴来钱。大家把钱凑在一处,很可以买瓶香槟酒,或两支不错的吕宋烟。我们既不想喝香槟或吸吕宋,连头发都决定不去剪剪,那么,我们到底不是赤手空拳,干吗不快活呢?大家很高兴,说得也投缘。有人提议:到上海可以组织个银行。他是学财政的。我没表示什么,因为我的船票只到新加坡;上海的事先不必操心。

船上还有两位印度学生,两位美国华侨少年,也都挺和气。两位印度学生穿得蛮讲究,也关心中国的事。在开船的第三天早晨,他俩打起来：一个弄了个黑眼圈，一个脸上挨了一鞋底。打架的原因：他俩分头向我们诉冤，是为一双袜子。也不是谁卖给谁，穿了（或者没穿）一天又不要了，于是打起来。黑眼圈的除用湿手绢捂着眼，一天到晚嘟囔着："在国里，我吐痰都不屑于吐在他身上！他脏了我的鞋底！"吃了鞋底的那位就对我们讲："上了岸再说；揍他，勒死，用小刀子捅！"他俩不再和我们讨论中国的问题，我们也不问甘地怎样了。

那两位华侨少年中的一位是出来游历：由美国到欧洲大陆，而后到上海，再回家。他在柏林住了一天，在巴黎住了一天，他告诉我，都是停在旅馆里，没有出门。他怕引诱。柏林巴黎都是坏地方，没意思，他说。到了马赛，他丢了一只皮箱。那一位少年是干什么的，我不知道。他一天到晚想家。想家之外，便看法国姑娘。而后告诉那位出来游历的："她们都钓我呢！"

所谓"她们"，是七八个到安南或上海的法国舞女，最年轻的不过才三十多岁。三等舱的食堂永远被她们占据着。她们吸烟，吃饭，抢大腿，练习唱，都在这儿。领导的是个五十多岁的小干老头儿，脸像个干橘子。她们没事的时候也还光着大腿，有俩小军官时常和她们弄牌玩。可是那位少年老说她们关心着他。

三等舱里不能算不热闹，舞女们一唱就唱两个多钟头。那个小干老头似乎没有夸奖她们的时候，差不多老对她们喊叫。可是她们也不在乎。她们唱或抢腿，我们就瞎扯，扯腻了便到甲板上过过风。我们的茶房是中国人，永远蹲在暗处，不留神便踩了他的脚。他卖一种黑玩艺，五个佛郎一小包，舞女们也有买的。

二十多天就这样过去：听唱，看大腿，瞎扯，吃饭。舱中老是这些人，外边老是那些水。没有一件新鲜事，大家的脸上眼看着往起长肉，好像一船受填时期的鸭子。坐船是件苦事，明知光阴怪可惜，可是没法不白白扔弃。书读不下去，海是看腻了，话也慢慢地少起来。我的心里还悬虚着：到新加坡怎办呢？

就在那么心里悬虚一天的，到了新加坡。再想在船上吃，是不可能了,只好下去。雇上洋车,不,不应当说雇上,是坐上;此处的洋车夫是多数不识路的,即使识路,也听不懂我的话。坐上,用手一指,车夫便跑下去。我是想上商务印书馆。不记得街名,可是记得它是在条热闹街上;上欧洲去的时候曾经在此处玩过一天。洋车一直跑下去,我心里说:商务印书馆要是在这条街上等着我,便是开门见喜;它若不在这条街上,我便玩完。事情真凑巧,商务馆果然等着我呢。说不定还许是临时搬过来的。

这就好办了。进门就找经理。道过姓字名谁,马上问有什么工作没有。经理是包先生,人很客气,可是说事情不大易找。他叫我去看看南洋兄弟烟草公司的黄曼士先生——在地面上很熟,而且好交朋友。我去见黄先生,自然是先在商务馆吃了顿饭。黄先生也一时想不到事情,可是和我成了很好的朋友;我在新加坡,后来,常到他家去吃饭,也常一同出去玩。他是个很可爱的人。他家给他寄茶,总是龙井与香片两样,他不喜喝香片,便都归了我;所以在南洋我还有香片茶吃。不过,这都是后话。我还得去找事,不远就是中华书局,好,就是中华书局吧。经理徐采明先生至今还是我的好朋友。倒不在乎他给找着个事做,他的人可爱。见了他,我说明来意。他说有办法。马上领我到华侨中学去。这个中学离街市至少有十多里,好在公众汽车(都是小而红的车,跑得飞快)方便,一会儿就到了。徐先生替我去吃喝。行了,他们正短个国文教员。马上搬来行李,上任大吉。有了事做,心才落了实,花两毛钱买了个大柚子吃吃。然后支了点钱,买了条毯子,因为夜间必须盖上。买了身白衣裳,中不中,西不西,自有南洋风味。赊了部《辞源》;教书不同自己读书,字总得认清了——有好些好些字,我总以为认识而实在念不出。一夜睡得怪舒服;新《辞源》摆在桌上被老鼠啃坏,是美中不足。预备用皮鞋打老鼠,及至见了面,又不想多事了,老鼠的身量至少比《辞源》长,说不定还许是仙鼠呢,随它去吧。老鼠虽大,可并不多。讲多是壁虎。到处是它们:棚上墙上玻璃杯里——敢情它们喜甜味,盛过汽水的杯子总有它们来照顾一下。它们还会唱，吱吱的，没什么好听，可也不十分讨厌。

天气是好的。早半天教书，很可以自自然然的，除非在堂上被学生问住，还不至于四脖子汗流的。吃过午饭就睡大觉，热便在暗中渡过去。六点钟落太阳，晚饭后还可以做点工，壁虎在墙上唱着。夜间必须盖条毯子，可见是不热；比起南京的夏夜，这里简直是仙境了。我很得意，有薪水可拿，而夜间还可以盖毯子，美！况且还得冲凉呢，早午晚三次，在自来水龙头下，灌顶浇脊背，也是痛快事。

可是，住了不到几天，我发烧，身上起了小红点。平日我是很勇敢的，一病可就有点怕死。身上有小红点哟，这玩艺，痧疹归心，不死才怪！把校医请来了，他给了我两包金鸡纳霜，告诉我离死还很远。吃了金鸡纳霜，睡在床上，既然离死很远，死我也不怕了，于是依旧勇敢起来。早晚在床上听着户外行人的足声，"心眼"里制构着美的图画：路的两旁杂生着椰树槟榔；海蓝的天空；穿白或黑的女郎，赤着脚，趿拉着木板，嗒嗒地走，也许看一眼树丛中那怒红的花。有诗意呀。矮而黑的锡兰人，头缠着花布，一边走一边唱。躺了三天，颇能领略这种浓绿的浪漫味儿，病也就好了。

一下雨就更好了。雨来得快，止得快，沙沙的一阵，天又响晴，路上湿了，树木绿到不能再绿。空气里有些凉而浓厚的树林子味儿，马上可以穿上夹衣。喝碗热咖啡顶那个。

学校也很好。学生们都会听国语，大多数也能讲得很好。他们差不多都很活泼。因为下课后便不大穿衣，身上就黑黑的，健康色儿。他们都很爱中国，愿意听激烈的主张与言语。

他们是资本家——大小不同，反正非有俩钱不能入学读书——的子弟，可是他们愿打倒资本家。对于文学，他们也爱最新的，自己也办文艺刊物。他们对先生们不大有礼貌，可不是故意的；他们爽直。先生们若能和他们以诚相见，他们便很听话。可惜有的先生爱耍些小花样！学生们不奢华。一身白衣便解决了衣的问题；穿西服受洋罪的倒是先生们，因为先生们多是江浙与华北的人，多少习染了上海的派头儿。吃也简单，除了爱吃刨冰，他们并不多花钱。天气使衣食住都简单化了。以住说吧，有个床，有条毯子，便可以过去。没毯子，盖点报纸，其实也可以将就。再有个自来水管，作冲凉之用，便万事亨通。还有呢，社会是个工商社会，大家不讲究穿，不讲究排场，也不讲究什么作诗买书，所以学生自然能俭朴。从一方面说，这个地方没有上海或北平那样的文化；从另一方面说，它也没有酸味的文化病。此地不能产生《儒林外史》。自然，大烟窑子等是有的，可是学生还不至于干这些事儿。倒是有内地的先生们觉得苦闷，没有社会。事业都在广东福建人手里，当教员的没有地位，也打不进广东或福建人的圈里去。教员似乎是一些高等工人，雇来的；出钱办学的人们没有把他们放在心里。玩的地方也没有，除了电影，没有可看的。所以住到三个月，我就有点厌烦了。别人也这么说。还拿天气说吧，老那么好，老那么好，没有变化，没有春夏秋冬，这就使人生厌。况且别的事儿也是死板板的没变化呢。学生们爱玩球，爱音乐，倒能有事可做。先生们在休息的时候，只能弄点汽水闲谈。我开始写《小坡的生日》。

本来我想写部以南洋为背景的小说。我要表扬中国人开发南洋的功绩：树是我们栽的，田是我们垦的，房是我们盖的，路是我们修的，矿是我们开的。都是我们做的。毒蛇猛兽，荒林恶瘴，我们都不怕。我们赤手空拳打出一座南洋来。我要写这个。我们伟大。是的，现在西洋人立在我们头上。可是，事业还仗着我们。我们在西人之下，其他民族之上。假如南洋是个糖烧饼，我们是那个糖馅。我们可上可下。自要努力使劲，我们只有往上，不会退下。没有了我们，便没有了南洋；这是事实，自自然然的事实。马来人什么也不干，只会懒。印度人也干不过我们。西洋人住上三四年就得回家休息，不然便支持不住。干活是我们，做买卖是我们，行医当律师也是我们。住十年，百年，一千年，都可以，什么样的天气我们也受得住，什么样的苦我们也能吃，什么样的工作我们有能力去干。说手有手，说脑子有脑子。我要写这么一本小说。这不是英雄崇拜，而是民族崇拜。所谓民族崇拜，不是说某某先生会穿西装，讲外国话，和懂得怎样给太太提着小伞。我是要说这几百年来，光脚到南洋的那些真正好汉。没钱，没国家保护，什么也没有。硬去干，而且真干出玩艺来。我要写这些真正的中国人，真有劲的中国人。中国是他们的，南洋也是他们的。那些会提小伞的先生们，屁！连我也算在里面。

可是，我写不出。打算写，得到各处去游历。我没钱，没工夫。广东话，福建话，马来话，我都不会。不懂的事还很多很多。不敢动笔。黄曼士先生没事就带我去看各种事儿，为是供给我点材料。可是以几个月的工夫打算抓住一个地方的味儿，不会。再说呢，我必须描写海，和中国人怎样在海上冒险。对于海的知识太少了；我生在北方，到二十多岁才看见了轮船。

那么，只好多住些日子了。可是我已离家六年，老母已七十多岁，常有信催我回家。为省得闲着，我开始写《小坡的生日》。本来想写的只好再等机会吧。直到如今，啊，机会可还没来。

写《小坡的生日》的动机是：表面的写点新加坡的风景什么的。还有：以儿童为主，表现着弱小民族的联合——这是个理想，在事实上大家并不联合，单说广东与福建人中间的成见与争斗便很厉害。这本书没有一个白小孩，故意地落掉。写了三个多月吧，得到五万来字；到上海又补了一万。

这本书中好的地方，据我自己看，是言语的简单与那些像童话的部分。它不完全是童话，因为前半截有好些写实处——本来是要描写点真事。这么一来，实的地方太实，虚的地方又很虚，结果是既不像童话，又非以儿童为主的故事，有点四不像了。设若有工夫删改，把写实的部分去掉，或者还能成个东西。可是我没有这个工夫。顶可笑的是在南洋各色小孩都讲着漂亮——确是漂亮——的北平话。

《小坡的生日》写到五万来字，放年假了。我很不愿离开新加坡，可是要走这是个好时候，学期之末，正好结束。在这个时节，又有去做别的事情的机会。若是这些事情中有能成功的，我自然可以辞去教职而仍不离开此地,为是可以多得些经验。可是这些事都没成功,因为有人从中破坏。这么一来,我就决定离开。我不愿意自己的事和别人捣乱争吵。在阳历二月底,我又上了船。

到现在想起来,我还很爱南洋——它在我心中是一片颜色,这片颜色常在梦中构成各样动心的图画。它是实在的,同时可以是童话的,原始的,浪漫的。无论在经济上,商业上,军事上,民族竞争上,诗上,音乐上,色彩上,它都有种魔力。

原载 1934 年 10 月《大众画报》第 12 期

春　风

济南与青岛是多么不相同的地方呢！一个设若比作穿肥袖马褂的老先生，那一个便应当是摩登的少女。可是这两处不无相似之点。拿气候说吧，济南的夏天可以热死人，而青岛是有名的避暑所在；冬天，济南也比青岛冷。但是，两地的春秋颇有点相同。济南到春天多风，青岛也是这样；济南的秋天是长而晴美，青岛亦然。

对于秋天，我不知应爱哪里：济南的秋是在山上，青岛的是海边。济南是抱在小山里的；到了秋天，小山上的草色在黄绿之间，松是绿的，别的树叶差不多都是红与黄的。就是那没树木的山上，也增多了颜色——日影，草色，石层，三者能配合出种种的条纹，种种的影色。配上那光暖的蓝空，我觉到一种舒适安全，只想在山坡上似睡非睡地躺着，躺到永远。青岛的山——虽然怪秀美——不能与海相抗，秋海的波还是春样的绿，可是被清凉的蓝空给开拓出老远，平日看不见的小岛清楚地点在帆外。这远到天边的绿水使我不愿思想而不得不思想；一种无目的的思虑，要思虑而心中反倒空虚了些。济南的秋给我安全之感，青岛的秋引起我甜美的悲哀。我不知应当爱哪个。

两地的春可都被风给吹毁了。所谓春风，似乎应当温柔，轻吻着柳枝，微微吹皱了水面，偷偷地传送花香，同情地轻轻掀起禽鸟的羽毛。济南与青岛的春风都太粗猛。济南的风每每在丁香海棠开花的时候把天刮黄,什么也看不见,连花都埋在黄暗中,青岛的风少一些沙土,可是狡猾,在已很暖的时节忽然来一阵或一天的冷风,把一切都送回冬天去,棉衣不敢脱,花儿不敢开,海边翻着愁浪。

两地的风都有时候整天整夜地刮。春夜的微风送来雁叫,使人似乎多些希望。整夜的大风,门响窗户动,使人不英雄的把头埋在被子里;即使无害,也似乎不应该如此。对于我,特别觉得难堪。我生在北方,听惯了风,可也最怕风。听是听惯了,因为听惯才知道那个难受劲儿。它老使我坐卧不安,心中游游摸摸的,干什么不好,不干什么也不好。它常常打断我的希望:听见风响,我懒得出门,觉得寒冷,心中渺茫。春天仿佛应当有生气,应当有花草,这样的野风几乎是不可原谅的!我倒不是个弱不禁风的人,虽然身体不很足壮。我能受苦,只是受不住风。别种的苦处,多少是在一个地方,多少有个原因,多少可以设法减除;对风是干没办法。总不在一个地方,到处随时使我的脑子晃动,像怒海上的船。它使我说不出为什么苦痛,而且没法子避免。它自由地刮,我死受着苦。我不能和风去讲理或吵架。单单在春天刮这样的风!可是跟谁讲理去呢?苏杭的春天应当没有这不得人心的风吧?我不准知道,而希望如此。好有个地方去"避风"呀!

原载1935年3月24日《益世报·益世小品》

青岛与我

这是头一次在青岛过夏。一点不吹,咱算是开了眼。可是,只能说开眼;没有别的好处。就拿海水浴说吧,咱在海边上亲眼看见了洋光眼子!可是咱自家不敢露一手儿。大概您总可以想象得到:一个比长虫——就是蛇呀——还瘦的人儿,穿上上不着天,下不着地的浴衣,脖子上套着太平圈,浑身上下骨骼分明,端立海岸之上,这是不是故意的气人?即使大家不动气,咱也不敢往水里跳呀;脖子上套着皮圈,而只在沙土上"憧憬",泄气本无不可,可也不能泄得出奇。咱只能穿着夏布大衫,远远地瞧着;偶尔遇上个异教卫道的人,相对微笑点首,叹风化之不良;其实他也跟我一样,不敢下水。海水浴没了咱的事。

白天上海岸,晚上呢自然得上跳舞场。青岛到夏天,的确是热闹:白舞女,黄舞女,黑舞女,都光着脚,脚指甲上涂得通红晶亮,鞋只是两根绊儿和两个高底。衣服,帽子,花样之多简直说不尽。按说咱既不敢下海,晚上似乎该去跳了,出点汗,活动活动。咱又没这个造化。第一,晚上一过九点就想睡;到舞场买票睡觉,似乎大可不必。第二呢,跳倒可以敷衍着跳一气,不过人家不踩咱的脚趾,而咱只踩人家的,虽说有独到之处,到底怪难以为情。莫若早早的睡吧,不招灾,不惹祸。况且这么规规矩矩,也足引起太太的敬意,她甚至想登报颂扬我的"仁政",可是被我拦住了,我向来是不好虚荣的。

既不去赶热闹,似乎就该在家中找些乐事;唱戏,打牌,安无线广播机等都是青岛时兴的玩艺。以唱戏说,不但早晨在家中吊嗓子的很多,此地还有许多剧社,锣鼓俱全,角色齐备,倒怪有个意思。我应当加入剧社,我小时候还听过谭鑫培呢,当然有唱戏的资格。找了介绍人,交了会费,头一天我就露了一出《武家坡》。我觉得唱得不错,第二天早早就去了,再想露一出拿手的。等了足有两点钟吧,一个人也没来,社员们太不热心呀,我想。第三天我又去了,还是没人,这未免有点奇怪。坐了十来分钟我就出去了,在门口遇见了个小孩。"小孩,"我很和气地说,"这儿怎样老没人?"小孩原来是看守票房李六的儿子,知道不少事儿。"这两天没人来,因为呀,"小孩笑着看了我一眼,"前天有一位先生唱得像鸭子叫唤,所以他们都不来啦;前天您来了吗?"我摇了摇头,一声没出就回了家。回到家里,我一咂摸滋味,心里可真有点不得劲儿。可是继而一想呢,票友们多半是有习气的,也许我唱得本来很好,而他们"欺生"。这么一想,我就决定在家里独唱,不必再出去怄闲气。唱,我一个人可就唱开了,"文武代打",好不过瘾!唱到第三天,房东来了,很客气地请我搬家,房东临走,向敝太太低声说了句:"假若先生不唱呢,那就不必移动了,大家都是朋友!"太太自然怕搬家,先生自然怕太太,我首先声明我很讨厌唱戏。

我刚要去买播音机,邻居郑家已经安好,我心中不大好过。在青岛,什么事走迟了一步,风头就被别人出尽;我不必再花钱了,既然已叫郑家抢了先。再说呢,他们播放,我听得很真,何必一定打对仗呢。我决定等着听便宜的。郑家的机器真不坏,据说花了八百多块。每到早十点,他们必转弄那个玩艺。最初是像火车挂钩,嘎!哗啦,哗啦!哗啦了半天,好似怕人讨厌它太单调,忽然改了腔儿,细声细气地啊啊,像老牛害病时那样呻吟。猛古丁的又改了办法,啪啪,喔——喔,越来越尖,咯喳!我以为是院中的柳树被风刮折了一棵!这是前奏曲。一切静寂,有五分钟的样子,忽然兜着我的耳根子:"南京!"也就是我呀,修养差一点的,管保得惊疯!吃了一丸子定神丸,我到底要听听南京怎样了。呕,原来南京的底下是——"王小姐唱《毛毛雨》"。这个《毛毛雨》可与众不同:第一声很足壮,第二声忽然像被风刮了走,第三声又改了火车挂钩,然后紧跟着刮风,下雨,打雷,空军袭击城市,海啸;《毛毛雨》当然听不到了。闹了一大阵,兜着我的耳根子——"北平!"我堵上了耳朵。早晨如是,下午如是,夜间如是;这回该我找房东去了。我搬了家。

还就是打个小牌,大概可以不招灾惹祸,可是我没有忍力。叫我打一圈吗,还可以;一坐下就八圈,我受不了。况且十几张牌,咱得把它们摆成五行,连这么办还有时把该留着的打出去。在我,这是消遣,慢慢地调动,考虑,点头,迟疑,原无不可;可是别人受得了吗。莫若多一事不如少一事,不必招人讨厌。

您说青岛这个地方,除了这些玩耍,还有什么可干的?干脆地说吧,我简直和青岛不发生关系,虽然是住在这里。有钱的人来青岛,好。上青岛来结婚,妙。爱玩的人来青岛,行。对于我,它是片美丽的沙漠。

对,有一件事我做还合适,而且很时兴。娶个姨太太。是的,我得娶个姨太太。又体面,又好玩。对,就这么办啦。我先别和太太商量,而暗中储蓄俩钱儿。等到娶了姨太太之后,也许我便唱得比鸭子好听,打牌也有了忍力……您等我的喜信吧!

原载 1935 年 8 月 16 日《论语》第 70 期

青岛与山大

北中国的景物是由大漠的风与黄河的水得到色彩与情调：荒、燥、寒、旷、灰黄，在这以尘沙为雾，以风暴为潮的北国里，青岛是颗绿珠，好似偶然地放在那黄色地图的边儿上。在这里，可以遇见真的雾，轻轻的在花林中流转，愁人的雾笛仿佛像一种特有的鹃声。在这里，北方的狂风还可以袭入，激起的却是浪花；南风一到，就要下些小雨了。在这里，春来得很迟，别处已是端阳，这里刚好成为锦绣的乐园，到处都是春花。这里的夏天根本用不着说，因为青岛与避暑永远是相联的。其实呢，秋天更好：有北方的晴爽，而不显着干燥，因为北方的天气在这里被海给软化了；同时，海上的湿气又被凉风吹散，结果是天与海一样的蓝，湿与燥都不走极端；虽然大雁还是按时候向南飞，可是此地到菊花时节依然是很暖和的。在海边的微风里，看高远深碧的天上飞着雁字，真能使人暂时忘了一切，即使欲有所思，大概也只有赞美青岛吧。冬天可实在不能令人满意，有相当的冷，也有不小的风。但是，这里的房屋不像北平的那样以纸糊窗，街道上也没有尘土，于是冷与风的厉害就减少了一些。再说呢，夏季的青岛是中外有钱有闲的人们的娱乐场所，因为他们与她们都是来享福取乐，所以不惜把壮丽的山海弄成烟酒香粉的世界。到了冬天，他们与她们都另寻出路，把山海自然之美交给我们久住青岛的人。雪天，我们可以到栈桥去望那美若

白莲的远岛；风天，我们可以在夜里听着寒浪的击荡。就是不风不雪，街上的行人也不甚多，到处呈现着严肃的气象，我们也可以吐一口气，说：这是山海的真面目。

一个大学或者正像一个人，它的特色总多少与它所在的地方有些关系。山大虽然成立了不多年，但是它既在青岛，就不能不带些青岛味儿。这也就是常常引起人家误解的地方。一般的说，人们大概会这样想：山大立在青岛恐怕不大合适吧？舞场，咖啡馆，电影院，浴场……在花花世界里能安心读书吗？这种因爱护而担忧的猜想，正是我们所愿解答的。在前面，我们叙述了青岛的四时：青岛之有夏，正如青岛之有冬；可是一般人似乎只知其夏，不知其冬，猜测多半由此而来。说真的，山大所表现的精神是青岛的冬。是呀，青岛忙的时候也是山大忙的时候，学会咧，参观团咧，讲习会咧，有时候同时借用山大作会场或宿舍，热忙非常。但这总是在夏天，夏天我们也放假呀。当我们上课的期间，自秋至冬，自冬至初夏，青岛差不多老是静寂的。春山上的野花，秋海上的晴霞，是我们的，避暑的人们大概连想也没想到过。至于冬日寒风恶月里的寂苦，或者也只有我们的读书声与足球场上的欢笑可与相抗；稍微贪点热闹的人恐怕连一个星期也住不下去。我常说，能在青岛住过一冬的，就有修仙的资格。我们的学生在这里一住就是四冬啊！他们不会在毕业时候都成为神仙——大概也没人这样期望他们——可是他们的静肃态度已经养成了。一个没到过山大的人，也许容易想到，青岛既是富有洋味的地方，当然山大的学生也得洋服唧当的，像些华侨子弟似的。根本没有这一回事。山大的校舍是昔年的德国兵营，虽然在改作学校之后，院中铺满短草，道旁也种上了玫瑰，可是它总脱不了营房的严肃气象。学校的后面左面都是小山，挺立着一些青松，我们每天早晨一抬头就看见山石与松林之美，但不是柔媚的那一种。学校里我们设若打扮得怪漂亮的，即使没人多看两眼，也觉得仿佛有些不得劲儿。整个的严肃空气不许我们漂亮，到学校外去，依然用不着修饰。六七月之间，此处固然是万紫千红，士女如云，好一片摩登景象了。可是过了暑期,海边上连个人影也没有;我们大概用不着花花绿绿地去请白鸥与远帆来看吧?因此,山大虽在青岛,而很少洋味儿,制服以外,蓝布大衫是第二制服。就是在六七月最热闹的时候,我们还是如此,因为朴素成了风气,蓝布大衫一穿大有"众人摩登我独古"的气概。

还有呢,不管青岛是怎样西洋化了的都市,它到底是在山东。"山东"二字满可以用作朴俭静肃的象征,所以山大——虽然学生不都是山东人——不但是个北方大学,而且是北方大学中最带"山东"精神的一个。我们常到崂山去玩,可是我们的眼却望着泰山,仿佛是。这个精神使我们朴素,使我们能吃苦,使我们静默。往好里说,我们是有一种强毅的精神;往坏里讲,我们有点乡下气。不过,即使我们真有乡下气,我们也会自傲地说,我们是在这儿矫正那有钱有闲来此避暑的那种奢华与虚浮的摩登,因为我们是一群"山东儿"——虽然是在青岛,而所表现的是青岛之冬。

至于沿海上停着的各国军舰,我们看见的最多,此地的经济权在谁何之手,我们知道的最清楚;这些——还有许多别的呢——时时刻刻刺激着我们,警告着我们,我们的外表朴素,我们的生活单纯,我们却有颗红热的心。我们眼前的青山碧海时时对我们说:国破山河在!于此,青岛与山大就有了很大的意义。

原载 1936 年山东大学《二五年刊》

想北平

设若让我写一本小说,以北平作背景,我不至于害怕,因为我可以捡着我知道的写,而躲开我所不知道的。让我单摆浮搁地讲一套北平,我没办法。北平的地方那么大,事情那么多,我知道的真觉太少了,虽然我生在那里,一直到廿七岁才离开。以名胜说,我没到过陶然亭,这多可笑!以此类推,我所知道的那点只是"我的北平",而我的北平大概等于牛的一毛。

可是,我真爱北平。这个爱几乎是要说而说不出的。我爱我的母亲。怎样爱?我说不出。在我想做一件事讨她老人家喜欢的时候,我独自微微地笑着;在我想到她的健康而不放心的时候,我欲落泪。言语是不够表现我的心情的,只有独自微笑或落泪才足以把内心揭露在外面一些来。我之爱北平也近乎这个。夸奖这个古城的某一点是容易的,可是那就把北平看得太小了。我所爱的北平不是枝枝节节的一些什么,而是整个儿与我的心灵相黏合的一段历史,一大块地方,多少风景名胜,从雨后什刹海的蜻蜓一直到我梦里的玉泉山的塔影,都积凑到一块儿,每一小的事件中有个我,我的每一思念中有个北平,这只有说不出而已。

真愿成为诗人,把一切好听好看的字都浸在自己的心血里,像杜鹃似的啼出北平的俊伟。啊!我不是诗人!我将永远道不出我的爱,一种像由音乐与图画所引起的爱。这不但是辜负了北平,也对不住我自己,因为我的最初的知识与印象都得自北平,它是在我的血里,我的性格与脾气里有许多地方是这古城所赐给的。我不能爱上海与天津,因为我心中有个北平。可是我说不出来!

伦敦,巴黎,罗马,与堪司坦丁堡(伊斯坦布尔),曾被称为欧洲的四大"历史的都城"。我知道一些伦敦的情形;巴黎与罗马只是到过而已;堪司坦丁堡根本没有去过。就伦敦,巴黎,罗马来说,巴黎更近似北平——虽然"近似"两字要拉扯得很远——不过,假使让我"家住巴黎",我一定会和没有家一样的感到寂苦。巴黎,据我看,还太热闹。自然,那里也有空旷静寂的地方,可是又未免太旷;不像北平那样既复杂而又有个边际,使我能摸着——那长着红酸枣的老城墙!面向着积水潭,背后是城墙,坐在石上看水中的小蝌蚪或苇叶上的嫩蜻蜓,我可以快乐地坐一天,心中完全安适,无所求也无可怕,像小儿安睡在摇篮里。是的,北平也有热闹的地方,但是它和太极拳相似,动中有静。巴黎有许多地方使人疲乏,所以咖啡与酒是必要的,以便刺激;在北平,有温和的香片茶就够了。

论说巴黎的布置已比伦敦罗马匀调得多了,可是比上北平还差点事儿。北平在人为之中显出自然,几乎是什么地方既不挤得慌,又不太僻静:最小的胡同里的房子也有院子与树;最空旷的地方也离买卖街与住宅区不远。这种分配法可以算——在我的经验中——天下第一了。北平的好处不在处处设备得完全,而在它处处有空儿,可以使人自由地喘气;不在有好些美丽的建筑,而在建筑的四围都有空闲的地方,使它们成为美景。每一个城楼,每一个牌楼,都可以从老远就看见。况且在街上还可以看见北山与西山呢!

好学的,爱古物的,人们自然喜欢北平,因为这里书多古物多。我不好学,也没钱买古物。对于物质上,我却爱北平的花多菜多果子多。花草是费钱的玩艺,可是此地的"草花儿"很便宜,而且家家有院子,可以花不多的钱而种一院子花,即使算不了什么,可是到底可爱呀。墙上的牵牛,墙根的靠山竹与草茉莉,是多么省钱省事而也足以招来蝴蝶呀!至于青菜,白菜,扁豆,毛豆角,王瓜,菠菜,等等,大多数是直接由城外担来而送到家门口的。雨后,韭菜叶上还往往带着雨时溅起的泥点。青菜摊子上的红红绿绿几乎有诗似的美丽。果子有不少是由西山与北山来的,西山的沙果,海棠,北山的黑枣,柿子,进了城还带着一层白霜儿呀!哼,美国的橘子包着纸;遇到北平的带霜儿的玉李,还不愧杀!

是的,北平是个都城,而能有好多自己产生的花,菜,水果,这就使人更接近了自然。从它里面说,它没有像伦敦的那些成天冒烟的工厂;从外面说,它紧连着园林,菜圃,与农村。采菊东篱下,在这里,确是可以悠然见南山的;大概把"南"字变个"西"或"北",也没有多少了不得的吧。像我这样的一个贫寒的人,或者只有在北平能享受一点清福了。

好,不再说了吧;要落泪了,真想念北平呀!

原载1936年6月16日《宇宙风》第19期

英国人

据我看，一个人即使承认英国人民有许多好处，大概也不会因为这个而乐意和他们交朋友。自然，一个有金钱与地位的人，走到哪里也会受欢迎；不过，在英国也比在别国多些限制。比如以地位说吧，假如一个做讲师或助教的，要是到了德国或法国，一定会有些人称呼他"教授"。不管是出于诚心吧，还是捧场；反正这是承认教师有相当的地位，是很显然的。在英国，除非他真正是位教授，绝不会有人来招呼他。而且，这位教授假若不是牛津或剑桥的，也就还差点劲儿。贵族也是如此，似乎只有英国国产贵族才能算数儿。

至于一个平常人，尽管在伦敦或其他的地方住上十年八载，也未必能交上一个朋友。是的，我们必须先交代明白，在资本主义的社会里，大家一天到晚为生活而奔忙，实在找不出闲工夫去交朋友；欧西各国都是如此，英国并非例外。不过，即使我们承认这个，可是英国人还有些特别的地方，使他们更难接近。一个法国人见着个生人，能够非常的亲热，越是因为这个生人的法国话讲得不好，他才越愿指导他。英国人呢，他以为天下没有会讲英语的，除了他们自己，他干脆不愿搭理一个生人。一个英国人想不到一个生人可以不明白英国的规矩，而是一见到生人说话行动有不对的地方，马上认为这个人是野蛮，不屑于再招呼他。英国的规矩又偏偏是那么多！他不能想象到别人可以没有这些规矩，而另有一套；不，英国的是一切；设若别处没有那么多的雾，那根本不能算作真正的天气！

除了规矩而外，英国人还有好多不许说的事：家中的事，个人的职业与收入，通通不许说，除非彼此是极亲近的人。一个住在英国的客人，第一要学会那套规矩，第二要别乱打听事儿，第三别谈政治，那么，大家只好谈天气了，而天气又是那么不得人心。自然，英国人很有的说，假若他愿意：他可以讲论赛马，足球，养狗，高尔夫球，等等；可是咱又许不大晓得这些事儿。结果呢，只好对愣着。对了，还有宗教呢，这也最好不谈。每个英国人有他自己开辟的到天堂之路，乘早儿不用惹麻烦。连书籍最好也不谈，一般的说，英国人的读书能力与兴趣远不及法国人。能念几本书的差不多就得属于中等阶级，自然我们所愿与谈论书籍的至少是这路人。这路人比谁的成见都大，那么与他们闲话书籍也是自找无趣的事。多数的中等人拿读书——自然是指小说了——当作自己生活理想的佐证。一个普通的少女，长得有个模样，嫁了个驶汽车的；在结婚之夕证实了，他原来是个贵族，而且承袭了楼上有鬼的旧宫，专是壁上的挂图就值多少百万！读惯这种书的，当然很难想到别的事儿，与他们谈论书籍和捣乱大概没有什么分别。中上的人自然有些识见了，可是很难遇到啊。况且有些识见的英国人，根本在英国就不大被人看得起；他们连拜伦，雪莱和王尔德还都逐出国外去，我们想跟这样人交朋友——即使有机会——无疑的也会被看作怪物的。

我真想不出，彼此不能交谈，怎能成为朋友。自然，也许有人说：不常交谈，那么遇到有事需要彼此的帮忙，便丁对丁，卯对卯地去办好了；彼此有了这样干脆了当的交涉与接触，也能成为朋友，不是吗？是的，求人帮助是必不可免的事，就是在英国也是如是；不过英国人的脾气还是以能不求人为最好。他们的脾气既是这样，他们不求你，你也就不好意思求他了。多数的英国人愿当鲁滨孙，万事不求人。于是他们对别人也就不愿多伸手管事。况且，即使他们愿意帮你忙，他们是那样的沉默简单，事情是给你办了，可是交情仍然谈不到。当一个英国人答应了你办一件事，他必定给你办到。可是，跟他上火车一样，非到车已要开了，他不露面。你别去催他，他有他的稳当劲儿。等到办完了事，他还是不理你，直等到你去谢谢他，他才微笑一笑。到底还是交不上朋友，无论你怎样上前巴结。假若你一个劲儿奉承他或讨他的好，他也许告诉你："请少来吧，我忙！"这自然不是说，英国就没有一个和气的人。不，绝不是。一个和气的英国人可以说是最有礼貌，最有心路，最体面的人。不过，他的好处只能使你钦佩他，他有好些地方使人不便和他套交情。他的礼貌与体面是一种武器，使人不敢离他太近了。就是顶和气的英国人，也比别人端庄得多；他不喜欢法国式的亲热——你可以看见两个法国男人互吻，可是很少见一个英国人把手放在另一个英国人的肩上，或搂着脖儿。两个很要好的女友在一块儿吃饭，设若有一个因为点儿缘故而想把自己的菜让给友人一点，你必会听到那个女友说："这不是羞辱我吗？"男人就根本不干这样的傻事。是呀，男人之间让酒让烟是极普遍的事，可是只限于烟酒，他们不会肥马轻裘与友共之。

这样讲，好像英国人太别扭了。别扭，不错；可是他们也有好处。你可以永远不与他们交朋友，但你不能不佩服他们。事情是两面的。英国人不愿轻易替别人出力，他可也不来讨厌你呀。他的确非常高傲，可是你要是也沉住了气，他便要佩服你。一般的说，英国人很正直。他们并不因为自傲而蛮不讲理。对于一个英国人，你要先估量估量他的身份，再看看你的价值；他要是像块石头，你顶好像块大理石；硬碰硬，而你比他更硬。他会承认他的弱点。他能够很体谅人，很大方，但是他不愿露出来：你对他也顶好这样。设若你准知道他要向灯，你就顶好也先向灯，他自然会向火；他喜欢表示自己有独立的意见。他的意见可老是意见，假若你说得有理，到办事的时候他会牺牲自己的意见，而应怎么办就怎么办。你必须知道，他的态度虽是那么沉默孤高，像有心事的老驴似的，可是他心中很能幽默一气。他不轻易向人表示亲热，可也不轻易生气，到他说不过你的时候，他会以一笑了之。这点幽默劲儿使英国人几乎成为可爱的了。他没火气，他不吹牛，虽然他很自傲自尊。

所以，假若英国人成不了你的朋友，他们可是很好相处。他们该办什么就办什么，不必你去套交情；他们不因私交而改变做事该有的态度。他们的自傲使他们对人冷淡，可是也使他们自重。他们的正直使他们对人不客气，可也使他们对事认真。你不能拿他当作吃喝不分的朋友，可是一定能拿他当个很好的公民或办事人。就是他的幽默也不低级讨厌，幽默助成他做个贞脱儿曼(gentleman)，不是弄鬼脸逗笑。他并不老实，可是他大方。

他们不爱着急，所以也不好讲理想。胖子不是一口吃起来的，乌托邦也不是一步就走到的。往坏的说，他们只顾眼前；往好的说，他们不乌烟瘴气。他们不爱听世界大同，四海兄弟，或那顶大顶大的计划。他们愿一步一步慢慢地走，走到哪里算哪里。成功呢，好；失败呢，再干。英国兵不怕打败仗。英国的一切都好像是在那儿敷衍呢，可是他们在各种事业上并不是不求进步。这种骑马找马的办法常常使人以为他们是狡猾，或守旧；狡猾容或有之，守旧也是真的，可是英国人不在乎，他有他的主意。他深信常识是最可宝贵的，慢慢走着瞧吧。萧伯纳可以把他们骂得狗血喷头，可是他们会说："他是爱尔兰的呀！"他们会随着萧伯纳笑他们自己，但他们到底是他们——萧伯纳连一点办法也没有！

这些，可只是个简单的，大概的，一点由观察得来的印象。一般的说，也许大致不错；应用到某一种或某一个英国人身上，必定有许多欠妥当的地方。概括的论断总是免不了危险的。

原载 1936 年 9 月《西风》第 1 期

我的几个房东
——留英回忆之二

初到伦敦,经易文思教授的介绍,住在了离"城"有十多英里的一个人家里。房主人是两位老姑娘。大姑娘有点傻气,腿上常闹湿气,所以身心都不大有用。家务统由妹妹操持,她勤苦诚实,且受过相当的教育。

她们的父亲是开面包房的,死后,把面包房给了儿子,给二女一人一处小房子。她们卖出一所,把钱存在银行生息。其余的一所,就由她们合住。妹妹本可以去做,也真做过,家庭教师。可是因为姐姐需人照管,所以不出去做事,而把楼上的两间屋子租给单身的男人,进些租金。这给妹妹许多工作,她得给大家做早餐晚饭,得上街买东西,得收拾房间,得给大家洗小衣裳,得记账。这些,已足使任何一个女子累得喘不过气来。可是她于这些工作外,还得答复朋友的信,读一两段《圣经》和做些针线。

她这种勤苦忠诚,倒还不是我所佩服的。我真佩服她那点独立的精神。她的哥开着面包房,到圣诞节才送给妹妹一块大鸡蛋糕!她绝不去求他的帮助,就是对那一块大鸡蛋糕,她也马上还礼,送给她哥一点有用的小物件。当我快回国时去看她,她的背已很弯,发也有些白的了。

自然,这种独立的精神是由资本主义的社会制度逼出来的,可是,我到底不能不佩服她。

在她那里住过一冬,我搬到伦敦的西部去。这回是与一个叫艾支顿的合租一层楼。所以事实上我所要说的是这个艾支顿——称他为二房东都勉强一些——而不是真正的房东。我与他一气在那里住了三年。

这个人的父亲是牧师,他自己可不信宗教。当他很年轻的时候,他和一个女子由家中逃出来,在伦敦结了婚,生了三四个小孩。他有相当的聪明,好读书。专就文字方面上说,他会拉丁文,希腊文,德文,法文,程度都不坏。英文,他写得非常的漂亮。他作过一两本讲教育的书,即使内容上不怎样,他的文字之美是公认的事实。我愿意同他住在一处,差不多是为学些地道好英文。在大战时,他去投军。因为心脏弱,报不上名。他硬挤了进去。见到了军官,凭他的谈吐与学识,自然不会被叉去帐外。一来二去,他升到中校,差不多等于中国的旅长了。

战后,他拿了一笔不小的遣散费,回到伦敦,重整旧业,他又去教书。为充实学识,还到过维也纳听弗洛衣德的心理学。后来就在牛津的补习学校教书。这个学校是为工人们预备的,仿佛有点像国内的暑期学校,不过目的不在补习升学的功课。做这种学校的教员,自然没有什么地位,可是实利上并不坏;一年只做半年的事,薪水也并不很低。这个,大概是他的黄金"时代"。以身份言,中校;以学识言,有著作;以生活言,有个清闲舒服的事情。

也正是在这个时候,他和一位美国女子发生了恋爱。她出自名家,有硕士的学位。来伦敦游玩,遇上了他。她的学识正好补足他的,她是学经济的;他在补习学校演讲关于经济的问题,她就给他预备稿子。

他的夫人告了。离婚案刚一提到法厅,补习学校便免了他的职。这种案子在牛津与剑桥还是闹不得的!离婚案成立,他得到自由,但须按月供给夫人一些钱。

在我遇到他的时候,他正极狼狈。自己没有事,除了夫妇的花销,还得供给原配。幸而硕士找到了事,两份儿家都由她支持着。他空有学问,找不到事。可是两家的感情渐渐地改善,两位夫人见了面,他每月给第一位夫人送钱也是亲自去,他的女儿也常来找他。这个,可救不了穷。穷,他还很会花钱。做过几年军官,他挥霍惯了。钱一到他手里便不会老实。他爱买书,爱吸好烟,有时候还得喝一盅。我在东方学院遇见了他,他到那里学华语;不知他怎么弄到手里几镑钱,便出了这个主意。见到我,他说彼此交换知识,我多教他些中文,他教我些英文,岂不甚好?为学习的方便,顶好是住在一处,假若我出房钱,他就供给我饭食。我点了头,他便找了房。

艾支顿夫人真可怜。她早晨起来,便得做好早饭。吃完,她急忙去做工,拼命地追公共汽车;永远不等车站稳就跳上去,有时把腿碰得紫里蒿青。五点下工,又得给我们做晚饭。她的烹调本事不算高明,我俩一有点不爱吃的表示,她便立刻泪在眼眶里转。有时候,艾支顿卖了一本旧书或一张画,手中攥着点钱,笑着请我们出去吃一顿。有时候我看她太疲乏了,就请他俩吃顿中国饭。在这种时节,她喜欢得像小孩子似的。

他的朋友多数和他的情形差不多。我还记得几位:有一位是个年轻的工人,谈吐很好,可是时常失业,一点也不是他的错儿,怎奈工厂时开时闭。他自然的是个社会主义者,每逢来看艾支顿,他俩便粗着脖子红着脸地争辩。艾支顿也很有口才,不过与其说他是为政治主张而争辩,还不如说是为争辩而争辩。还有一位小老头也常来,他顶可爱。德文,意大利文,西班牙文,他都能读能写能讲,但是找不到事做;闲着没事,他只为一家磁砖厂吆喝买卖,拿一点扣头。另一位老者,常上我们这一带来给人家擦玻璃,也是我们的朋友。这个老头是位博士。赶上我们在家,他便一边擦着玻璃,一边和我们讨论文学与哲学。孔子的哲学,泰戈尔的诗,他都读过,不用说西方的作家了。

只提这么三位吧,在他们的身上使我感到工商资本主义的社会的崩溃与罪恶。他们都有知识,有能力,可是被那个社会制度捆住了手,使他们抓不到面包。成千论万的人是这样,而且有远不及他们三个的!找个事情真比登天还难!

艾支顿一直闲了三年。我们那层楼的租约是三年为限。住满了,房东要加租,我们就分离开,因为再找那样便宜,和恰好够三个人住的房子,是大不容易的。虽然不在一块儿住了,可是还时常见面。艾支顿只要手里有够看电影的钱,便立刻打电话请我去看电影。即使一个礼拜,他的手中彻底的空空如也,他也会约我到家里去吃一顿饭。自然,我去的时候也老给他们买些东西。在这一点上,他不像普通的英国人,他好请朋友,也很坦然地接受朋友的约请与馈赠。有许多地方,他都带出点浪漫劲儿,但他到底是个英国人,不能完全放弃绅士的气派。

直到我回国的时际,他才找到了事——在一家大书局里做顾问,荐举大陆上与美国的书籍,经书局核准,他再找人去翻译或——若是美国的书——出英国版。我离开英国后,听说他已被那个书局聘为编辑员。

离开他们夫妇,我住了半年的公寓,不便细说;房东与房客除了交租金时见一面,没有一点别的关系。在公寓里,晚饭得出去吃,既费钱,又麻烦,所以我又去找房间。这回是在伦敦南部找到一间房子,房东是老夫妇,带着个女儿。

这个老头儿——达尔曼先生——是干什么的,至今我还不清楚。一来我只在那儿住了半年,二来英国人不喜欢谈私事,三来达尔曼先生不爱说话,所以我始终没得机会打听。偶尔由老夫妇谈话中听到一两句,仿佛他是木器行的,专给人家设计做家具。他身边常带着尺。但是我不敢说肯定的话。

半年的工夫,我听熟了他三段话——他不大爱说话,但是一高兴就离不开这三段,像留声机片似的,永远不改。第一段是贵族巴来,由非洲弄来的钻石,一小铁筒一小铁筒的!每一块上都有个记号!第二段是他做过两次陪审员,非常的光荣!第三段是大战时,一个伤兵没能给一个军官行礼,被军官打了一拳。及至看明了那是个伤兵,军官跑得比兔子还快;不然的话,非叫街上的给打死不可!

除了这三段而外,假若他还有什么说的,便是重述《晨报》上的消息与意见。凡是《晨报》所说的都对!

这个老头儿是地道的英国小市民,有房,有点积蓄,勤苦,干净,什么也不知道,只晓得自己的工作是神圣的,英国人是世界上最好的人。

达尔曼太太是女性的达尔曼先生,她的意见不但得自《晨报》,而且是由达尔曼先生口中念出的那几段《晨报》,她没工夫自己去看报。

达尔曼姑娘只看《晨报》上的广告。有一回,或者是因为看我老拿着本书,她向我借一本小说。随手地我给了她一本威尔思的幽默故事。念了一段,她的脸都气紫了!我赶紧出去在报摊上给她找了本六个便士的罗曼司,内容大概是一个女招待嫁了个男招待,后来才发现这个男招待是位伯爵的承继人。这本小书使她对我又有了笑脸。

她没事做,所以在分类广告上登了一小段广告——教授跳舞。她的技术如何,我不晓得,不过她声明愿减收半费教给我的时候,我没出声。把知识变成金钱,是她,和一切小市民的格言。

她有点苦闷,没有男朋友约她出去玩耍,往往吃完晚饭便假装头疼,跑到楼上去睡觉。婚姻问题在那经济不景气的国度里,真是个没法办的问题。我看她恐怕要窝在家里!"房东太太的女儿"往往成为留学生的夫人,这是留什么外史一类小说的好材料;其实,里面的意义并不止是留学生的荒唐呀。

原载 1936 年 12 月《西风》第 4 期

东方学院
——留英回忆之三

从一九二四年的秋天,到一九二九年的夏天,我一直在伦敦住了五年。除了暑假寒假和春假中,我有时候离开伦敦几天,到乡间或别的城市去游玩,其余的时间就都消磨在这个大城里。我的工作不许我到别处去,就是在假期里,我还有时候得到学校去。我的钱也不许我随意地到各处跑,英国的旅馆与火车票价都不很便宜。

我工作的地方是东方学院,伦敦大学的名学院之一。这里,教授远东近东和非洲的一切语言文字。重要的语言都成为独立学系,如中国语,阿拉伯语等;在语言之外还讲授文学哲学什么的。次要的语言,就只设一个固定的讲师,不成学系,如日本语;假如有人要特意地请求讲授日本的文学或哲学等,也就由这个讲师包办。不甚重要的语言,便连固定的讲师也不设,而是有了学生再临时去请教员,按钟点计算报酬。譬如有人要学蒙古语文或非洲的非英属的某地语文,便是这么办。自然,这里所谓的重要与不重要,是多少与英国的政治,军事,商业等相关联的。

在学系里,大概的都是有一位教授,和两位讲师。教授差不多全是英国人;两位讲师总是一个英国人,和一个外国人——这就是说,中国语文系有一位中国讲师,阿拉伯语文系有一位阿拉伯人做讲师。这是三位固定的教员,其余的多是临时请来的,比如中国语文系里,有时候于固定的讲师外,还有好几位临时的教员。假若赶到有学生要学中国某一种方言的话,这系里的教授与固定讲师都是说官话的,那么要是有人想学厦门话或绍兴话,就非去临时请人来教不可。

这里的教授也就是伦敦大学的教授。这里的讲师可不都是伦敦大学的讲师。以我自己说,我的聘书是东方学院发的,所以我只算学院里的讲师,和大学不发生关系。那些英国讲师多数的是大学的讲师,这倒不一定是因为英国讲师的学问怎样的好,而是一种资格问题:有了大学讲师的资格,他们好有升格的希望,由讲师而副教授而教授。教授既全是英国人,如前面所说过的,那么外国人得到了大学的讲师资格也没有多大用处。况且有许多部分,根本不成学系,没有教授,自然得到大学讲师的资格也不会有什么发展。在这里,看出英国人的偏见来。以梵文,古希伯来文,阿拉伯文等说,英国的人才并不弱于大陆上的各国;至于远东语文与学术的研究,英国显然追不上德国或法国。设若英国人愿意,他们很可以用较低的薪水去到德法等国聘请较好的教授。可是他们不肯。他们的教授必须是英国人,不管学问怎样。就我所知道的,这个学院里的中国语文学系的教授,还没有一位真正有点学问的。这在学术上是吃了亏,可是英国人自有英国人的办法,绝不会听别人的。幸而呢,别的学系真有几位好的教授与讲师,好歹一背拉,这个学院的教员大致的还算说得过去。况且,于各系的主任教授而外,还有几位学者来讲专门的学问,像印度的古代律法,巴比仑的古代美术,等等,把这学院的声价也提高了不少。在这些教员之外,另有位音韵学专家,教给一切学生以发音与辨音的训练与技巧,以增加学习语言的效率。这倒是个很好的办法。

大概的说,此处的教授们并不像牛津或剑桥的教授们那样只每年给学生们一个有系统的讲演,而是每天与讲师们一样的教功课。这就必须说一说此处的学生了。到这里来的学生,几乎没有任何的限制。以年龄说,有的是七十岁的老丈或老太婆,有的是十几岁的小男孩或女孩。只要交上学费,便能入学。于是,一人学一样,很少有两个学生恰巧学一样东西的。拿中国语文系说吧，当我在那儿的时候，学生中就有两位七十多岁的老人：一位老人是专学中国字，不大管它们都念作什么，所以他指定要英国的讲师教他。另一位老人指定要跟我学，因为他非常注重发音；他对语言很有研究，古希腊，拉丁，希伯来，他都会，到七十多岁了，他要听听华语是什么味儿；学了些日子华语，他又选上了日语。这两个老人都很用功，头发虽白，心却不笨。这一对老人而外，还有许多学生：有的学言语，有的念书，有的要在伦敦大学得学位而来预备论文，有的念元曲，有的念《汉书》，有的是要往中国去，所以先来学几句话，有的是已在中国住过十年八年而想深造……总而言之，他们学的课不同，程度不同，上课的时间不同，所要的教师也不同。这样，一个人一班，教授与两个讲师便一天忙到晚了。这些学生中最小的一个才十二岁。

因此，教授与讲师都没法开一定的课程，而是兵来将挡，学生要学什么，他们就得教什么；学院当局最怕教师们说："这我可教不了。"于是，教授与讲师就很不易当。还拿中国语文系说吧，有一回，一个英国医生要求教他点中国医学。我不肯教，教授也瞪了眼。结果呢，还是由教授和他对付了一个学期。我很佩服教授这点对付劲儿；我也准知道，假若他不肯敷衍这个医生，大概院长那儿就更难对付。由这一点来说，我很喜欢这个学院的办法，来者不拒，一人一班，完全听学生的。不过，要这样办，教员可得真多，一系里只有两三个人，而想使个个学生满意，是作不到的。

成班上课的也有：军人与银行里的练习生。军人有时候一来就是一拨儿，这一拨儿分成几组，三个学中文，两个学日文，四个学土耳其文……既是同时来的，所以可以成班。这是最好的学生。他们都是小军官，又差不多都是世家出身，所以很有规矩，而且很用功。他们学会了一种语言，不管用得着与否，只要考试及格，在饷银上就有好处。据说会一种语言的，可以每年多关一百镑钱。他们在英国学一年中文，然后就可以派到中国来。到了中国，他们继续用功，而后回到英国受试验。试验及格便加薪俸了。我帮助考过他们,考题很不容易,言语,要能和中国人说话;文字,要能读大报纸上的社论与新闻,和能将中国的操典与公文译成英文。学中文的如是,学别种语文的也如是。厉害!英国的秘密侦探是著名的,军队中就有这么多,这么好的人才呀!和哪一国交战,他们就有会哪一国言语文字的军官。我认得一个年轻的军官,他已考及格过四种言语的初级试验,才二十三岁!想打倒帝国主义么,啊,得先充实自己的学问与知识,否则喊哑了嗓子只有自己难受而已。

最坏的学生是银行的练习生们。这些都是中等人家的子弟——不然也进不到银行去——可是没有军人那样的规矩与纪律,他们来学语言,只为马马虎虎混个资格,考试一过,马上就把"你有钱,我吃饭"忘掉。考试及格,他们就有被调用到东方来的希望,只是希望,并不保准。即使真被派遣到东方来,如新加坡,香港,上海等处,他们早知道满可以不说一句东方语言而把事全办了。他们是来到这个学院预备资格,不是预备言语,所以不好好地学习。教员们都不喜欢教他们,他们也看不起教员,特别是外国教员。没有比英国中等人家的二十上下岁的少年再讨厌的了,他们有英国人一切的讨厌,而英国人所有的好处他们还没有学到,因为他们是正在刚要由孩子变成大人的时候,所以比大人更讨厌。

班次这么多,功课这么复杂,不能不算是累活了。可是有一样好处:他们排功课表总设法使每个教员空闲半天。星期六下午照例没有课,再加上每周当中休息半天,合起来每一星期就有两天的休息。再说呢,一年分为三学期,每学期只上十个星期的课,一年倒可以有五个月的假日,还算不坏。不过,假期中可还有学生愿意上课;学生愿意,先生自然也得愿意,所以我不能在假期中一气离开伦敦许多天。这可也有好处,假期中上课,学费便归先生要。

学院里有个很不错的图书馆,专藏关于东方学术的书籍,楼上还有些中国书。学生在上课前,下课后,不是在休息室里,便是到图书馆去,因为此外别无去处。这里没有运动场等的设备,学生们只好到图书馆去看书,或在休息室里吸烟,没别的事可做。学生既多数的是一人一班,而且上课的时间不同,所以不会有什么团体与运动。每一学期至多也不过有一次茶话会而已。这个会总是在图书馆里开,全校的人都被约请。没有演说,没有任何仪式,只有茶点,随意地吃。在开这个会的时候,学生才有彼此接谈的机会,老幼男女聚在一处,一边吃茶一边谈话。这才看出来,学生并不少;平日一个人一班,此刻才看到成群的学生。

  假期内,学院里清静极了,只有图书馆还开着,读书的人可也并不甚多。我的《老张的哲学》《赵子曰》与《二马》,大部分是在这里写的,因为这里清静啊。那时候,学院是在伦敦城里。四外有好几个火车站,按说必定很乱,可是在学院里并听不到什么声音。图书馆靠街,可是正对着一块空地,有些花木,像个小公园。读完了书,到这个小公园去坐一下,倒也方便。现在,据说这个学院已搬到大学里去,图书馆与课室,一个友人来信这么说——相距很远,所以馆里更清静了。哼,希望多咱有机会再到伦敦去,再在这图书馆里写上两本小说!

原载 1937 年 3 月《西风》第 7 期

大明湖之春

北方的春本来就不长,还往往被狂风给七手八脚地刮了走。济南的桃李丁香与海棠什么的,差不多年年被黄风吹得一干二净,地暗天昏,落花与黄沙卷在一处,再睁眼时,春已过去了!记得有一回,正是丁香乍开的时候,也就是下午两三点钟吧,屋中就非点灯不可了;风是一阵比一阵大,天色由灰而黄,而深黄,而黑黄,而漆黑,黑得可怕。第二天去看院中的两株紫丁香,花已像煮过一回,嫩叶几乎全破了!济南的秋冬,风倒很少,大概都留在春天刮呢。

有这样的风在这儿等着,济南简直可以说没有春天;那么,大明湖之春更无从说起。

济南的三大名胜,名字都起得好:千佛山,趵突泉,大明湖,都多么响亮好听!一听到"大明湖"这三个字,便联想到春光明媚和湖光山色,等等,而心中浮现出一幅美景来。事实上,可是,它既不大,又不明,也不湖。

湖中现在已不是一片清水,而是用坝划开的多少块"地"。"地"外留着几条沟,游艇沿沟而走,即是逛湖。水田不需要多么深的水,所以水黑而不清;也不要急流,所以水定而无波。东一块莲,西一块蒲,土坝挡住了水,蒲苇又遮住了莲,一望无景,只见高高低低的"庄稼"。艇行沟内,如穿高粱地然,热气腾腾,碰巧了还臭气烘烘。夏天总算还好,假若水不太臭,多少总能闻到一些荷香,而且必能看到些绿叶儿。春天,则下有黑汤,旁有破烂的土坝;风又那么野,绿柳新蒲东倒西歪,恰似挣命。所以,它既不大,又不明,也不湖。

话虽如此,这个湖到底得算个名胜。湖之不大与不明,都因为湖已不湖。假若能把"地"都收回,拆开土坝,挖深了湖身,它当然可以马上既大且明起来:湖面原本不小,而济南又有的是清凉的泉水呀。这个,也许一时做不到。不过,即使做不到这一步,就现状而言,它还应当算作名胜。北方的城市,要找有这么一片水的,真是好不容易了。千佛山满可以不算数儿,配作个名胜与否简直没多大关系。因为山在北方不是什么难找的东西呀。水,可太难找了。济南城内据说有七十二泉,城外有河,可是还非有个湖不可。泉,池,河,湖,四者俱备,这才显出济南的特色与可贵。它是北方唯一的"水城",这个湖是少不得的。设若我们游湖时,只见沟而不见湖,请到高处去看看吧,比如在千佛山上往北眺望,则见城北灰绿的一片——大明湖;城外,华鹊二山夹着湾湾的一道灰亮光儿——黄河。这才明白了济南的不凡,不但有水,而且是这样多呀。

况且,湖景若无可观,湖中的出产可是很名贵呀。懂得什么叫作美的人或者不如懂得什么好吃的人多吧,游过苏州的往往只记得此地的点心,逛过西湖的提起来便念道那里的龙井茶,藕粉与莼菜什么的,吃到肚子里的也许比一过眼的美景更容易记住,那么大明湖的蒲菜,茭白,白花藕,还真许是它驰名天下的重要原因呢。不论怎么说吧,这些东西既都是水产,多少总带着些南国风味;在夏天,青菜挑子上带着一束束的大白莲花菁葖出卖,在北方大概只有济南能这么"阔气"。

我写过一本小说——《大明湖》——在"一·二八"与商务印书馆一同被火烧掉了。记得我描写过一段大明湖的秋景,词句全想不起来了,只记得是什么什么秋。桑子中先生给我画过一张油画,也画得是大明湖之秋,现在还在我的屋中挂着。我写的,他画的,都是大明湖,而且都是大明湖之秋,这里大概有点意思。对了,只是在秋天,大明湖才有些美呀。济南的四季，唯有秋天最好，晴暖无风，处处明朗。这时候，请到城墙上走走，俯视秋湖，败柳残荷，水平如镜；唯其是秋色，所以连那些残破的土坝也似乎正与一切景物配合：土坝上偶尔有一两截断藕，或一些黄叶的野蔓，配着三五枝芦花，确是有些画意。"庄稼"已都收了，湖显着大了许多，大了当然也就显着明。不仅是湖宽水净，显着明美，抬头向南看，半黄的千佛山就在面前，开元寺那边的"橛子"——大概是个塔吧——静静地立在山头上。往北看，城外的河水很清，菜畦中还生着短短的绿叶。往南往北，往东往西，看吧，处处空阔明朗，有山有湖，有城有河，到这时候，我们真得到个"明"字了。桑先生那张画便是在北城墙上画的，湖边只有几株秋柳，湖中只有一只游艇，水作灰蓝色，柳叶儿半黄。湖外，他画上了千佛山；湖光山色，联成一幅秋图，明朗，素净，柳梢上似乎吹着点不大能觉出来的微风。

  对不起，题目是大明湖之春，我却说了大明湖之秋，可谁叫亢德先生出错了题呢！

原载 1937 年 3 月《宇宙风》第 37 期

英国人与猫狗

英国人爱花草，爱猫狗。由一个中国人看呢，爱花草是理之当然，只要有钱有闲，种些花草几乎可与藏些图书相提并论，都是可以用"雅"字去形容的事。就是无钱无闲的，到了春天也免不掉花几个铜板买上一两小盆蝴蝶花什么的，或者把白菜脑袋塞在土中，到时候也会开上几朵小十字花儿。在诗里，赞美花草的地方要比讴颂美人的地方多得多，而梅兰竹菊等都有一定的品格，仿佛比人还高洁可爱可敬，有点近乎一种什么神明似的在通俗的文艺里，讲到花神的地方也很不少，爱花的人每每在死后就被花仙迎到天上的植物园去。这点荒唐，荒唐得很可爱。虽然里边还是含着与敬财神就得元宝一样的念头，可到底显着另有股子劲儿，和财迷大有不同；我自己就不反对被花娘娘们接到天上去玩玩。

所以，看见英国人的爱花草，我们并不觉得奇怪，反倒是觉得有点惭愧，他们的花是那么多呀！在热闹的买卖街上，自然没有种花草的地方了，可是还能看到卖"花插"的女人，和许多鲜花铺。稍讲究一些的饭铺酒馆自然要摆鲜花了。其他的铺户中也往往摆着一两瓶花，四五十岁的掌柜们在肩下插着一朵玫瑰或虞美人也是常有的事。赶到一走到住宅区，看吧，差不多家家有些花，园地不大，可收拾得怪好，这儿一片郁金香，那儿一片玫瑰，道上还往往搭着木架，爬着那单片的蔷薇,开满了花,就和图画里似的。越到乡下越好看,草是那么绿,花是那么鲜,空气是那么香,一个中国人也有点惭愧了。五六月间,赶上晴暖的天,到乡下去走走,真是件有造化的事,处处都像公园。

一提到猫狗和其他的牲口,我们便不这么起劲了。中国学生往往给英国朋友送去一束鲜花,惹得他们非常的欢喜。可是,也往往因为讨厌他们的猫狗而招得他们撅了嘴。中国人对于猫狗牛马,一般的说,是以"人为万物灵"为基础而直呼它们作畜类的。正人君子呢,看见有人爱动物,总不免说声"声色犬马,玩物丧志"。一般的中等人呢,养猫养狗原是捉老鼠与看家,并不须赏它们个好脸儿。那使着牲口的苦人呢,鞭子在手,急了就发威,又困于经济,它们的食水待遇活该得按着哑巴畜生办理。于是大概的说,中国的牲口实在有点倒霉;太监怀中的小哈吧狗,与阔寡妇椅子上的小白猫,自然是碰巧了的例外。畜类倒霉,已经看惯,所以法律上也没有什么规定;虐待丫头与媳妇本还正大光明,哑巴畜生自然更无处诉委屈去;黑驴告状也并没陈告它自己的事。再说,秦桧与曹操这辈子为人作歹,下辈便投胎猪狗,吃点哑巴亏才正合适。这样,就难怪我们觉得英国人对猫狗爱得有些过火了。说真的,他们确是有点过火;不过,要从猫狗自己看呢,也许就不这么说了吧?狗彘食人食,而有些人却没饭吃,自然也不能算是公平,但是普遍的有一种爱物的仁慈,也或者无碍于礼教吧?

英国人的爱动物,真可以说是普遍的。有人说,这是英国人的海贼本性还没有蜕净,所以总拿狗马当作朋友似的对待。据我看,这点贼性倒怪可爱;至少狗马是可以同情这句话的。无事可做的小姐与老太婆自然要弄条小狗玩玩了——对于这种小狗,无论它长得多么不顺眼,你可就是别说不可爱呀!——就是卖煤的煤黑子,与送牛奶的人,也都非常爱惜他们的马。你想不到拉煤车的马会那么驯顺,体面,干净。煤黑子本人远不如他的马漂亮,他好像是以他的马当作他的光荣。煤车被叫住了,无论是老幼男女,跟煤黑子说过几句话,差不多总是以这匹马作中心。有的过去拍拍马脖子,有的过去吻一下,有的给拿出根胡萝卜来给它吃。他们看见一匹马就仿佛外婆看见外孙子似的,眼中能笑出一朵花儿来。英国人平常总是拉着长脸,像顶着一脑门子官司,假若你打算看看他们也有个善心,也和蔼可爱,请你注意当他们立在一匹马或拉着一条狗的时候。每到春天,这些拉车的马也有比赛的机会。看吧,煤黑子弄了一瓶擦铜油,一边走一边擦马身上的铜活呀。马鬃上也挂上彩子或用各色的绳儿梳上辫子,真是体面!这么看重他们的马,当然的在平日是不会给气受的,而且载重也有一定的限度,即便有狠心的人,法律也不许他任意欺侮牲口。想起北平的煤车,当雨天陷在泥中,煤黑子用支车棍往马身上愣,真要令人喊"生在礼教之邦的马哟"!

猫在动物里算是最富独立性的了,它高兴呢就来趴在你怀中,啰哩啰嗦地不知道念着什么。它要是不高兴,任凭你说什么,它也不答理。可是,英国人家里的猫并不因此而少受一些优待。早晚他们还是给它鱼吃,牛奶喝,到家主旅行去的时候,还要把它寄放到"托猫所"去,花不少的钱去喂养着;赶到旅行回来,便急忙把猫接回来,乖乖宝贝地叫着。及至老猫不吃饭,或小猫摔了腿,便找医生去拔牙,接腿,一家子都忙乱着,仿佛有了什么了不得的事。

狗呢,就更不用说,天生来的会讨人喜欢,做走狗,自然会吃好的喝好的。小哈吧狗们,在冬天,得穿上背心;出门时,得抱着;临睡的时候,还得吃块糖。电影院,戏馆,禁止狗们出入,可是这种小狗会"走私",趴在老太婆的袖里或衣中,便也去看电影听戏,有时候一高兴便叫几声,招得老太婆头上冒汗。大狗虽不这么娇,可也很过得去。脚上偶一不慎粘上一点路上的柏油,便立刻到狗医院去给套上一只小靴子,伤风咳嗽也须吃药,事儿多了去啦。可是,它们也真是可爱,有的会送小儿去上学,有的会给主人叼着东西,有的会耍几套玩艺,白天不咬人,晚上可挺厉害。你得听英国人们去说狗的故事,那比人类的历史还热闹有趣。人家,猎户,军队,警察所,牧羊人,都养狗,都爱狗。狗种也真多,大的,小的,宽的,细的,长毛的,短毛的,每种都有一定的尺寸，一定的长度，买来的时候还带着家谱，理直气壮，一点不含糊！那真正入谱的，身价往往值一千镑钱！

年年各处都有赛猫会，赛狗会。参与比赛的猫狗自然必定都有些来历，就是那没资格入会的也都肥胖精神。这就不能不想起中国的狗了，在北平，在天津，在许多大城市里，去看看那些狗，天下最丑的东西！骨瘦如柴，一天到晚连尾巴也不敢撅起来一回，太可怜了！人还没有饭吃，似乎不必先为狗发愁吧，那么，我只好替它们祷告，下辈子不要再投胎到这儿来了！

简直没有一个英国人不爱马。那些专作赛马用的，不用说了，自然是老有许多人伺候着；就是那平常的马，无论是拉车的，还是耕地的，也都很体面。有一张卡通，记得，画的是"马之将来"：将来的军队有飞机坦克车去冲杀陷阵，马队自然要消灭了；将来的运输与车辆也用不着骡马们去拖拉，于是马怎么办呢？这张卡通英国人画的——上说，它们就变成了猫狗：客厅里该趴着猫，将来是趴着匹马；老太婆上街该拉着狗，将来便牵着匹骡子。这未必成为事实，可是足见他们是怎样的舍不得骡马了。

除了猫狗骡马，他们对于牛羊鸡猪也都很爱惜，这是要到乡间才可以看见的。有一回到乡间去看朋友，他的祖父是个农夫，养着许多猪与鸡。老人的鸡都有名字，叫哪个，哪个就跑来。老人最得意的是他的那些肥猪，真是干净可爱。可是，有一天下了雨，肥猪们都下了泥塘，弄得满身是稀泥；把老人差点气坏了。总而言之，他们对牲口们是尽到力量去爱护，即使是为杀了吃肉的，反正在它们活着的时候总不受委屈。中国有许多人提倡吃素禁屠，可是往往寺院里放生的牲口却瘦得皮包不住骨，别处的畜类就更不必说了。好死不如赖活着，是我们特有的哲学，可也真够残忍的。

对于鱼鸟鸽虫，英国人不如我们会养会玩，养这些玩艺的也就很少。卖猫狗的铺子里不错，也卖鹦鹉，小兔，小龟和碧玉鸟什么的，可是养鸟的并不懂教给它们怎样的叫成套数。据说，他们在老年间也斗鸡斗鹌鹑,现在已被禁止,因为太残忍。我们似乎也该把斗蟋蟀什么的禁止了吧?也不是怎么的,我总以为小时候爱斗蟋蟀,长大了也必爱去看枪毙人;没有实地地测验过,此说容或不能成立;再说,还许是一点妇人之仁,根本要不得呢。

原载 1937 年 6 月 1 日《西风》第 10 期

五月的青岛

因为青岛的节气晚,所以樱花照例是在四月下旬才能盛开。樱花一开,青岛的风雾也挡不住草木的生长了。海棠,丁香,桃,梨,苹果,藤萝,杜鹃,都争着开放,墙角路边也都有了嫩绿的叶儿。五月的岛上,到处花香,一清早便听见卖花声。公园里自然无须说了,小蝴蝶花与桂竹香们都在绿草地上用它们的娇艳的颜色结成十字,或绣成几团;那短短的绿树篱上也开着一层白花,似绿枝上挂了一层春雪。就是路上两旁的人家也少不得有些花草:围墙既矮,藤萝往往顺着墙把花穗儿悬在院外,散出一街的香气;那双樱,丁香,都能在墙外看到,双樱的明艳与丁香的素丽,真是足以使人眼明神爽。

山上有了绿色,嫩绿,所以把松柏们比得发黑了一些。谷中不但填满了绿色,而且颇有些野花,有一种似紫荆而色儿略略发蓝的,折来很好插瓶。

青岛的人怎能忘下海呢。不过,说也奇怪,五月的海就仿佛特别的绿,特别的可爱;也许是因为人们心里痛快吧?看一眼路旁的绿叶,再看一眼海,真的,这才明白了什么叫作"春深似海"。绿,鲜绿,浅绿,深绿,黄绿,灰绿,各种的绿色,联接着,交错着,变化着,波动着,一直绿到天边,绿到山脚,绿到渔帆的外边去。风不凉,浪不高,船缓缓地走,燕低低地飞,街上的花香与海上的咸味混到一处,浪漾在空中，水在面前，而绿意无限，可不是，春深似海！欢喜，要狂歌，要跳入水中去，可是只能默默无言，心好像飞到天边上那将将能看到的小岛上去，一闭眼仿佛还看见一些桃花。人面桃花相映红，必定是在那小岛上。

这时候，遇上风与雾便还须穿上棉衣，可是有一天忽然响晴，夹衣就正合适。但无论怎么说吧，人们反正都放了心——不会大冷了，不会。妇女们最先知道这个，早早的就穿出利落的新装，而且决定不再脱下去。海岸上，微风吹动少女们的发与衣，何必再去到电影园中找那有画意的景儿呢！这里是初春浅夏的合响，风里带着春寒，而花草山水又似初夏，意在春而景如夏，姑娘们总先走一步，迎上前去，跟花们竞争一下，女性的伟大几乎不是颓废诗人所能明白的。

人似乎随着花草都复活了，学生们特别的忙：换制服，开运动会，到崂山丹山旅行，服劳役。本地的学生忙，别处的学生也来参观，几个，几十，几百，打着旗子来了，又成着队走开，男的，女的，先生，学生，都累得满头是汗，而仍不住地向那大海丢眼。学生以外，该数小孩最快活，笨重的衣服脱去，可以到公园跑跑了；一冬天不见猴子了，现在又带着花生去喂猴子，看鹿。拾花瓣，在草地上打滚；妈妈说了，过几天还有大红樱桃吃呢！

马车都新油饰过，马虽依然清瘦，而车辆体面了许多，好做一夏天的买卖呀。新油过的马车穿过街心，那专做夏天的生意的咖啡馆，酒馆，旅社，饮冰室，也找来油漆匠，扫去灰尘，油饰一新。油漆匠在交手上忙，路旁也增多了由各处来的舞女。预备呀，忙碌呀，都红着眼等着那避暑的外国战舰与各处的阔人。多咱浴场上有了人影与小艇，生意便比花草还茂盛呀。到那时候，青岛几乎不属于青岛的人了，谁的钱多谁更威风，汽车的眼是不会看山水的。

那么，且让我们自己尽量地欣赏五月的青岛吧！

原载1937年6月16日《宇宙风》第43期

在成都

成都的确有点像北平:街平,房老,人从容。

只在成都歇了五夜,白天忙着办事,夜晚必须早睡,简直可以说没看见什么。坐车子从街上过,见到街平,房老,人从容;久闻人言,成都像北平,遂亦相信;有无差别,则不敢说,知道的太少了。

学校只到了华西大学,四川大学及华美女中。华大地旷,不如济南齐鲁大学之宽而不散。川大则在晚间去的,只觉静寂可喜,宜于读书,未见其他。华美女中亦系晚间去讲演,只见到略清洁严肃,未暇参观一切设备也。

名胜仅到武侯祠与望江楼。祠中的树好,园中的竹好。论建筑与气势,远不及北平的寺庙与公园。

街上茶馆很多,可惜无暇去坐坐。身上痒,故不能不入一浴室;浴室相当的干净,但远不及平津两地的宽敞暖和;招待更差,小伙计相骂不完,惜未听清为了何事,无从记下。

成都有许多有名的小食店,此以汤圆,彼以水饺,业专史远,各有美誉。因为事忙,一家也没去照顾;只吃了一次"不醉无归小酒家",酒饭都好,而且不贵。假若别的比不上北平,吃食之精美与价廉则胜过之。

最使我喜欢的,是街上卖鲜花的,又多又好又便宜。红的茶花,黄的腊梅,白的水仙,配以金桔梅花,真使我看呆了。

有机会,必还到成都看看;那里一定还有许多可爱的东西与地方。希望成都人在抗战中,能更紧张一些,把人力财力尽量的拿出来,作为后方都市的模范;只是街平,房老,人从容,是没有多大用处的。北平的陷落,恐怕就是吃了"从容"的亏;成都,不要再以此自傲吧。

原载 1939 年 1 月 31 日《国民公报·文群》

滇行短记

一

总没学会写游记。这次到昆明住了两个半月,依然没学会写游记,最好还是不写。但友人嘱寄短文,并以滇游为题。友情难违;就想起什么写什么。另创一格,则吾岂敢,聊以塞责,颇近似之,惭愧得紧!

二

八月二十六日早七时半抵昆明。同行的是罗莘田先生。他是我的幼时同学,现在已成为国内有数的音韵学家。老朋友在久别之后相遇,谈些小时候的事情,都快活得要落泪。

他住昆明青云街靛花巷,所以我也去住在那里。

住在靛花巷的,还有郑毅生先生,汤老先生,袁家骅先生,许宝騄先生,郁泰然先生。

毅生先生是历史家,我不敢对他谈历史,只能说些笑话,汤老先生是哲学家,精通佛学,我偷偷地读他的晋魏六朝佛教史,没有看懂,因而也就没敢向他老人家请教。家骅先生在西南联大教授英国文学,一天到晚读书,我不敢多打扰他,只在他泡好了茶的时候,搭讪着进去喝一碗,赶紧告退。他的夫人钱晋华女士常来看我。到吃饭的时候每每是大家一同出去吃价钱最便宜的小馆。宝骙先生是统计学家，年轻，瘦瘦的，聪明绝顶。我最不会算术，而他成天地画方程式。他在英国留学毕业后，即留校教书，我想，他的方程式必定画得不错！假若他除了统计学，别无所知，我只好闭口无言，全没办法。可是，他还会唱三百多出昆曲。在昆曲上，他是罗莘田先生与钱晋华女士的"老师"。罗先生学昆曲，是要看看制曲与配乐的关系，属于哪声的字容或有一定的谱法，虽腔调万变，而不难找出个作谱的原则。钱女士学昆曲，因为她是个音乐家。我本来学过几句昆曲，到这里也想再学一点。可是，不知怎的一天一天的度过去，天天说拍曲，天天一拍也未拍，只好与许先生约定：到抗战胜利后，一同回北平去学，不但学，而且要彩唱！郁先生在许多别的本事而外，还会烹调。当他有工夫的时候，便做一二样小菜，沽四两市酒，请我喝两杯。这样，靛花巷的学者们的生活，并不寂寞。当他们用功的时候，我就老鼠似的藏在一个小角落里读书或打盹；等他们离开书本的时候，我也就跟着"活跃"起来。

此外，在这里还遇到杨今甫、闻一多、沈从文、卞之琳、陈梦家、朱自清、罗膺中、魏建功、章川岛……诸位文坛老将，好像是到了"文艺之家"。关于这些位先生的事，容我以后随时报告。

三

靛花巷是条只有两三人家的小巷，又狭又脏。可是，巷名的雅美，令人欲忘其陋。

昆明的街名，多半美雅。金马碧鸡等用不着说了，就是靛花巷附近的玉龙堆，先生坡，也都令人欣喜。

靛花巷的附近还有翠湖，湖没有北平的三海那么大，那么富丽，可是，据我看：比什刹海要好一些。湖中有荷蒲；岸上有竹树，颇清秀。

最有特色的是猪耳菌，成片的开着花。此花叶厚，略似猪耳，在北平，我们管它叫作凤眼兰，状其花也；花瓣上有黑点，像眼珠。叶翠绿，厚而有光；花则粉中带蓝，无论在日光下，还是月光下，都明洁秀美。

云南大学与中法大学都在靛花巷左右，所以湖上总有不少青年男女，或读书，或散步，或划船。昆明很静，这里最静；月明之夕，到此，谁仿佛都不愿出声。

四

昆明的建筑最似北平，虽然楼房比北平多，可是墙壁的坚厚，椽柱的雕饰，都似"京派"。

花木则远胜北平。北平讲究种花，但夏天日光过烈，冬天风雪极寒，不易把花养好。昆明终年如春，即使不精心培植，还是到处有花。北平多树，但日久不雨，则叶色如灰，令人不快。昆明的树多且绿，而且树上时有松鼠跳动！入眼浓绿，使人心静，我时时立在楼上远望，老觉得昆明静秀可喜；其实呢，街上的车马并不比别处少。

至于山水，北平也得有愧色，这里，四面是山，滇池五百里——北平的昆明湖才多么一点点呀！山土是红的，草木深绿，绿色盖不住的地方露出几块红来，显出一些什么深厚的力量，教昆明城外到处人感到一种有力的静美。

四面是山，围着平坝子，稻田万顷。海田之间，相当宽的河堤有许多道，都有几十里长，满种着树木。万顷稻，中间画着深绿的线，虽然没有怎样了不起的特色，可也不是怎的总看着像画图。

五

在西南联大讲演了四次。

第一次讲演,闻一多先生做主席。他谦虚地说:大学里总是做研究工作,不容易产出活的文学来……我答以:抗战四年来,文艺写家们发现了许多文艺上的问题,诚恳地去讨论。但是,讨论的第二步,必是研究,否则不易得到结果;而写家们忙于写作,很难静静地坐下去做研究;所以,大学里做研究工作,是必要的,是帮着写家们解决问题的。研究并不是崇古鄙今,而是供给新文艺以有益的参考,使新文艺更坚实起来。譬如说:这两年来,大家都讨论民族形式问题,但讨论的多半是何谓民族形式,与民族形式的源泉何在;至于其中的细腻处,则必非匆匆忙忙的所能道出,而须一项一项的细心研究了。近来,罗莘田先生根据一百首北方俗曲,指出民间诗歌用韵的活泼自由,及十三辙的发展,成为小册。这小册子虽只谈到了民族形式中的一项问题,但是老老实实详详细细的述说,绝非空论。看了这小册子,至少我们会明白十三辙已有相当长久的历史,和它怎样代替了官样的诗韵;至少我们会看出民间文艺的用韵是何等活动,何等大胆——也就增加了我们写作时的勇气。罗先生是音韵学家,可是他的研究结果就能直接有助于文艺的写作,我愿这样的例子一天比一天多起来。

六

正是雨季,无法出游。讲演后,即随莘田下乡——龙泉村。村在郊北,距城约二十里,北大文科研究所在此。冯芝生、罗膺中、钱端升、王了一、陈梦家诸教授都在村中住家。教授们上课去,需步行

二十里。

研究所有十来位研究生，生活至苦，用工极勤。三餐无肉，只炒点"地蛋"丝当作菜。我既佩服他们苦读的精神，又担心他们的健康。莘田患恶性摆子，几位学生终日伺候他，犹存古时敬师之道，实为难得。

莘田病了，我就写剧本。

七

研究所在一个小坡上——村人管它叫"山"。在山上远望，可以看见蟠龙江。快到江外的山坡，一片松林，是黑龙潭。晚上，山坡下的村子都横着一些轻雾；驴马带着铜铃，顺着绿堤，由城内回乡。

冯芝生先生领我去逛黑龙潭，徐旭生先生住在此处。此处有唐梅宋柏；旭老的屋后，两株大桂正开着金黄花。唐梅的干甚粗，但活着的却只有二三细枝——东西老了也并不一定好看。

坐在石凳上，旭老建议：中秋夜，好不好到滇池去看月；包一条小船，带着乐器与酒果，泛海竟夜。商议了半天，毫无结果。(一)船价太贵。(二)走到海边，已需步行二十里，天亮归来，又需走二十里，未免太苦。(三)找不到会玩乐器的朋友。看滇池月，非穷书生所能办到的呀！

八

中秋。莘田与我出了点钱，与研究所的学员们过节。吴晓铃先生掌灶，大家帮忙，居然做了不少可口的菜。饭后，在院中赏月，有人唱昆曲。午间，我同两位同学去垂钓，只钓上一二条寸长的小鱼。

九

莘田病好了一些。我写完了话剧《大地龙蛇》的前二幕。约了膺中、了一和众研究生,来听我朗读。大家都给了些很好的意见,我开始修改。

对文艺,我实在不懂得什么,就是愿意学习,最快活的,就是写得了一些东西,对朋友们朗读,而后听大家的批评。一个人的脑子,无论怎样的缜密,也不能教作品完全没有漏隙,而旁观者清,不定指出多少窟窿来。

十

从文和之琳约上呈贡——他们住在那里,来校上课需坐火车。莘田病刚好,不能陪我去,只好作罢。我继续写剧本。

十一

岗头村距城八里,也住着不少的联大的教职员。我去过三次,无论由城里去,还是由龙泉村去,路上都很美。走二三里,在河堤的大树下,或在路旁的小茶馆,休息一下,都使人舍不得走开。

村外的小山上,有涌泉寺,和其他的云南的寺院一样,庭中有很大的梅树和桂树。桂树还有一株开着晚花,满院都是香的。庙后有泉,泉水流到寺外,成为小溪;溪上盛开着秋葵和说不上名儿的香花,随便折几枝,就够插瓶的了。我看到一两个小女学生在溪畔端详哪枝最适于插瓶——涌泉寺里是南菁中学。

在南菁中学对学生说了几句话。我告诉他们：各处缠足的女子怎样在修路，抬土，做着抗建的工作。章川岛先生的小女儿下学后，告诉她爸爸："舒伯伯挖苦了我们的脚！"

十二

离龙泉村五六里，为凤鸣山。山上有庙，庙有金殿——一座小殿，全用铜筑。山与庙都没什么好看，倒是遍山青松，十分幽丽。

云南的松柏结果都特别的大。松塔大如菠萝，柏实大如枣。松子几乎代替了瓜子，闲着没事的时候，大家总是买些松子吃着玩，整船的空的松塔运到城中；大概是作燃料用，可是凤鸣山的青松并没有松塔儿，也许是另一种树吧，我叫不上名字来。

十三

在龙泉村，听到了古琴。相当大的一个院子，平房五六间。顺着墙，丛丛绿竹。竹前，老梅两株，瘦硬的枝子伸到窗前。巨杏一株，阴遮半院。绿阴下，一案数椅，彭先生弹琴，查先生吹箫；然后，查先生独奏大琴。

在这里，大家几乎忘了一切人世上的烦恼！

这小村多么污浊呀，路多年没有修过，马粪也数月没有扫除过，可是在这有琴音梅影的院子里，大家的心里却发出了香味。

查阜西先生精于古乐。虽然他与我是新识，却一见如故，他的音乐好，为人也好。他有时候也作点诗——即使不作诗，我也要称他为诗人呵！

与他同院住的是陈梦家先生夫妇,梦家现在正研究甲骨文。他的夫人,会几种外国语言,也长于音乐,正和查先生学习古琴。

十四

在昆明两月,多半住在乡下,简直的没有看见什么。城内与郊外的名胜几乎都没有看到。战时,古寺名山多被占用;我不便为看山访古而去托人情,连最有名的西山,也没有能去。在城内靛花巷住着的时候,每天我必倚着楼窗远望西山,想着由山上看滇池,应当是怎样的美丽。山上时有云气往来,昆明人说:"有雨无雨看西山。"山峰被云遮住,有雨,峰还外露,虽别处有云,也不至有多大的雨。此语,相当的灵验。西山,只当了我的阴晴表,真面目如何,恐怕这一生也不会知道了;哪容易再得到游昆明的机会呢!

到城外中法大学去讲演了一次,本来可以顺脚去看筑竹寺的五百罗汉塑像。可是,据说也不能随便进去,况且,又落了雨。

连城内的园通公园也只可游览一半,不过,这一半确乎值得一看。建筑的大方,或较北平的中山公园还好一些;至于石树的幽美,则远胜之,因为中山公园太"平"了。

同查阜西先生逛了一次大观楼。楼在城外湖边,建筑无可观,可是水很美。出城,坐小木船。在稻田中间留出来的水道上慢慢地走。稻穗黄,芦花已白,田坝旁边偶尔还有几穗凤眼兰。远处,万顷碧波,缓动着风帆——到昆阳去的水路。

大观楼在公园内,但美的地方却不在园内,而在园外。园外是滇池,一望无际。湖的气魄,比西湖与颐和园的昆明池都大得多了。在城市附近,有这么一片水,真使人狂喜。湖上可以划船,还有鲜鱼吃。我们没有买舟,也没有吃鱼,只在湖边坐了一会看水。天上白云,远处青山,眼前是一湖秋水,使人连诗也懒得作了。作诗要去思索,可是美景把人心融化在山水风花里,像感觉到一点什么,又好像茫然无所知,恐怕坐湖边的时候就有这种欣悦吧?在此际还要寻词觅字去作诗,也许稍微笨了一点。

十五

剧本写完,今年是我个人的倒霉年。春初即患头晕,一直到夏季,几乎连一个字也没有写。没想到,在昆明两月,倒能写成这一点东西——好坏是另一问题,能动笔总是件可喜的事。

十六

剧本既已写成,就要离开昆明,多看一些地方。从文与之琳约上呈贡,因为莘田病初好,不敢走路,没有领我去,只好延期。我很想去,一来是听说那里风景很好,二来是要看看之琳写的长篇小说!——已经写了十几万字,还在继续地写。

十七

查阜西先生愿陪我去游大理。联大的友人们虽已在昆明二三年,还很少有到过大理的。大家都盼望我俩的计划能实现。于是我们就分头去接洽车子。

有几家商车都答应了给我们座位,我们反倒难于决定坐哪一家的了。最后,决定坐吴晓铃先生介绍的车,因为一行四部卡车,其中的一位司机是他的弟弟。兄弟俩一定教我们坐那部车,而且先请我们吃了饭,吃饭的时候,我笑着说:"这回,司机可教黄鱼给吃了!"

十八

一上了滇缅公路,便感到战争的紧张;在那静静的昆明城里,除了有空袭的时候,仿佛并没有什么战争与患难的存在。在我所走过的公路中,要算滇缅公路最忙了,车,车,车,来的,去的,走着的,停着的,大的,小的,到处都是车!我们所坐的车子是商车,这种车子可以搭一两个客,客人按公路交通车车价十分之二买票。短途搭脚的客人,只乘三五十里,不经过检查站,便无需打票,而做黄鱼;这是司机车的一笔"外找"。官车有押车的人,黄鱼不易上去;这批买卖多半归商车做。商车的司机薪水既高,公物安全地到达,还有奖金;薪水与奖金凑起来,已近千元,此外且有外找,差不多一月可以拿到两三千元。因为入款多,所以他们开车极仔细可靠。同时,他们也敢享受。公家车子的司机待遇没有这么高;而到处物价都以商车司机的阔气为标准,所以他们开车便理直气壮。据说,不久的将来,沿途都要为司机们设立招待所,以低廉的取价,供给他们相当舒适的食宿,使他们能饱食安眠,得到一些安慰。我希望这计划能早早实现!

第一天,到晚八时余,我们才走了六十三公里!我们这四部车没有押车的,因为押车的既没法约束司机,跟来是自讨无趣,而且时时耽误了工夫——与司机冲突,则车不能动——到时候交不上货去。押车员的地位,被司机的班长代替了,而这位班长绝对没有办事的能力。已走出二十公里,他忘记了交货证;回城去取。又走了数里,他才想起,没有带来机油,再回去取来!商车,假若车主不是司机出身,只有赔钱!

六十三公里的地方,有一家小饭馆,一位广东老人,不会说云南话,也不会说任何异于广东话的言语,做着生意。我很替他着急,他却从从容容地把生意做了；广东人的精神！

没有旅馆，我们住在一家人家里。房子很大，院中极脏。又赶上落了一阵雨，到处是烂泥，不幸而滑倒，也许跌到粪堆里去。

十九

第二天一早动身，过羊老哨，开始领略出滇缅路的艰险。司机介绍，从此到下关，最险的是坂山坡和天子庙，一上一下都有二十多公里。不过，这样远都是小坡，真正危险的地方还需过下关才能看到；有的地方，一上要一整天，一下又要一整天！

山高弯急，比川陕与西兰公路都更险恶。说到这里，也就难怪司机们要享受一点了，这是玩命的事啊！我们的司机，真谨慎：见迎面来车，马上停住让路；听后面有响声，又立刻停住让路；虽然他开车的技巧很好，可是一点也不敢大意。遇到大坡，车子一步一哼，不肯上去，他探着身（他的身量不高），连眼皮似乎都不敢眨一眨。我看得出来，到下午三四点钟的时候，他已经有点支持不住了。

在禄丰打尖，开铺子的也多是广东人。县城距公路还有二三里路，没有工夫去看。打尖的地方是在公路旁新辟的街上。晚上宿在镇南城外一家新开的旅舍里，什么设备也没有，可是住满了人。

二十

第三天经过坂山坡及天子庙两处险坡。终日在山中盘旋。山连山，看不见村落人烟。有的地方，松柏成林；有的地方，却没有多少树木。可是，没树的地方，也是绿的，不像北方大山那样荒凉。山大都没有奇峰，但浓翠可喜；白云在天上轻移，更教青山明媚。高处并不冷,加以车子越走越热,反倒要脱去外衣了。

晚上九点,才到下关车站。几乎找不到饭吃,因为照规矩需在日落以前赶到,迟到的便不容易找到东西吃了。下关在高处,车子都停在车站。站上的旅舍饭馆差不多都是新开的,既无完好的设备,价钱又高,表示出"专为赚钱,不管别的"的心理。

公路局设有招待所,相当的洁净,可是很难有空房。我们下了一家小旅舍,门外没有灯,门内却有一道臭沟,一进门我就掉在沟里!楼上一间大屋,设床十数架,头尾相连,每床收钱三元。客人们要有两人交谈的,大家便都需陪着不睡,因为都在一间屋子里。

这样的旅舍要三元一铺,吃饭呢,至少需花十元以上,才能吃饱。司机者的花费,即使是绝对规规矩矩,一天也要三四十元咧。

二十一

下关的风,上关的花,苍山的雪,洱海的月,为大理四景。据说下关的风虽多,而不进屋子。我们没遇上风,不知真假。我想,不进屋子的风恐怕不会有,也许是因这一带多地震,墙壁都造得特别厚,所以屋中不大受风的威胁吧。

早晨,车子都开了走,下关便很冷静;等到下午五六点钟的时候,车子都停下,就又热闹起来。我们既不愿白日在旅馆里呆坐,也不喜晚间的嘈杂,便马上决定到喜洲镇去。

由下关到大理是三十里,由大理到喜洲镇还有四十五里。看苍山,以在大理为宜;可是喜洲镇有我们的朋友,所以决定先到那里去。我们雇了两乘滑竿。

这里抬滑竿的多数是四川人。本地人是不愿卖苦力气的。

离开车站,一拐弯便是下关。小小的一座城,在洱海的这一端,城内没有什么可看的。穿出城,右手是洱海,左手是苍山,风景相当的美。可惜，苍山上并没有雪；据轿夫说，是几天没下雨，故山上没有雪——地上落雨，山上就落雪，四季皆然。

到处都有流水，是由苍山流下的雪水。缺雨的时候，即以雪水灌田，但是需向山上的人购买；钱到，水便流过来。

沿路看到整齐坚固的房子，一来是因为防备地震，二来是石头方便。

在大理城内打尖。长条的一座城，有许多家卖大理石的铺子。铺店的牌匾也有用大理石做的，圆圆的石块，嵌在红木上，非常的雅致。城中看不出怎样富庶，也没有多少很体面的建筑，但是在晴和的阳光下，大家从从容容地做着事情，使人感到安全静美。谁能想到，这就是杜文秀抵抗清兵十八年的地方啊！

太阳快落了，才看到喜洲镇。在路上，被日光晒得出了汗；现在，太阳刚被山峰遮住，就感到凉意。据说，云南的天气是一岁中的变化少，一日中的变化多。

二十二

洱海并不像我们想的那么美。海长百里，宽二十里，是一个长条儿，长而狭便一览无余，缺乏幽远或苍茫之气；它像一条河，不像湖。还有，它的四面都是山，可是山——特别是紧靠湖岸的——都不很秀，都没有多少树木。这样，眼睛看到湖的彼岸，接着就是些平平的山坡了；湖的气势立即消散，不能使人凝眸伫视——它不成为景！

湖上的渔帆也不多。

喜洲镇却是个奇迹。我想不起，在国内什么偏僻的地方，见过这么体面的市镇，远远地就看见几所楼房，孤立在镇外，看样子必是一所大学校。我心中暗喜；到喜洲来，原为访在华中大学的朋友们；假若华中大学有这么阔气的楼房，我与查先生便可以舒舒服服地过几天了。

及仔细一打听,才知道那是五台中学,地方上士绅捐资建筑的,花费了一百多万,学校正对着五台高峰,故以五台名。

一百多万!是的,这里的确有出一百多万的能力。看,镇外的牌坊,高大、美丽,通体是大理石的,而且不止一座呀!

进到镇里,仿佛是到了英国的剑桥,街旁到处流着活水:一出门,便可以洗菜洗衣,而污浊立刻随流而逝。街道很整齐,商店很多。有图书馆,馆前立着大理石的牌坊,字是贴金的!有警察局。有像王宫似的深宅大院,都是雕梁画柱。有许多祠堂,也都金碧辉煌。

不到一里,便是洱海。不到五六里便是高山。山水之间有这样的一个镇市,真是世外桃源啊!

二十三

华中大学却在文庙和一所祠堂里。房屋又不够用,有的课室只像卖香烟的小棚子。足以傲人的,是学校有电灯。校车停驶,即利用车中的马达磨电。据说,当电灯初放光明的时节,乡人们"不远千里而来""观光"。用不着细说,学校中一切的设备,都可以拿这样的电灯作象征——设尽方法,克服困难。

教师们都分住在镇内,生活虽苦,却有好房子住。至不济,还可以租住阔人们的祠堂——即连壁上都嵌着大理石的祠堂。

四年前,我离家南下,到武汉便住在华中大学。隔别三载,朋友们却又在喜洲相见,是多么快活的事呀!住了四天,天天有人请吃鱼:洱海的鱼拿到市上还欢跳着。"留神破产呀!"客人发出警告。可是主人们说:"谁能想到你会来呢?!破产也要痛快一下呀!"

我给学生们讲演了三个晚上,查先生讲了一次。五台中学也约去讲演,我很怕小学生们不懂我的言语,因为学生们里有的是讲民家话的。民家话属于哪一语言系统,语言学家们还正在讨论中。在大理城中，人们讲官话，城外便要说民家话了。到城里做事和卖东西的，多数的人只能以官话讲价钱，和说眼前的东西的名称，其余的便说不上来了。所谓"民家"者，对官家军人而言，大概在明代南征的时候，官吏与军人被称为官家与军家，而原来的居民便成了民家。

民家人是谁？民家语是属于哪一系统？都有人正在研究。民家人的风俗，神话，历史，也都有研究的价值。云南是学术研究的宝地，人文而外，就单以植物而言，也是兼有温带与寒带的花木啊。

二十四

游了一回洱海，可惜不是月夜。湖边有不少稻田，也有小小的村落。阔人们在海中建起别墅别有天地。这些人是不是发国难财的，就不得而知了。

也游了一次山，山上到处响着溪水，东一个西一个的好多水磨。水比山还好看！苍山的积雪化为清溪，水浅绿，随处在石块左右，翻起白花，水的声色，有点像瑞士的。

山上有罗刹阁。菩萨化为老人，降伏了恶魔罗刹父子，压于宝塔之下。这类的传说，显然是佛教与本土的神话混合而成的。经过分析，也许能找出原来的宗教信仰，与佛教输入的情形。

二十五

此地，妇女们似乎比男人更能干。在田里下力的是妇女，在场上卖东西的是妇女，在路上担负粮柴的也是妇女。妇女，据说，可以养着丈夫，而丈夫可以在家中安闲地享福。

妇女的装束略同汉人，但喜戴些零七八碎的小装饰。很穷的小姑娘老太婆，尽管衣裙破旧，也戴着手镯。草帽子必缀上两根红绿的绸带。她们多数是大足，但鞋尖极长极瘦，鞋后跟钉着一块花布，表示出也近乎缠足的意思。

听说她们很会唱歌，但是我没有听见一声。

二十六

由喜洲回下关，并没在大理停住，虽然华中的友人给了我们介绍信，在大理可以找到住处。大理是游苍山的最合适的地方。我们所以直接回下关者，一来因为不愿多打扰生朋友，二来是车子不好找，需早为下手。

回到下关，范会连先生来访，并领我们去洗温泉。云南这一带温泉很多，而且水很热。我们洗澡的地方，安有冷水管，假若全用泉水，便热得下不去脚了。泉下，一个很险要的地方，两面是山，中间是水，有一块碑，刻着汉诸葛武侯擒孟获处。碑是光绪年间立的，不知以前有没有？

范先生说有小车子回昆明，教我们乘搭。在这以前，我们已交涉好滇缅路交通车，即赶紧辞退，可是，路局的人员约我去演讲一次。他们的办公处，在湖边上，一出门便看见山水之胜。小小的一个俱乐部，里面有些书籍。职员之中，有些很爱好文艺的青年。他们还在下关演过话剧。他们的困难是找不到合适的剧本。他们的人少，服装道具也不易置办，而得到的剧本，总嫌用人太多，场面太多，无法演出。他们的困难，我想，恐怕也是各地方的热心戏剧宣传者的困难吧，写剧的人似乎应当注意及此。

讲演的时候，门外都站满了人。他们不易得到新书，也不易听到什么，有朋自远方来，当然使他们兴奋。

在下关旅舍里，遇见一位新由仰光回来的青年，他告诉我：海外是怎样的需要文艺宣传。有位"常任侠"——不是中大的教授——声言要在仰光等处演戏,需钱去接来演员。演员们始终没来一个,而常君自己已骗到手十多万!

二十七

小车子一天赶了四百多公里,早六时半出发,晚五时就开到了昆明。

预备做两件事:一件是看看滇戏,一件是上呈贡。滇戏没看到,因为空袭的关系,已很久没有彩唱,而只有"坐打"。呈贡也没去成。预定十一月十四日起身回渝,十号左右可去呈贡,可是忽然得到通知,十号可以走,破坏了预定计划。

十日,恋恋不舍地辞别了众朋友。

原载1941年11月22日至1942年1月7日《扫荡报》

可爱的成都

到成都来,这是第四次。第一次是在四年前,住了五六天,参观全城的大概。第二次是在三年前,我随同西北慰劳团北征,路过此处,故仅留二日。第三次是慰劳归来,过此小住,留四日,见到不少的老朋友。这次——第四次——是受冯焕璋先生之约,去游灌县与青城山,由山上下来,顺便在成都玩几天。

成都是个可爱的地方。对于我,它特别的可爱,因为:

(一)我是北平人,而成都有许多与北平相似之处,稍稍使我减去些乡思。到抗战胜利后,我想,我总会再来一次,多住些时候,写一部以成都为背景的小说。在我的心中,地方好像也都像人似的,有个性格。我不喜上海,因为我抓不住它的性格,说不清它到底是怎么一回事。我不能与我所不明白的人交朋友,也不能描写我所不明白的地方。对成都,真的,我知道的事情太少了;但是,我相信会借它的光儿写出一点东西来。我似乎已看到了它的灵魂,因为它与北平相似。

(二)我有许多老友在成都。有朋友的地方就是好地方。这诚然是个人的偏见,可是恐怕谁也免不了这样去想吧。况且成都的本身已经是可爱的呢。八年前,我曾在齐鲁大学教过书。"七七"抗战后,我又由青岛移回济南,仍住齐大。我由济南流亡出来,我的妻小还留在齐大,住了一年多。齐大在济南的校舍现在已被敌人完全占据,我的朋友们的一切书籍器物已被劫一空,那么,今天又能在成都会见其患难的老友,是何等的快乐呢!衣物,器具,书籍,丢失了有什么关系!我们还有命,还能各守岗位的去忍苦抗敌,这就值得共进一杯酒了!抗战前,我在山东大学也教过书。这次,在华西坝,无意中的也遇到几位山大的老友,"惊喜欲狂"一点也不是过火的形容。一个人的生命,我以为,是一半儿活在朋友中的。假若这句话没有什么错误,我便不能不"因人及地"地喜爱成都了。啊,这里还有几十位文艺界的友人呢!与我的年纪差不多的,如郭子杰,叶圣陶,陈翔鹤诸先生,握手的时节,不知为何,不由得就彼此先看看头发——都有不少根白的了,比我年纪轻一点的呢,虽然头发不露痕迹,可是也显着削瘦,霜鬓瘦脸本是应该引起悲愁的事,但是,为了抗战而受苦,为了气节而不肯折腰,瘦弱衰老不是很自然的结果么?这真是悲喜俱来,另有一番滋味了!

(三)我爱成都,因为它有手有口。先说手,我不爱古玩,第一因为不懂,第二因为没有钱。我不爱洋玩艺,第一因为它们洋气十足,第二因为没有美金。虽不爱古玩与洋东西,但是我喜爱现代的手造的相当美好的小东西。假若我们今天还能制造一些美好的物件,便是表示了我们民族的爱美性与创造力仍然存在,并不逊于古人。中华民族在雕刻,图画,建筑,制铜,造瓷……上都有特殊的天才。这种天才在造几张纸,制两块墨砚,打一张桌子,漆一两个小盒上都随时的表现出来。美的心灵使他们的手巧。我们不应随便丢失了这颗心。因此,我爱现代的手造的美好的东西。北平有许多这样的好东西,如地毯,珐琅,玩具……但是北平还没有成都这样多。成都还存着我们民族的巧手。我绝对不是反对机械,而只是说,我们在大的工业上必须采取西洋方法,在小工业上则须保存我们的手。谁知道这二者有无调谐的可能呢?不过,我想,人类文化的明日,恐怕不是家家造大炮,户户有坦克车,而是要以真理代替武力,以善美代替横暴。果然如此,我们便应想一想是否该把我们的心灵也机械化了吧?次说口:成都人多数健谈。文化高的地方都如此,因为"有"话可讲。但是,这且不在话下。

这次，我听到了川剧，洋琴与竹琴。川剧的复杂与细腻，在重庆时我已领略了一点。到成都，我才听到真好的川剧。很佩服贾佩之，萧楷成，周企何诸先生的口。我的耳朵不十分笨，连昆曲——听过几次之后——都能哼出一句半句来。可是，已经听过许多次川剧，我依然一句也哼不出。它太复杂，在牌子上，在音域上，恐怕它比任何中国的歌剧都复杂得好多。我希望能用心的去学几句。假若我能哼上几句川剧来，我想，大概就可以不怕学不会任何别的歌唱了。竹琴本很简单，但在贾树三的口中，它变成极难唱的东西。他不轻易放过一个字去，他用气控制着情，他用"抑"逼出"放"，他由细嗓转到粗嗓而没有痕迹。我很希望成都的口，也和它的手一样，能保存下来。我们不应拒绝新的音乐，可也不应把旧的扫灭。恐怕新旧相通，才能产生新的而又是民族的东西来吧。

　　还有许多话要说，但是很怕越说越没有道理，前边所说的那一点恐怕已经是糊涂话啊！且就这机会谢谢侯宝璋先生给我在他的客室里安了行军床，吴先忧先生领我去看戏与洋琴，"文协"分会会员的招待，与朋友们的赏酒饭吃！

原载 1942 年 9 月 23 日《中央日报》

青蓉略记

今年八月初,陈家桥一带的土井已都干得滴水皆无。要水,需到小河沟里去"挖"。天既奇暑,又没水喝,不免有些着慌了。很想上缙云山去"避难",可是据说山上也缺水。正在这样计无从出的时候,冯焕章先生来约同去灌县与青城。这真是福自天来了!

八月九日晨出发。同行者还有赖亚力与王冶秋二先生,都是老友,路上颇不寂寞。在来凤驿遇见一阵暴雨,把行李打湿了一点,临行买了一张席子遮在车上。打过尖,雨已晴,一路平安地到了内江。内江比二三年前热闹得多了,银行和饭馆都添增了许多家。傍晚,街上挤满了人和车。次晨七时又出发,在简阳吃午饭。下午四时便到了成都。天热,又因明晨即赴灌县,所以没有出去游玩,夜间下了一阵雨。

十一日早六时向灌县出发,车行甚缓,因为路上有许多小桥。路的两旁都有浅渠,流着清水;渠旁便是稻田;田埂上往往种着薏米,一穗穗的垂着绿珠。往西望,可以看见雪山。近处的山峰碧绿,远处的山峰雪白,在晨光下,绿的变为明翠,白的略带些玫瑰色,使人想一下子飞到那高远的地方去。还不到八时,便到了灌县。城不大,而处处是水,像一位身小而多乳的母亲,滋养着川西坝子的十好几县。住在任觉五先生的家中。孤零零的一所小洋房,两面都是雪浪激流的河,把房子围住,门前终日几乎没有一个行人,除了水声也没有别的声音。

门外有些静静的稻田，稻子都有一人来高。远望便见到大面青城诸山，都是绿的。院中有一小盆兰花，时时放出香味。

青年团正在此举行夏令营，一共有千名以上的男女学生，所以街上特别的显着风光。学生和职员都穿汗衫短裤（女的穿短裙），赤脚着草鞋，背负大草帽，非常的精神。张文白将军与易君左先生都来看我们，也都是"短打扮"，也就都显着年轻了好多。夏令营本部在公园内，新盖的礼堂，新修的游泳池；原有一块不小的空场，即作为运动和练习骑马的地方。女学生也练习马术，结队穿过街市的时候，使居民们都吐吐舌头。

灌县的水利是世界闻名的。在公园后面的一座大桥上，便可以看到滚滚的雪水从离堆流进来。在古代，山上的大量雪水流下来，非河身所能容纳，故时有水患。后来，李冰父子把小山硬凿开一块，水乃分流——离堆便在凿开的那个缝子的旁边。从此双江分灌，到处划渠，遂使川西平原的十四五县成为最富庶的区域——只要灌县的都江堰一放水，这十几县便都不下雨也有用不完的水了。城外小山上有二王庙，供养的便是李冰父子。在庙中高处可以看见都江堰的全景。在两江未分的地方，有驰名的竹索桥。距桥不远，设有鱼嘴，使流水分家，而后一江外行，一江入离堆，是为内外江。到冬天，在鱼嘴下设阻碍，把水截住，则内江干涸，可以淘滩。春来，撤去阻碍，又复成河。据说，每到春季开水的时候，有多少万人来看热闹。在二王庙的墙上，刻着古来治水的格言，如深淘滩，低作堰……细细玩味这些格言，再看着江堰上那些实际的设施，便可以看出来，治水的诀窍只有一个字——"软"。水本力猛，遇阻则激而决溃，所以应低作堰，使之轻轻漫过，不至出险。水本急流而下，波涛汹涌，故中设鱼嘴，使分为二，以减其力；分而又分，江乃成渠，力量分散，就有益而无损了。作堰的东西只是用竹编的筐子，盛上大石卵。竹有弹性，而石卵是活动的，都可以用"四两破千斤"的劲儿对付那惊涛骇浪。用分化与软化对付无情的急流，水便老实起来，乖乖地为人们灌田了。

竹索桥最有趣。两排木柱，柱上有四五道竹索子，形成一条窄胡同儿。下面再用竹索把木板编在一处，便成了一座悬空的，随风摇动的，大桥。我在桥上走了走，虽然桥身有点动摇，虽然木板没有编紧，还看得到下面的急流，——看久了当然发晕——可是绝无危险，并不十分难走。

治水和修构竹索桥的方法，我想，不定是经过多少年代的试验与失败，而后才得到成功的。而所谓文明者，我想，也不过就是能用尽心智去解决切身的问题而已。假若不去下一番功夫，而任着水去泛滥，或任着某种自然势力兴灾作祸，则人类必始终是穴居野处，自生自灭，以至灭亡。看到都江堰的水利与竹索桥，我们知道我们的祖先确有不甘屈服而苦心焦虑地去克服困难的精神。可是，在今天，我们还时时听到看到各处不是闹旱便是闹水，甚至于一些蝗虫也能教我们去吃树皮草根。可怜，也可耻呀！我们连切身的衣食问题都不去设法解决，还谈什么文明与文化呢？

灌县城不大，可是东西很多。在街上，随处可以看到各种的水果，都好看好吃。在此处，我看到最大的鸡卵与大蒜大豆。鸡蛋虽然已卖到一元二角一个，可是这一个实在比别处的大着一倍呀。雪山的大豆要比胡豆还大。雪白发光，看着便可爱！药材很多，在随便的一家小药店里，便可以看到雷震子，贝母，虫草，熊胆，麝香和多少说不上名儿来的药物。看到这些东西，使人想到西边的山地与草原里去看一看。啊，要能到山中去割几脐麝香，打几匹大熊，够多威武而有趣呀！

物产虽多，此地的物价可也很高。只有吃茶便宜，城里五角一碗，城外三角，再远一点就卖二角了。青城山出茶，而遍地是水，故应如此。等我练好辟谷的工夫，我一定要搬到这一带来住，不吃什么，只喝两碗茶，或者每天只写二百字就够生活的了。

在灌县住了十天，才到青城山去。山在县城西南，约四十里。一路上，渠溪很多，有的浑黄，有的清碧：浑黄的大概是上流刚下了大雨。溪岸上往往有些野花，在树荫下幽闲地开着。山口外有长生观，今为荫堂中学校舍；秋后，黄碧野先生即在此教书。入了山，头一座庙是建福宫，没有什么可看的。由此拾阶而前，行五里，为天师洞——我们即住于此。由天师洞再往上走，约三四里，即到上清宫。天师洞、上清宫是山中两大寺院，都招待游客，食宿概有定价，且甚公道。

从我自己的一点点旅行经验中，我得到一个游山玩水的诀窍："风景好的地方，虽无古迹，也值得来，风景不好的地方，纵有古迹，大可以不去。"古迹，十之八九，是会使人失望的。以上清宫和天师洞两大道院来说吧，它们都有些古迹，而一无足观。上清宫里有鸳鸯井，也不过是一井而有二口，一方一圆，一干一湿；看它不看，毫无关系。还有麻姑池，不过是一小方池浊水而已。天师洞里也有这类的东西，比如洗心池吧，不过是很小的一个水池；降魔石呢，原是由山崖裂开的一块石头，而硬说是被张天师用剑劈开的。假若没有这些古迹，这两座庙子的优美正自一点也不减少。上清宫在山头，可以东望平原，青碧千顷；山是青的，地也是青的，好像山上的滴翠慢慢流到人间去了的样子。在此，早晨可以看日出，晚间可以看圣灯；就是白天没有什么特景可观的时候，登高远眺，也足以使人心旷神怡。天师洞，与上清宫相反，是藏在山腰里，四面都被青山拥抱着，掩护着，我想把它叫作"抱翠洞"，也许比原名更好一些。

不过，不管庙宇如何，假若山林无可观，就没有多大意思，因为庙以庄严整齐为主，成不了什么很好的景致。青城之值得一游，正在乎山的本身也好；即使它无一古迹，无一大寺，它还是值得一看的名山。山的东面倾斜，所以长满了树木，这占了一个"青"字。山的西面，全是峭壁千丈，如城垣，这占了一个"城"字。山不厚，由"青"的这一头转到"城"的那一面，只需走几里路便够了。山也不算高，由脚至顶不过十里路。既不厚，又不高，按说就必平平无奇了。但是不然。它"青"，青得出奇，它不像深山老峪中那种老松凝碧的深绿，也不像北方山上的那种东一块西一块的绿，它的青色是包住了全山，没有露着山骨的地方；而且，这个笼罩全山的青色是竹叶，楠叶的嫩绿，是一种要滴落的，有些光泽的，要浮动的，淡绿。这个青色使人心中轻快，可是不敢高声呼唤，仿佛怕他那似滴未滴，欲动未动的青翠惊坏了似的。这个青色是使人吸到心中去的，而不是只看一眼，夸赞一声便完事的。当这个青色在你周围，你便觉出一种恬静，一种说不出，也无需说出的舒适。假若你非去形容一下不可呢，你自然的只会找到一个字——幽。所以，吴稚晖先生说："青城天下幽。"幽得太厉害了，便使人生畏；青城山却正好不太高，不太深，而恰恰不大不小的使人既不畏其旷，也不嫌它窄；它令人能体会到"悠然见南山"的那个"悠然"。

山中有报更鸟，每到晚间，即梆梆地呼叫，和柝声极相似，据道人说，此鸟不多，且永不出山。那天，寺中来了一队人，拿着好几枝猎枪，我很为那几只会击柝的小鸟儿担心，这种鸟儿有个缺欠，即只能打三更——梆，梆梆——无论是傍晚还是深夜，它们老这么叫三下。假若能给它们一点训练，教它们能从一更报到五更，有多么好玩呢！

白日游山，夜晚听报更鸟，"悠悠"的就过了十几天。寺中的桂花开始放香，我们恋恋不舍地离别了道人们。

返灌县城，只留一夜，即回成都。过郫县，我们去看了看望丛祠；没有什么好看的，地方可是很清幽，王法勤委员即葬于此。

成都的地方大，人又多，若把半个多月的旅记都抄写下来，未免太麻烦了。拣几项来随便谈谈吧。

（一）成都"文协"分会：自从川大迁开，成都"文协"分会因短少了不少会员，会务曾经有过一个时期不大旺炽。此次过蓉，分会全体会员举行茶会招待，到会的也还有四十多人，并不太少。会刊——《笔阵》——也由几小页扩充到好十几页的月刊，虽然月间经费不过才有百元钱。这样的努力，不能不令人钦佩！可惜，开会时没有见到李劼人先生，他上了乐山。《笔阵》所用的纸张，据说，是李先生设法给捐来的；大家都很感激他；有了纸，别的就容易办得多了。会上，也没见到圣陶先生,可是过了两天,在开明分店见到。他的精神很好,只是白发已满了头。他的少爷们,他告诉我,已写了许多篇小品文,预备出个集子,想找我作序,多么有趣的事啊!郭子杰先生,陶雄先生都约我吃饭,牧野先生陪着我游看各处,还有陈翔鹤,车瘦舟诸先生约我聚餐——当然不准我出钱——都在此致谢。瞿冰森先生和中央日报的同仁约我吃真正成都味的酒席,更是感激不尽。

(二)看戏:吴先忧先生请我看了川剧,及贾瞎子的竹琴,德娃子的洋琴,这是此次过蓉最快意的事。成都的川剧比重庆的好得多,况且我们又看的是贾佩之,萧楷成,周慕莲,周企何几位名手,就更觉得出色了。不过,最使我满意的,倒还是贾瞎子的竹琴。乐器只有一鼓一板,腔调又是那么简单,可是他唱起来仿佛每一个字都有些魔力,他越收敛,听者越注意静听,及至他一放音,台下便没法不喝彩了。他的每一个字像一个轻打梨花的雨点,圆润轻柔;每一句是有声有色的一小单位;真是字字有力,句句含情。故事中有多少人,他要学多少人,忽而大嗓,忽而细嗓,而且不只变嗓,还要咬音吐字各尽其情;这真是点本领!希望再有上成都去的机会。多听他几次!

(三)看书:在蓉,住在老友侯宝璋大夫家里。虽是大夫,他却极喜爱字画。有几块闲钱,他便去买破的字画;这样,慢慢地他已收集了不少四川先贤的手迹。这样,他也就与西玉龙一带的古玩铺及旧书店都熟识了。他带我去游玩,总是到这些旧纸堆中来。成都比重庆有趣就在这里——有旧书摊儿可逛。买不买的且不去管,就是多摸一摸旧纸陈篇也是快事啊。真的,我什么也没买,书价太高。可是,饱了眼福也就不虚此行。一般的说,成都的日用品比重庆的便宜一点,因为成都的手工业相当的发达,出品既多,同业的又多在同一条街上售货,价格当然稳定一些。鞋、袜、牙刷、纸张什么的,我看出来,都比重庆的相因着不少。旧书虽贵,大概也比重庆的便宜,假若能来往贩卖,也许是个赚钱的生意。不过,我既没发财的志愿,也就不便多此一举,虽然贩卖旧书之举也许是俗不伤雅的吧。

（四）归来：因下雨，过至中秋前一日才动身返渝。中秋日下午五时到陈家桥，天还阴着。夜间没有月光，马马虎虎地也就忘了过节。这样也好，省得看月思乡，又是一番难过！

原载 1942 年 10 月 10 日重庆《大公报·战线》

时有雅趣在人间

济南的药集
（济南通信）

今年的药集是从四月廿五日起，一共开半个月——有人说今年只开三天，中国事向来是没准儿的。地点在南券门街与三和街。这两条街是在南关里，北口在正觉寺街，南头顶着南围子墙。

喝！药真多！越因为我不认识它们越显着多！

每逢我到大药房去，我总以为各种瓶子中的黄水全是硫酸，白的全是蒸馏水，因为我的化学知识只限于此。但是药房的小瓶小罐上都有标签，并不难于检认；假如我害头疼，而药房的人给我硫酸喝，我绝不会答应他的。到了药集，可是真没有法儿了！一捆一捆，一袋一袋，一包一包，全是药材，全没有标签！而且买主只问价钱，不问名称，似乎他们都心有成"药"；我在一旁参观，只觉得腿酸，一点知识也得不到！

但是，我自有办法。橘皮，干向日葵，竹叶，荷梗，益母草，我都认得；那些不认识的粗草细草长草短草呢？好吧，长的都算柴胡，短的都算——什么也行吧，看那柴胡，有多少种呀；心中痛快多了！

关于动物的，我也认识几样：马蜂窝，整个的干龟，蝉蜕，僵蚕，还有椿蹦儿。这么一样的药名和拉丁名，我全不知道，只晓得这是椿树上的飞虫，鲜红的翅儿，翅上有花点，很好玩，北平人管它们叫椿蹦儿；它们能治什么病呢？还看见了羚羊，原来是一串黑亮的小球；为什么羚羊应当是小黑球呢？也许有人知道。还有两对狗爪似的东西，莫非是熊掌？犀角没有看见，狗宝，牛黄也不知是什么样子，设若牛黄应像老倭瓜，我确是看见了好几个貌似干倭瓜的东西。最失望的是没有看见人中黄，莫非药铺的人自己能供给，所以集上无需发售吧？也许是用锦匣装着，没能看到？

矿物不多，石膏，大白，是我认识的；有些大块的红石头便不晓得是什么了。

草药在地上放着，熟药多在桌上摆着。万应锭，狗皮膏之类，看看倒还漂亮。

此外还有非药性的东西，如草纸与东昌纸等；还有可作药用也可作食品的东西，如山楂片，核桃，酸枣，莲子，薏仁米等。大概那些不识药性的游人，都是为买这些东西来的。价钱确是便宜。

我很爱这个集：第一，我觉得这里全是国货；只有人参使我怀疑有洋参的可能，那些种柴胡和那些马蜂窝看着十二分道地，绝不会是舶来品。第二，卖药的人们非常安静，一点不吵不闹；也非常的和蔼，虽然要价有点虚谎，可是还价多少总不出恶声。第三，我觉得到底中国药（应简称为"国药"）比西洋药好，因为"国药"吃下去不管治病与否，至少能帮助人们增长抵抗力。这怎么讲呢？看，橘皮上有多么厚的黑泥，柴胡们带着多少沙土与马粪；这些附带的黑泥与马粪，吃下去一定会起一种作用，使胃中多一些以毒攻毒的东西。假如橘皮没有什么力量，这附带的东西还能补充一些。西洋药没有这些附带品，自然也不会发生附带的效力。哪位医生敢说对下药有十二分的把握么？假如药不对症，而药品又没有附带物，岂不是大大的危险！"国药"全有附带物，谁敢说大多数的病不是被附带物治好的呢？第四，到底是中国，处处事事带着古风：咱们的祖先遍尝百草，到如今咱们依旧是这样，大概再过一万八千年咱们还是这样。我虽然不主张复古，可是热烈的想保存古风的自大有人在，我不能不替他们欣喜。第五，从今年夏天起，我一定见着马蜂窝，大蝎子，烂树叶，就收藏起来；人有旦夕祸福，谁知道什么时候生病呢！万一真病了，有的是现成的马蜂窝等，挑选一个吃下去，治病是其一，没人说你是共产党是其二。

逛完了集，出了巷口，看见一大车牛马皮，带着毛还没制成革，不知是否也是药材。

原载1932年6月11日《华年》第1卷第9期

吃莲花的

少见则多怪,真叫人愁得慌!谁能都知都懂?就拿相对论说吧,到底怎样相对?是像哼哈二将那么相对,还是像情人要互吻时那么面面相对?我始终弄不清!况且,还要"论"呢。一向不晓得哼哈二将会作论;至于情人互吻而必须作论,难道情人也得"会考"?

这且不提。拿些小事说"眼生"就要恶意地发笑,"眼熟"的事儿是对的,至少也比"眼生"的文明些。中国人用湿毛巾擦脸,英美人用干的;中国人放伞头朝上,西洋鬼子放伞头朝下;于是据洋鬼子看,他们文明,我们是头朝下活着。少见多怪,"怪"完了还自是自高一下,愁人得慌!

这且不提。听说广东人吃狗。每逢有广东朋友来,我总把黄子藏到后院去。可是据我所知道的广东朋友们,还没有一位向我要求过:"来,拿黄子开开斋!"没有。可是,黄子还是在后院保险。

这且不提。虽然我不"大"懂相对论——不是一点也不懂,说不定它还就许是像哼哈二将那样的对立——可是我天性爱花草。盆花数十种,分对列于庭中,大概我不见得一定比爱因司(斯)坦低下着多少。不,或者我比他还高着些。他会相对——和他的夫人相对而坐,也许是——而且会论——和他的夫人论些家长里短什么的。我呢,会种花。我与他各有一出拿手戏,谁也不高,谁也不低。他要是不服气的话,他骂我,我也会骂他。相对论,我得承认他的优越;相对骂,不定谁行呢!这样,我与他本是"肩膀齐为弟兄",他不用吹,我用不着谦卑。可是,我的盆花是成对摆列着的,兰对兰,菊对菊,盆盆相对,只欠着一个"论";那么,我比他强点!

这且不提——就使我真比爱因司坦强,也是心里的劲,不便大吹大擂地宣传,我不是好吹的人;何必再提?今年我种了两盆白莲。盆是由北平搜寻来的,里外包着绿苔,至少有五六十岁。泥是由黄河拉来的。水用趵突泉的。只是藕差点事,吃剩下来的菜藕。好盆好泥好水敢情有妙用,菜藕也不好意思了,长吧,开花吧,不然太对不起人!居然,拔了梗,放了叶,而且开了花。一盆里七八朵,白的!只有两朵,瓣尖上有点红,我细细地用檀香粉给涂了涂,于是全白。作诗吧,除了作诗还有什么办法?专说"亭亭玉立"这四个字就被我用了七十五次,请想我作了多少首诗吧!

这且不提。好几天了,天天门口卖菜的带着几把儿白莲。最初,我心里很难过。好好的莲花和茄子冬瓜放在一块,真!继而一想,若有所悟。啊,济南名士多,不能自己"种"莲,还不"买"些用古瓶清水养起来,放在书斋?是的,一定是这样。

这且不提。友人约游大明湖,"去买点莲花来!"他说。"何必去买,我的两盆还不可观?"我有点不痛快,心里说:"我自种的难道比不上湖里的?真!"况且,天这么热,游湖更受罪,不如在家里,煮点毛豆角,喝点莲花白,作两首诗,以自种白莲为题,岂不雅妙?友人看着那两盆花,点了点头。我心里不用提多么痛快了;友人也很雅哟!除了作新诗向来不肯用这"哟",可是此刻非用不可了!我忙着吩咐家中煮毛豆角,看看能买到鲜核桃不。然后到书房去找我的诗稿。友人静立花前,欣赏着哟!

这且不提。及至我从书房回来一看,盆中的花全在友人手里握着呢,只剩下两朵快要开败的还在原地未动。我似乎忽然中了暑,天旋地转,说不出话。友人可是很高兴。他说:"这几朵也对付了,不必到湖上买去了。其实门口卖菜的也有,不过没有湖上的新鲜便宜。你这些不很嫩了,还能对付。"他一边说着,一边奔了厨房。"老田,"他叫着我的总管事兼厨子,"把这用好香油炸炸。外边的老瓣不要,炸里边那嫩的。"老田是我由北平请来的,和我一样不懂济南的典故,他以为香油炸莲瓣是什么偏方呢。"这治什么病,烫伤?"他问。友人笑了。"治烫伤?吃!美极了!没看见菜挑子上一把一把儿地卖吗?"

这且不提。还提什么呢,诗稿全烧了,所以不能附录在这里。

原载 1933 年 8 月 16 日《论语》第 23 期

小麻雀

雨后,院里来了个麻雀,刚长全了羽毛。它在院里跳,有时飞一下,不过是由地上飞到花盆沿上,或由花盆上飞下来。看它这么飞了两三次,我看出来:它并不会飞得再高一些,它的左翅的几根长翎拧在一处,有一根特别的长,似乎要脱落下来。我试着往前凑,它跳一跳,可是又停住,看着我,小黑豆眼带出点要亲近我又不完全信任的神气。我想到了:这是个熟鸟,也许是自幼便养在笼中的。所以它不十分怕人。可是它的左翅也许是被养着它的或别个孩子给扯坏,所以它爱人,又不完全信任。想到这个,我忽然的很难过。一个飞禽失去翅膀是多么可怜。这个小鸟离了人恐怕不会活,可是人又那么狠心,伤了它的翎羽。它被人毁坏了,而还想依靠人,多么可怜!它的眼带出进退为难的神情,虽然只是那么个小而不美的小鸟,它的举动与表情可露出极大的委屈与为难。它是要保全它那点生命,而不晓得如何是好。对它自己与人都没有信心,而又愿找到些倚靠。它跳一跳,停一停,看着我,又不敢过来。我想拿几个饭粒诱它前来,又不敢离开,我怕小猫来扑它。可是小猫并没在院里,我很快地跑进厨房,来抓了几个饭粒。及至我回来,小鸟已不见了。我向外院跑去,小猫在影壁前的花盆旁蹲着呢。我忙去驱逐它,它只一扑,把小鸟擒住!被人养惯的小麻雀,连挣扎都不会,尾与爪在猫嘴旁搭拉着,和死去差不多。

瞧着小鸟，猫一头跑进厨房，又一头跑到西屋。我不敢紧追，怕它更咬紧了，可又不能不追。虽然看不见小鸟的头部，我还没忘了那个眼神。那个预知生命危险的眼神。那个眼神与我的好心中间隔着一只小白猫。来回跑了几次，我不追了。追上也没用了，我想，小鸟至少已半死了。猫又进了厨房，我愣了一会儿，赶紧地又追了去；那两个黑豆眼仿佛在我心内睁着呢。

进了厨房，猫在一条铁筒——冬天火通烟用的，春天拆下来便放在厨房的墙角——旁蹲着呢。小鸟已不见了。铁筒的下端未完全扣在地上，开着一个不小的缝儿，小猫用脚往里探。我的希望回来了，小鸟没死。小猫本来才四个来月大，还没捉住过老鼠，或者还不会杀生，只是叼着小鸟玩一玩。正在这么想，小鸟，忽然出来了，猫倒像吓了一跳，往后躲了躲。小鸟的样子，我一眼便看清了，登时使我要闭上了眼。小鸟几乎是蹲着，胸离地很近，像人害肚痛蹲在地上那样。它身上并没血。身子可似乎是蜷在一块，非常的短。头低着，小嘴指着地。那两个黑眼珠！非常的黑，非常的大，不看什么，就么顶黑顶大的愣着。它只有那么一点活气，都在眼里，像是等着猫再扑它，它没力量反抗或逃避；又像是等着猫赦免了它，或是来个救星。生与死都在这俩眼里，而并不是清醒的。它是糊涂了，昏迷了；不然为什么由铁筒中出来呢？可是，虽然昏迷，到底有那么一点说不清的，生命根源的，希望。这个希望使它注视着地上，等着，等着生或死。它怕得非常的忠诚，完全把自己交给了一线的希望，一点也不动。像把生命要从两眼中流出，它不叫，也不动。

小猫没再扑它，只试着用小脚碰它。它随着击碰倾侧，头不动，眼不动，还呆呆地注视着地上。但求它能活着，它就决不反抗。可是并非全无勇气，它是在猫的面前不动！我轻轻地过去，把猫抓住。将猫放在门外，小鸟还没动。我双手把它捧起来。它确是没受了多大的伤，虽然胸上落了点毛。它看了我一眼！

我没主意：把它放了吧，它准是死？养着它吧，家中没有笼子。我捧着它好像世上一切生命都在我的掌中似的,我不知怎样好。小鸟不动,蜷着身,两眼还那么黑,等着!愣了好久,我把它捧到卧室里,放在桌子上,看着它,它又愣了半天,忽然头向左右歪了歪,用它的黑眼瞟了一下;又不动了,可是身子长出来一些,还低头看着,似乎明白了点什么。

原载 1934 年 7 月《文学评论》第 1 卷第 2 期

落花生

我是个谦卑的人。但是,口袋里装上四个铜板的落花生,一边走一边吃,我开始觉得比秦始皇还骄傲。假若有人问我:"你要是做了皇上,你怎么享受呢?"简直的不必思索,我就答得出:"派四个大臣拿着两块钱的铜子,爱买多少花生吃就买多少!"

什么东西都有个幸与不幸。不知道为什么瓜子比花生的名气大。你说,凭良心说,瓜子有什么吃头?它夹你的舌头,塞你的牙,激起你的怒气——因为一咬就碎;就是幸而没碎,也不过是那么小小的一片,不解饿,没味道,劳民伤财,布尔乔亚!你看落花生:大大方方的,浅白麻子,细腰,曲线美。这还只是看外貌。弄开看:一胎儿两个或者三个粉红的胖小子。脱去粉红的衫儿,象牙色的豆瓣一对对地抱着,上边儿还接着吻。那个光滑,那个水灵,那个香喷喷的,碰到牙上那个干松酥软!白嘴吃也好,就酒喝也好,放在舌上当槟榔含着也好。写文章的时候,三四个花生可以代替一枝香烟,而且有益无损。

种类还多呢:大花生,小花生,大花生米,小花生米,糖饯的,炒的,煮的,炸的,各有各的风味,而都好吃。下雨阴天,煮上些小花生,放点盐;来四两玫瑰露;够作好几首诗的。瓜子可给诗的灵感?冬夜,早早的躺在被窝里,看着《水浒》,枕旁放着些花生米;花生米的香味,在舌上，在鼻尖；被窝里的暖气，武松打虎……这便是天国！冬天在路上，刮着冷风，或下着雪，袋里有些花生使你心中有了主儿。掏出一个来，剥了，慌忙往口中送，闭着嘴嚼，风或雪立刻不那么厉害了。况且，一个二十岁以上的人肯神仙似的，无忧无虑的，随随便便的，在街上一边走一边吃花生，这个人将来要是做了宰相或度支部尚书，他是不会有官僚气与贪财的。他若是做了皇上，必是朴俭温和直爽天真的一位皇上，没错。吃瓜子的照例不在街上走着吃，所以我不给他保这个险。

至于家中要是有小孩儿，花生简直比什么也重要。不但可以吃，而且能拿它们玩。夹在耳唇上当环子，几个小姑娘就能办很大的一回喜事。小男孩若找不着玻璃球儿，花生也可以当弹儿。玩法还多着呢。玩了之后，剥开再吃，也还不脏。两个大子儿的花生可以玩半天；给他们些瓜子试试。

论样子，论味道，栗子其实蛮有势派儿。可是它没有落花生那点家常的"自己"劲儿。栗子跟人没有交情，仿佛是。核桃也不行，榛子就更显着疏远。落花生在哪里都有人缘，自天子以至庶人都跟它是朋友；这不容易。

在英国，花生叫作"猴豆"——Monkey nuts。人们到动物园去才带上一包，去喂猴子。花生在这个国里真不算很光荣，可是我亲眼看见去喂猴子的人——小孩就更不用提了——偷偷地也往自己口中送这猴豆。花生和苹果好像一样的有点魔力，假如你知道苹果的典故；我这儿确是用着典故。

美国吃花生的不限于猴子。我记得有位美国姑娘，在到中国来的时候，把几只皮箱的空处都填满了花生，大概凑起来总够十来斤吧，怕是到中国吃不着这种宝物。美国姑娘都这样重看花生，可见它确是有价值；按照哥伦比亚的哲学博士的辩证法看，这当然没有误儿。

花生大概还跟婚礼有点关系，一时我可想不起来是怎么个办法了；

不是新娘子在轿里吃花生,不是;反正是什么什么春吧——你可晓得这个典故?其实花轿里真放上一包花生米,新娘子未必不一边落泪一边嚼着。

原载1935年1月20日《*漫画生活*》第5期

小动物们

鸟兽们自由地生活着,未必比被人豢养着更快乐。据调查鸟类生活的专门家说,鸟啼绝不是为使人爱听,更不是以歌唱自娱,而是占据猎取食物的地盘的示威;鸟类的生活是非常的艰苦。兽类的互相蚕食是更显然的。这样,看见笼中的鸟,或柙中的虎,而替它们伤心,实在可以不必。可是,也似乎不必替它们高兴;被人养着,也未尽舒服。生命仿佛是老在魔鬼与荒海的夹间儿,怎样也不好。

我很爱小动物们。我的"爱"只是我自己觉得如此;到底对被爱的有什么好处,不敢说。它们是这样受我的恩养好呢,还是自由地活着好呢?也不敢说。把养小动物们看成一种事实,我才敢说些关于它们的话。下面的述说,那么,只是为述说而述说。

先说鸽子。我的幼时,家中很贫。说出"贫"来,为是声明我并养不起鸽子;鸽子是种费钱的活玩艺儿。可是,我的两位姐丈都喜欢玩鸽子,所以我知道其中的一点儿故典。我没事儿就到两家去看鸽,也不短随着姐丈们到鸽市去玩;他们都比我大着二十多岁。我的经验既是这样来的,而且是幼时的事,恐怕说得不能很完全了;有好多鸽子名已想不起来了。

鸽的名样很多。以颜色说,大概应以灰,白,黑,紫为基本色儿。可是全灰全白全黑全紫的并不值钱。全灰的是楼鸽,院中撒些米就会

时有雅趣在人间 | 115

来一群；物是以缺者为贵，楼鸽太普罗。有一种比楼鸽小，灰色也浅一些的，才是真正的"灰"；但也并不很贵重。全白的，大概就叫"白"吧，我记不清了。全黑的叫黑儿，全紫的叫紫箭，也叫猪血。

猪血们因为羽色单调，所以不值钱，这就容易想到值钱的必是杂色的。杂色的种类多极了，就我所知道的——并且为清楚起见——可以分作下列的四大类：点子，乌，环，玉翅。点子是白身腔，只在头上有手指肚大的一块黑，或紫；尾是随着头上那个点儿，黑或紫。这叫作黑点子和紫点子。乌与点子相近，不过是头上的黑或紫延长到肩与胸部。这叫黑乌或紫乌。这种又有黑翅的或紫翅的，名铁翅乌或铜翅乌——这比单是乌又贵重一些。还有一种，只有黑头或紫头，而尾是白的，叫作黑乌头或紫乌头；比乌的价钱要贱一些。刚才说过了，乌的头部的黑或紫毛是后齐肩，前及胸的。假若黑或紫毛只是由头顶到肩部，而前面仍是白的，这便叫作老虎帽，因为很像廿年前通行的风帽；这种确是非常的好看，因而价值也就很高。在民国初年，兴了一阵子蓝乌和蓝乌头，头尾如乌，而是灰蓝色儿的。这种并不好看，出了一阵子风头也就拉倒了。

环，简单的很：全白而项上有一黑圈者叫墨环；反之，全黑而项上有白圈者是玉环。此外有紫环，全白而项上有一紫环。"环"这种鸽似乎永远不大高贵。大概可以这么说，白尾的鸽是不易与黑尾或紫尾的相抗，因为白尾的飞起来不大美。

玉翅是白翅边的。全灰而有两白翅是灰玉翅；还有黑玉翅，紫玉翅。所谓白翅，有个讲究：翅上的白翎是左七右八。能够这样，飞起来才正好，白边儿不过宽，也不过窄。能生成就这样的，自然很少，所以鸽贩常常作假，硬插上一两根，或拔去些，是常有的事。这类中又有变种：玉翅而有白尾的，比如一只黑鸽而有左七右八的白翅翎，同时又是白尾，便叫作三块玉。灰的，紫的，也能这样。要是连头也是白的呢便叫作四块玉了。四块玉是较比有些价值的。

在这四大类之外，还有许多杂色的鸽。如鹤袖，如麻背，都有些价值,可不怎么十分名贵。在北平,差不多是以上述的四大类为主。新种随时有,也能时兴一阵,可都不如这四类重要与长远。

就这四大类说,紫的老比别的颜色高贵。紫色儿不容易长到好处,太深了就遭猪血之消,太浅了又黄不唧的寒酸。况且还容易长"花了"呢,特别是在尾巴上,翎的末端往往露出白来,像一块癣似的,把个尾巴就毁了。

紫以下便是黑,其次为灰。可是灰色如只是一点,如灰头,灰环,便又可贵了。

这些鸽中,以点子和乌为"古典的"。它们的价值似乎永远不变,虽然普通,可是老是鸽群之主。这么说吧,飞起四十只鸽,其中有过半的点子和乌,而杂以别种,便好看。反之,则不好看。要是这四十只都是点子,或都是乌,或点子与乌,便能有顶好的阵容。你几乎不能飞四十只环或玉翅。想想看吧:点子是全身雪白,而有个黑或紫的尾,飞起来像一群玲珑的白鸥;及至一翻身呢,那黑或紫的尾给这轻洁的白衣一个色彩深厚的裙儿,既轻妙而又厚重。假若是太阳在西边,而东方有些黑云,那就太美了:白翅在黑云下自然分外的白了;一斜身儿呢,黑尾或紫尾——最好是紫尾——迎着阳光闪起一些金光来!点子如是,乌也如是。白尾巴的,无论长得多么体面,飞起来没这种美妙,要不怎么不大值钱呢。铁翅乌或铜翅乌飞起来特别的好看,像一朵花,当中一块白,前后左右都镶着黑或紫,它使人觉得安闲舒适。可是铜翅乌几乎永远不飞,飞不起,贱的也得几十块钱一对儿吧。玩鸽子是满天飞洋钱的事儿,洋钱飞起却是不如在手里牢靠的。

可是,鸽子的讲究儿不专在飞,正如女子出头露脸不专仗着能跑五十米。它得长得俊。先说头吧,平头或峰头(峰读如凤;也许就是凤,而不是峰),便决定了身价的高低。所谓峰头或凤头的,是在头上有一撮立着的毛;平头是光葫芦。自然凤头的是更美,也更贵。峰——或凤——不许有杂毛,黑便全黑,紫便全紫,搀着白的便不够派儿。它得大,而且要像个荷包似的向里包包着。鸽贩常把峰的杂毛剔去,而且把不像荷包的收拾得像荷包。这样收拾好的峰，就怕鸽子洗澡，因为那好看的头饰是用胶粘的。

头最怕鸡头，没有脑杓儿，愣头磕脑的不好看。头需像算盘子儿，圆忽忽的，丰满。这样的头，再加上个好峰，便是标准美了。

眼，得先说眼皮。红眼皮的如害着眼病，当然不美。所以要强的鸽子得长白眼皮。宽宽的白眼皮，使眼睛显着大而有神。眼珠也有讲究，豆眼，隔棱眼，都是要不得的。可惜我离开鸽子们已念多年，形容不上来豆眼等是什么样子了；有机会到北平去住几天，我还能把它们想起来，到鸽市去两趟就行了。

嘴也很要紧。无论长得多么体面的鸽，来个长嘴，就算完了事。要不怎么，有的鸽虽然很缺少，而总不能名贵呢；因为这种根本没有短嘴的。鸽得有短嘴！厚厚实实的，小墩子嘴，才好看。

头部以外，就得论羽毛如何了。羽毛的深浅，色的支配，都有一定的。老虎帽的帽长到何处，虎头的黑或紫毛应到胸部的何处，都不能随便。出一个好鸽与出一个美人都是历史的光荣。

身的大小，随鸽而异。羽色单调一些的，像紫箭等，自然是越大越蠢，所以以短小玲珑为贵。像点子与乌什么的，个子大一点也不碍事。不过，嘴儿短，长得娇秀，自然不会发展得很粗大了，所以美丽的鸽往往是小个儿。

大个子的，长嘴儿的，可也有用处。大个子的身强力壮翅子硬，能飞，能尾上戴鸽铃，所以它们是空中的主力军。别的鸽子好看，可供地上玩赏；这些老粗儿们是飞起来才见本事，故而也还被人爱。长翅儿也有用，孵小鸽子是它们的事；它们的嘴长，"喷"得好——小鸽不会自己吃东西，得由老鸽嘴对嘴地"喷"。再说呢，喷的时候，老的胸部羽毛便糙了；谁也不肯这么牺牲好鸽。好鸽下的蛋，总被人拿来交与丑鸽去孵，丑鸽本来不值钱，身上糙旧一点也没关系。要作鸽就得美呀，不然便很苦了。

有的丑鸽，仿佛知道自己的相貌不扬，便长点特别的本事以与美鸽竞争。有力气戴大鸽铃便是一例。可是有力气还不怎样新奇,所以有的能在空中翻跟头。会翻跟头的鸽在与朋友们一块飞起的时候,能飞着飞着便离群而翻几个跟头,然后再飞上去加入鸽群,然后又独自翻下来。这很好看,假若它是白色的,就好像由蓝空中落下一团雪来似的。这种鸽的身体很小,面貌可不见得美。它有个标帜,即在项上有一小撮毛儿,倒长着。这一撮倒毛儿好像老在那儿说:"你瞧,我会翻跟头!"这种鸽还有个特点,脚上有毛儿,像诸葛亮的羽扇似的。一走,便扑喳扑喳的,很有神气。不会翻跟头的可也有时候长着毛脚。这类鸽多半是全灰全白或全黑的。羽毛不佳,可是有本事呢。

为养毛脚鸽,需盖灰顶的房,不要瓦。因为瓦的棱儿往往伤了毛脚而流出血来。

哎呀!我说"先说鸽子",已经三千多字了,还没说完!好吧,下回接着说鸽子吧,假若有人爱听。我的题目《小动物们》,似乎也有加上个"鸽"的必要了。

原载 1935 年 3 月《人间世》第 24 期

小动物们（鸽）续

养鸽正如养鱼养鸟，要受许多的辛苦。"不苦不乐"，算是说对了。不过，养鱼养鸟较比养鸽还和平一些；养鸽是斗气的事儿。是，养鸟也有时候怄气，可鸟儿究竟是在笼子里，跟别的鸟没有直接的接触。鸽子是满天飞的。张家的也飞，李家的也飞，飞到一处而裹乱了是必不可免的。这就得打架。因此，玩别的小玩艺用不着法律，养鸽便得有。这些法律虽不是国家颁布的，可是在玩鸽的人们中间得遵守着。比如说吧，我开始养鸽子，我就得和四邻的"鸽家"们开谈判。交情好的呢，可以规定：彼此谁也不要谁的鸽；假若我的鸽被友家裹了去，他还给我送回来；我对他也这样。这就免去许多战争。假若两家说不来呢，那就对不起了，谁得着是谁的，战争就无可避免了。有这样的敌人，养鸽等于斗气。你不飞，我也不飞；你的飞起来，我的也马上飞起去，跟你"撞"！"撞"很过瘾，两个鸽阵混成一团，合而复分，分而复合；一会儿我"拉过"你的来，一会儿你又"拉过"我的去，如看拔河一样起劲。谁要是能"得过"一只来，落在自己的房上，便设法用粮食引诱下来，算作自己的战胜品。可是，俘虏是在房上，时时可以飞去；我可就下了毒手，用弩打下来，假若俘虏不受引诱而要逃走。打可得有个分寸，手法要好，讲究恰好打在——用泥弹——鸽的肩头上。肩头受伤，没有性命的危险，可是失了飞翔的能力。于是滚下房来，我用网接住；将养几天，便能好过来。手法笨的，弹中胸部，便一命呜呼；或是弹子虚发，把鸽惊走，是谓泄气。

"撞"实过瘾，可也别扭，我没法训练新鸽与小鸽了。新鸽与小鸽必须有相当的训练才认识自己的家，与见阵不迷头。那么，我每放起鸽去，敌人也必调动人马，那我简直没有训练新军的机会；大胆放出生手，准保叫人家给拉了去。于是，我得早早的起，敛旗息鼓的，一声不出的，去操练新军。敌人也会早起呀，这才真叫怄气！得设法说和了，要不然简直得出人命了。

哼，说和却不容易。比如我只有三十只能征惯战的鸽，而敌人有八十只，他才不和我开和平会议呢。没办法，干脆搬家吧。对这样的敌人，万幸我得过他一只来，我必定拿到鸽市去卖；不为钱，为是羞辱他。他也准知道我必到鸽市去，而托鸽贩或旁人把那只买回去，他自己没脸来和我过话。

即使没这种战争，养鸽也非养气之道；鸽时时使你心跳。这么说吧，我有点事要出门，刚走到巷口，见天上有只鸽，飞得两翅已疲，或是惊惶不定，显系飞迷了头；我不能漏这个空，马上飞跑回家，放起我的鸽来裹住这只宝贝。有天大的事也得放下。其实得到手中，也许是只最老丑的糟货，可是多少是个幸头，不能轻易放过。养鸽的人是"满天飞洋钱，两脚踩狗屎"，因为老仰首走路也。

训练幼鸽也是很难放心的事，特别是经自己的手孵出来的。头几次飞，简直没把握，有时候眼看着你自己家中孵出的幼鸽，飞到别家去，其伤心不亚于丢失了儿女。

最难堪的是闹"鸦虎子"。"鸦虎子"是一种小鹰，秋冬之际来驻北平，专欺侮鸽子。在这个时节，养鸽的把鸽铃都撤下来，以免鸦虎闻声而来，在放鸽以前，要登高一望，看空中有无此物。及至鸽已飞起，而神气不对，忽高忽低，不正经着飞，便应马上"垫"起一只，使大家落下，以免危险；大概远处有了那个东西。不幸而鸦虎已到，那只有跺脚，而无办法。鸦虎子捉鸽的方法是把鸽群"托"到顶高，高得几乎像燕子那么小了，它才绕上去，单捉一只。它不忙，在鸽群下打旋，鸽们只好往高处飞了。越飞越高，越飞越乏；然后鸦虎猛的往高处一钻，鸽已失魂，紧跟着它往下一"砸"，群鸽屁滚尿流，一直的往下掉。可是鸦虎比它们快。于是空中落下一些羽毛，它捉住一只，找清静地方去享受。其余的幸得逃命，不择地而落，不定都落到哪里去呢！幸而有几只碰运气落在家中的房上，亦只顾喘息，如呆如痴，非常的可怜。这个，从始至终，养鸽的是目不敢瞬地看着；只是看着，一点办法没有！鸦虎已走，养鸽的还得等着，等着失落的鸽们回来。一会儿飞回来一只，又待一会儿又回来一只。可是等来等去，未必都能回来，因惊破了胆的鸽是很容易被别家得去的。检点残军，自叹晦气，堂堂七尺之躯会干不过个小小的鸦虎子！

　　普通的飞法是每天飞三次，每飞一次叫作"一翅儿"。三次的支配大概是每日的早晚中三时，这随天气的冷暖而变动。夏日太热，早晚为宜，午间即不放鸽；冬日自然以午间为宜，因为暖和些。夏天的鸽阵最好看，高处较凉一些，鸽喜高飞；而且没有鸦虎什么的，鸽飞得也稳；鸦虎是到别处去避暑了。每要飞一翅儿，是以长竿——竿头拴些碎布或鸡毛——一挥，鸽即飞起。飞起的都是熟鸽，不怕与别家的"撞"。其中最强者，尾系鸽铃，为全军奏乐。飞起来，先擦着房，而后渐次高升，以家中为中心来回的旋转。鸽不在多少，飞起来讲究尾彩配合的好，"盘儿"——即鸽阵——要密，彼此的距离短而旋转得一致。这样有盘儿有精神，悦目。盘儿大而松懈，东一个西一个地乱飞，则招人讥诮。当盘儿飞到相当的时间，则当把生鸽或幼鸽掷于房上，盘儿见此，则往下飞。如欲训练生鸽或幼鸽，即当盘儿下落之际续入，随盘儿飞转几圈，就一齐落于房上，以免丢失。以一鸽或二鸽掷于房上，招盘儿下来，叫作"垫"。

　　老鸽不限于随盘儿飞，有时被主人携到十数里之外去放，仍能飞回来。有时候卖出去，过一两月还能找到了老家。

　　养鸽的人家，房脊上摆琉璃瓦两三块，一黄二绿，或二绿一黄，以作标帜。鸽们记得这个颜色与摆法，即不往生地方落。

新鸽买来，用线拢住翅儿，以防飞走。过几天，把翅儿松开些，使能打扑噜而不能高飞，掷之房上，使它认识环境。再过几天，看鸽性是强烈还是温柔而决定松绑的早晚。老鸽绑的日久，幼鸽绑的期短。松绑以后，就可以试着训练了。

鸽食很简单，通常都用高粱。到换毛的时候或极冷的时候才加些料豆儿。每天喂鸽最好有一定的次数。

住处也不须怎么讲究，普通的是用苇扎成个栅子，栅里再砌起窝来，每一窝放一草筐，够一对鸽住的。最要紧的是要干燥和安全。窝门不结实，或砌的不好，黄鼠狼就会半夜来偷鸽吃。窝干燥清洁，鸽不易得病；如得起病来，传染的很快，那可了不得。

该说鸽市。

对于鸽的食水，我没详说，因为在重要的点上大家虽差不多，可是每人都有自己的手法，不能完全相同；既是玩吗，个人总设法证明自己的方法最好。谈到鸽市，规矩可就是普通的了，示奇立异是行不通的。

在我幼时，天天有鸽市。我记得好像是这样：逢一五是在护国寺的后身，二六是在北新桥，三是土地庙，四是花市，七八是西城车儿胡同，九十是隆福寺外。每逢一五，是否在护国寺后身，我不敢说准了；想了半天，也想不起来。

鸽贩是每天必上市的。他们大约可分三种：第一种是阔手，只简单的拿着一个鸽笼，专买卖中上等的鸽子。第二种，挑着好几个笼，好歹不论，有利就买就卖。第三种是专买破鸽雏鸽与鸽蛋——送到饭庄当菜用，我最不喜欢这第三种，鸽子一到他们手里就算无望了。顶可怜是雏鸽，羽毛还没长全，可是已能叫人看出是不成材料的货，便入了死笼。雏鸽哆嗦着，被别的鸽压在笼底上，极细弱地叫着！再过几点钟便成了盘中的菜了。

此外，还有一种暗中做买卖而不叫别人知道的，这好像是票友使黑杵，虽已拿钱而不明言。这种人可不甚多。

养鸽的人到市上去，若是卖鸽，便也是提笼。若是去买鸽，既不知准能买到与否，自然不必拿着笼去。只去卖一二只鸽，或是买到一二只，既未提笼，就用手绢捆着鸽。

买鸽的时候，不见得准买一对。家中有只雄的，没有伴儿，便去买只雌的；或者相反。因此，卖鸽的总说"公儿欢，母儿消"。所谓"欢"者，就是公鸽正想择配，见着雌的便咕咕地叫着追求。所谓"消"者，是雌鸽正想出嫁，有公鸽向她求爱，她就点头接受。买到欢公或消母，拿到家中即能马上结婚，不必费事。欢与消可以——若是有笼——当面试验。可是市上的鸽未必雄的都欢，雌的都消。况且有时两雄或两雌放在一处而充作一对儿卖。这可就得看买主的眼睛了。你本想去买一只欢公，而市上没有；可是有一只，虽不欢，但是合你的意。那么，也就得买这一只；现在不欢，过几天也许就欢起来。你怎么知道那是个公的呢？为买公鸽而去，却买了只母的回来，岂不窝囊得慌！市上是不甚讲道德的，没眼睛的就要受骗。

看鸽是这样的：把鸽拿在左手中，拢着鸽的翅与腿，用右手去托一托鸽的胸。鸽在此时，如瞪眼，即是公；眨眼的，即是母。头大的是公，头小的是母。除辨别公母，鸽在手中也能觉出挺拔与否。真正的行家，拿起鸽来，还能看出鸽的血统正不正来，有的鸽，外表很好，而来路不正，将来下蛋孵窝，未必还能出好鸽。这个，我可不大深知；我没有多少经验。

看完了头部，要用手捋一捋鸽翅，看翅活动与否，有力没有，与是否有伤——有的鸽是被弩弹打过而翅子僵硬不灵的。对于峰，尾，都要吹一吹，细看看；恐怕是假作的。都看好了，才讲价钱。半日之中，鸽受罪不少。所以真正好鸽，如鸽市上去卖，便放在笼内，只准看，不准动手。这显着硬气，可是鸽子的身份得真高；假如弄只破鸽而这么办，必会被人当笑话说。还有呢，好鸽保养得好，身上有一层白霜，像葡萄霜儿那样好看，经手一摸，便把霜儿蹭了去；所以不许动手。可是好鸽上市，即使不许人动，在笼中究竟要受损失，尾巴是最易磨坏的。

所以要出手好鸽往往把买主请到家中来看，根本不到市上去。因此，市上实在见不着什么值钱的鸽子。

关于鸽，我想起这么些儿来，离详尽还远得很呢。就是这一点，恐怕还有说错了的地方；廿多年前的事是不易老记得很清楚的。

现在，粮食贵，有闲的人也少了，恐怕就还有养鸽的也不似先前那样讲究了。可是这也没什么可惜。我只是为述说而述说，倒不提倡什么国鸟国鸽的。

原载 1935 年 4 月《人间世》第 26 期

西红柿

所谓番茄炒虾仁的番茄,在北平原叫作西红柿,在山东各处则名为洋柿子,或红柿子。想当年我还梳小辫,系红头绳的时候,西红柿还没有番茄这点威风。它的价值,在那不文明的时代,不过与"赤包儿"相等,给小孩子们拿着玩玩而已。大家作"娶姑娘扮姐姐"玩耍的时节,要在小板凳上摆起几个红胖发亮的西红柿,当作喜筵,实在漂亮。可是,它的价值只是这么点,而且连这一点还不十分稳定,至于在大小饭铺里,它是完全没有份儿的。这种东西,特别是在叶子上,有些不得人心的臭味——按北平的话说,这叫作"青气味儿"。所谓"青气味儿",就是草木发出来的那种不好闻的味道,如楮树叶儿和一些青草,都是有此气味的。可怜的西红柿,果实是那么鲜丽,而被这个味儿给累住,像个有狐臭的美人。不要说是吃,就是当"花儿"看,它也是没有"凉水茄""番椒"等那种可以与美人蕉,翠雀儿等草花同在街上售卖的资格。小孩儿拿它玩耍,仿佛也是出于不得已;这种玩艺儿好玩不好吃,不像落花生或枣子那样可以"吃玩两便"。其实呢,西红柿的味道并不像它的叶子那么臭恶,而且不比臭豆腐难吃,可是那股青气味儿到底要了它的命。除了这点味道,恐怕它的失败在于它那点四不像的劲儿:拿它当果子看待,它甜不如果,脆不如瓜;拿它当菜吃,煮熟之后屁味没有,稀松一堆,没点"嚼头";它最宜生吃,可是那股味儿,不果不瓜不菜,亦可以休矣!

　　西红柿转运是在近些年,"番茄"居然上了菜单,由英法大菜馆而渐渐侵入中国饭铺,连山东馆子也要报一报"番茄虾银(仁)儿"!文化的侵略哟,门牙也挡不住呀!可是细一看呢,饭馆里的番茄这个与那个,大概都是加上了点番茄汁儿,粉红怪可看,且不难吃;至于整个的鲜番茄,还没多少人肯大嘴地啃。肯生吞它的,或者还得算留过洋的人们和他们的儿女,到底他们的洋味地道些。近来西医宣传西红柿里含有维他命 A 至 W,可是必须生吃,这倒有点别扭。不过呢,国人是最注意延年益寿,滋阴补肾的东西,或者这点青气味儿也不难于习惯下来的;假如国医再给证明一下:番茄加鹿茸可以壮阳种子,我想它的前途正自未可限量咧。

原载 1935 年 7 月 14 日《青岛民报·避暑录话》

母　鸡

一向讨厌母鸡。不知怎样受了一点惊恐,听吧,它由前院嘎嘎到后院,由后院再嘎嘎到前院,没结没完,而并没有什么理由;讨厌!有的时候,它不这样乱叫,可是细声细气的,有什么心事似的,颤颤微微的,顺着墙根或沿着田坝,那么扯长了声如怨如诉,使人心中立刻结起个小疙瘩来。

它永远不反抗公鸡。可是,有时候却欺侮那最忠厚的鸭子。更可恶的是它遇到另一只母鸡的时候,它会下毒手,乘其不备,狠狠地咬一口,咬下一撮儿毛来。

到下蛋的时候,它差不多是发了狂,恨不能使全世界都知道它这点成绩;就是聋子也会被它吵得受不下去。

可是,现在我改变了心思!我看见一只孵出一群小雏鸡的母亲。

不论是在院里,还是在院外,它总是挺着脖儿,表示出世界上并没有可怕的东西。一个鸟儿飞过,或是什么东西响了一声,它立刻警戒起来:歪着头儿听;挺着身儿预备作战;看看前,看看后,咕咕地警告群雏要马上集合到它身边来!

当它发现了一点可吃的东西,它咕咕地紧叫,啄一啄那个东西,马上便放下,教它的儿女吃。结果,每一只鸡雏的肚子都圆圆地下垂,像刚装了一两个汤圆儿似的,它自己却削瘦了许多。假若有别的大鸡来找食,它一定出击,把它们赶出老远;连大公鸡也怕它三分。

它教给鸡雏们啄食,掘地,用土洗澡;一天教多少多少次。它还半蹲着——我想这是相当劳累的——教它们挤在它的翅下、胸下,得一点温暖。它若伏在地上,鸡雏们有的便爬在它的背上,啄它的头或别的地方,它一声也不哼。

在夜间若有什么动静,它便放声号叫,顶尖锐,顶凄惨,使任何贪睡的人也得起来看看,是不是有了黄鼠狼。

它负责,慈爱,勇敢,辛苦,因为它有了一群鸡雏。它伟大,因为它是鸡母亲。一个母亲必定就是一位英雄!

我不敢再讨厌母鸡了!

原载 1942 年 5 月 30 日《时事新报》

多鼠斋杂谈

戒 酒

并没有好大的量,我可是喜欢喝两杯儿。因吃酒,我交下许多朋友——这是酒的最可爱处。大概在有些酒意之际,说话做事都要比平时豪爽真诚一些,于是就容易心心相印,成为莫逆。人或者只在"喝了"之后,才会把专为敷衍人用的一套生活八股抛开,而敢露一点锋芒或"谬论"——这就减少了我些脸上的俗气,看着红扑扑的人有点样子!

自从在社会上做事至今的廿五六年中,我不记得一共醉过多少次,不过,随便地一想,便颇可想起"不少"次丢脸的事来。所谓丢脸者,或者正是给脸上增光的事,所以我并不后悔。酒的坏处并不在撒酒疯,得罪了正人君子——在酒后还无此胆量,未免就太可怜了!酒的真正的坏处是它伤害脑子。

"李白斗酒诗百篇"是一位诗人赠另一位诗人的夸大的谀赞。据我的经验,酒使脑子麻木,迟钝,并不能增加思想产物的产量。即使有人非喝醉不能作诗,那也是例外,而非正常。在我患贫血病的时候,每喝一次酒,病便加重一些;未喝的时候若患头"昏",喝过之后便改为"晕"了,那妨碍我写作!

对肠胃病更是死敌。去年,因医治肠胃病,医生严嘱我戒酒。从去岁十月到如今,我滴酒未入口。

不喝酒,我觉得自己像哑巴了:不会嚷叫,不会狂笑,不会说话!

啊，甚至于不会活着了！可是，不喝也有好处，肠胃舒服，脑袋昏而不晕，我便能天天写一二千字！虽然不能一口气吐出百篇诗来，可是细水长流地写小说倒也保险；还是暂且不破戒吧！

戒 烟

戒酒是奉了医生之命，戒烟是奉了法弊的命令。什么？劣如"长刀"也卖百元一包？老子只好咬咬牙，不吸了！

从廿二岁起吸烟，至今已有一世纪的四分之一。这廿五年养成的习惯，一旦戒除可真不容易。

吸烟有害并不是戒烟的理由。而且，有一切理由，不戒烟是不成。戒烟凭一点"火儿"。那天，我只剩了一枝"华丽"。一打听，它又长了十块！三天了，它每天长十块！我把这一枝吸完，把烟灰碟擦干净，把洋火放在抽屉里。我"火儿"啦，戒烟！

没有烟，我写不出文章来。廿多年的习惯如此。这几天，我硬撑！我的舌头是木的，嘴里冒着各种滋味的水，嗓门子发痒，太阳穴微微地抽着疼！——顶要命的是脑子里空了一块！不过，我比烟要更厉害些：尽管你小子给我以各样的毒刑，老子要挺一挺给你看看！

毒刑夹攻之后，它派来会花言巧语的小鬼来劝导："算了吧，也总算是个老作家了，何必自苦太甚！况且天气是这么热；要戒，等到秋凉，总比较的要好受一点呀！"

"去吧！魔鬼！咱老子的一百元就是不再买又霉、又臭、又硬、又伤天害理的纸烟！"

今天已是第六天了，我还撑着呢！长篇小说没法子继续写下去；谁管它！除非有人来说："我每天送你一包'骆驼'，或廿枝'华福'，一直到抗战胜利为止！"我想我大概不会向"人头狗"和"长刀"什么的投降的！

戒 茶

我既已戒了烟酒而半死不活,因思莫若多加几戒,爽性快快地死了倒也干脆。

谈再戒什么呢?

戒荤吗?根本用不着戒,与鱼不见面者已整整二年,而猪羊肉近来也颇疏远。还敢说戒?平价之米,偶尔有点油肉相佐,使我绝对相信肉食者"不鄙"!若只此而戒除之,则腹中全是平价米,而人也决变为平价人,可谓"鄙"矣!不能戒荤!

必不得已,只好戒茶。

我是地道中国人,咖啡、蔻蔻、汽水、啤酒,皆非所喜,而独喜茶。有一杯好茶,我便能万物静观皆自得。烟酒虽然也是我的好友,但它们都是男性的——粗莽,热烈,有思想,可也有火气——未若茶之温柔,雅洁,轻轻地刺戟,淡淡地相依;茶是女性的。

我不知道戒了茶还怎样活着,和干吗活着。但是,不管我愿意不愿意,近来茶价的增高已教我常常起一身小鸡皮疙瘩!

茶本来应该是香的,可是现在卅元一两的香片不但不香,而且有一股子咸味!为什么不把咸蛋的皮泡泡来喝,而单去买咸茶呢?六十元一两的可以不出咸味,可也不怎么出香味,六十元一两啊!谁知道明天不就又长一倍呢!

恐怕呀,茶也得戒!我想,在戒了茶以后,我大概就有资格到西方极乐世界去了——要去就抓早儿,别把罪受够了再去!想想看,茶也须戒!

猫的早餐

多鼠斋的老鼠并不见得比别家的更多,不过也不比别处的少就是了。前些天,柳条包内,棉袍之上,毛衣之下,又生了一窝。

没法不养只猫子了,虽然明知道一买又要一笔钱,"养"也至少需费些平价米。

花了二百六十元买了只很小很丑的小猫来。我很不放心。单从身长与体重说,厨房中的老一辈的老鼠会一口咬两只这样的小猫的。我们用麻绳把咪咪拴好,不光是怕它跑了,而是怕它不留神碰上老鼠。

我们很怕咪咪会活不成的,它是那么瘦小,而且终日那么团着身哆哩哆嗦的。

人是最没办法的动物,而他偏偏爱看不起别的动物,替它们担忧。

吃了几天平价米和煮包谷,咪咪不但没有死,而且欢蹦乱跳的了。它是个乡下猫,在来到我们这里以前,它连米粒与包谷粒大概也没吃过。

我们总觉得有点对不起咪咪——没有鱼或肉给它吃,没有牛奶给它喝。猫是食肉动物,不应当吃素!

可是,这两天,咪咪比我们都要阔绰了;人才真是可怜虫呢!昨天,我起来相当的早,一开门咪咪骄傲地向我叫了一声,右爪按着个已半死的小老鼠。咪咪的旁边,还放着一大一小的两个死蛙——也是咪咪咬死的,而不屑于去吃,大概死蛙的味道不如老鼠的那么香美。

我怔住了,我须戒酒,戒烟,戒茶,甚至要戒荤,而咪咪——那么瘦小丑陋的小东西——会有两只蛙,一只老鼠作早餐!说不定,它还许已先吃过两三个蚱蜢了呢!

最难写的文章

或问:什么文章最难写?

答:自己不愿意写的文章最难写。比如说:邻居二大爷年七十,无疾而终。二大爷一辈子吃饭穿衣,喝两杯酒,与常人无异。他没立过功,没立过言。他少年时是个连模样也并不惊人的少年,到老年也还是个平平常常的老人,至多,我只能说他是个安分守己的好公民。可是,文人的灾难来了!二大爷的儿子——大学毕业,现在官居某机关科员——送过来讣文,并且诚恳地请赐挽词。我本来有两句可以赠给一切二大爷的挽词:"你死了不能再见,想起来好不伤心!"可是我不敢用它来搪塞二大爷的科员少爷,怕他说我有意侮辱他的老人。我必须另想几句——近邻,天天要见面,假若我决定不写,科员少爷会恼我一辈子的。可是,老天爷,我写什么呢?

在这很为难之际,我真佩服了从前那些专凭作挽词寿序挣饭吃的老文人了!你看,还以二大爷这件事为例吧,差不多除了扯谎,我简直没法写出一个字。我得说二大爷天生的聪明绝顶,可是还"别"说他虽聪明绝顶,而并没著过书,没发明过什么东西,和他在算钱的时候总是脱了袜子的。是的,我得把别人的长处硬派给二大爷,而把二大爷的短处一字不题。这不是作诗或写散文,而是替死人来骗活人!我写不好这种文章,因为我不喜欢扯谎!

在挽诗与寿序等而外,就得算"九一八","双十"与"元旦"什么的最难写了。年年有个元旦,年年要写元旦,有什么好写呢?每逢接到报馆为元旦增刊征文的通知,我就想这样回复:"死去吧!省得年年教我吃苦!"可是又一想,它死了岂不又需作挽联啊?于是只好按住心头之火,给它拼凑几句——这不是我作文章,而是文章作我!说到这里,相应提出"救救文人!"的口号,并且希望科员少爷与报馆编辑先生网开一面,叫小子多活两天!

最可怕的人

我最怕两种人:第一种是这样的——凡是他所不会的,别人若会,便是罪过。比如说:他自己写不出幽默的文字来,所以他把幽默文学叫作文艺的脓汁,而一切有幽默感的文人都该加以破坏抗战的罪过。他不下一番功夫去考查考查他所攻击的东西到底是什么,而只因为他自己不会,便以为那东西该死。这是最要不得的态度,我怕有这种态度的人,因为他只会破坏,对人对己都全无好处。假若他做公务员,他便只有忌妒,甚至因忌妒别人而自己去做汉奸;假若他是文人,他便也只会忌妒,而一天到晚浪费笔墨,攻击别人,且自鸣得意,说自己颇会批评——其实是扯淡!这种人乱骂别人,而自己永不求进步;他污秽了批评,且使自己的心里堆满了尘垢。

第二种是无聊的人。他的心比一个小酒盅还浅,而面皮比墙还厚。他无所知,而自信无所不知。他没有不可干的事,而一切都莫名其妙。他的谈话只是运动运动唇齿舌喉,说不说与听不听都没有多大关系。他还在你正在工作的时候来"拜访"。看你正忙着,他赶快就说,不耽误你的工夫。可是,说罢便安然坐下了——两个钟头以后,他还在那儿坐着呢!他必须谈天气,谈空袭,谈物价,而且随时给你教训:"有警报还是躲一躲好!"或是"到八月节物价还要涨!"他的这些话无可反驳,所以他会百说不厌,视为真理。我真怕这种人,他耽误了我的时间,而自杀了他的生命!

衣

对于英国人,我真佩服他们的穿衣服的本领。一个有钱的或善交际的英国人,一天也许要换三四次衣服。开会,看赛马,打球,跳舞……都需换衣服。据说:有人曾因穿衣脱衣的麻烦而自杀。我想这个自杀者并不是英国人。英国人的忍耐性使他们不会厌烦"穿"和"脱",更不会使他们因此而自杀。

我并不反对穿衣要整洁,甚至不反对衣服要漂亮美观。可是,假若教我一天换几次衣服,我是也会自杀的。想想看,系纽扣解纽扣,是多么无聊的事!而纽扣又是那么多,那么不灵动,那么不起好感,假若一天之中解了又系,系了再解,至数次之多,谁能不感到厌世呢!

在抗战数年中,生活是越来越苦了。既要抗战,就必须受苦,我绝不怨天尤人。再进一步,若能从苦中求乐,则不但可以不出怨言,而且可以得到一些兴趣,岂不更好呢!在衣食住行人生四大麻烦中,食最不易由苦中求乐,菜根香一定香不过红烧蹄膀!菜根使我贫血;"狮子头"却使我壮如雄狮!

住和行虽然不像食那样一点不能将就,可是也不会怎样苦中生乐。三伏天住在火炉子似的屋内,或金鸡独立地在汽车里挤着,我都想掉泪,一点也找不出乐趣。

只有穿的方面,一个人确乎能由苦中找到快活。"七七"抗战后,由家中逃出,我只带着一件旧夹袍和一件破皮袍,身上穿着一件旧棉袍。这三袍不够四季用的,也不够几年用的。所以,到了重庆,我就添置衣裳。主要的是灰布制服。这是一种"自来旧"的布做成的,一下水就一蹶不振,永远难看。吴组缃先生名之为斯文扫地的衣服。可是,这种衣服给我许多方便—简直可以称之为享受!我可以穿着裤子睡觉,而不必担心裤缝直与不直;它反正永远不会直立。我可以不必先看看座位，再去坐下；我的宝裤不怕泥土污秽，它原是自来旧。雨天走路，我不怕汽车。晴天有空袭，我的衣服的老鼠皮色便是伪装。这种衣服给我舒适、自由和亲切之感。它和我好像多年的老夫妻，彼此有完全的了解，没有一点隔膜。

我希望抗战胜利之后，还老穿着这种国难衣，倒不是为省钱，而是为舒服。

行

朋友们屡屡函约进城，始终不敢动。"行"在今日，不是什么好玩的事。看吧，从北碚到重庆第一就得出"挨挤费"一千四百四十元。所谓挨挤费者就是你需到车站去"等"，等多少时间？没人能告诉你。幸而把车等来，你还得去挤着买票，假若你挤不上去，那是你自己的无能，只好再等。幸而票也挤到手，你就该到车上去挨挤。这一挤可厉害！你第一要证明了你的确是脊椎动物，无论如何你都能直挺挺地立着。第二，你需证明在进化论中，你确是猴子变的，所以现在你才能手脚并用，全身紧张而灵活，以免被挤成像四喜丸子似的一堆肉。第三，你需有"保护皮"，足以使你全身不怕伞柄、胳臂肘、脚尖、车窗，等等的戳、碰、刺、钩；否则你会遍体鳞伤。第四，你要有不中暑发痧的把握，要有不怕把鼻子伸在有狐臭的腋下而不能动的本事……你需备有的条件太多了，都是因为你喜欢交那一千四百多元的挨挤费！

我头昏，一挤我就有变成爬虫的可能，所以，我不敢动。

再说，在重庆住一星期，至少花五六千元；同时，还得耽误一星期的写作；两面一算，使我胆寒！

以前，我一个人在流亡，一人吃饱便天下太平，所以东跑西跑，一点也不怕赔钱。现在，家小在身边，一张嘴便是五六个嘴一齐来，于是嘴与胆子乃适成反比，嘴越多，胆子越小！

重庆的人们哪，设法派小汽车来接呀，否则我是不会去看你们的。你们还得每天给我们一千元零花。烟、酒都无需供给，我已戒了。啊，笑话是笑话，说真的，我是多么想念你们，多么渴望见面畅谈呀！

.

帽

在"七七"抗战后，从家中跑出来的时候，我的衣服虽都是旧的，而一顶呢帽却是新的。那是秋天在济南花了四元钱买的。

廿八年随慰劳团到华北去，在沙漠中，一阵狂风把那顶呢帽刮去，我变成了无帽之人。假若我是在四川，我便不忙于去再买一顶——那时候物价已开始要张开翅膀。可是，我是在北方，天已常常下雪，我不可一日无帽。于是，在宁夏，我花了六元钱买了一顶呢帽。在战前它公公道道的值六角钱。这是一顶很顽皮的帽子。它没有一定的颜色，似灰非灰，似紫非紫，似赭非赭，在阳光下，它仿佛有点发红，在暗处又好似有点绿意。我只能用"五光十色"去形容它，才略为近似。它是呢帽，可是全无呢意。我记得呢子是柔软的，这顶帽可是非常的坚硬，用指一弹，它当当地响。这种不知何处制造的硬呢会把我的脑门儿勒出一道小沟，使我很不舒服；我需时时摘下帽来，教脑袋休息一下！赶到淋了雨的时候，它就完全失去呢性，而变成铁筋洋灰的了。因此，回到重庆以后，我总是能不戴它就不戴；一看见它我就有点害怕。

因为怕它，所以我在白象街茶馆与友摆龙门阵之际，我又买了一顶毛织的帽子。这一顶的确是软的，软得可以折起来，我很高兴。

不幸，这高兴又是短命的。只戴了半个钟头，我的头就好像发了火，痒得很。原来它是用野牛毛织成的。它使脑门热得出汗，而后用那很硬的毛儿刺那张开的毛孔！这不是戴帽，而是上刑！

把这顶野牛毛帽放下，我还是得戴那顶铁筋洋灰的呢帽。经雨淋、汗沤、风吹、日晒，到了今年，这顶硬呢帽不但没有一定的颜色，也没有一定的样子了——可是永远不美观。每逢戴上它,我就躲着镜子;我知道我一看见它就必有斯文扫地之感!

前几天,花了一百五十元把呢帽翻了一下。它的颜色竟自有了固定的倾向,全体都发了红。它的式样也因更硬了一些而暂时有了归宿,它的确有点帽子样儿了!它可是更硬了,不留神,帽檐碰在门上或硬东西上,硬碰硬,我的眼中就冒了火花!等着吧,等到抗战胜利的那天,我首先把它用剪子铰碎,看它还硬不硬!

狗

中国狗恐怕是世界上最可怜最难看的狗。此处之"难看"并不指狗种而言,而是与"可怜"密切相关。无论狗的模样身材如何,只要喂养得好,它便会长得肥肥胖胖的,看着顺眼。中国人穷。人且吃不饱,狗就更提不到了。因此,中国狗最难看;不是因为它长得不体面,而是因为它骨瘦如柴,终年夹着尾巴。

每逢我看见被遗弃的小野狗在街上寻找粪吃,我便要落泪。我并非是爱作伤感的人,动不动就要哭一鼻子。我看见小狗的可怜,也就是感到人民的贫穷。民富而后猫狗肥。

中国人动不动就说:我们地大物博。那也就是说,我们不用着急呀,我们有的是东西,永远吃不完喝不尽哪!哼,请看看你们的狗吧!

还有:狗虽那么找不着吃,(外国狗吃肉,中国狗吃粪;在动物学上,据说狗本是食肉兽。)那么随便就被人踢两脚,打两棍,可是它们还照旧地替人们服务。尽管它们饿成皮包着骨,尽管它们刚被主人踹了两脚,它们还是极忠诚地去尽看门守夜的责任。狗永远不嫌主人穷。这样的动物理应得到人们的赞美,而忠诚、义气、安贫、勇敢,等等好字眼都该归之于狗。可是,我不晓得为什么中国人不分黑白地把汉奸与小人叫作走狗,倒仿佛狗是不忠诚不义气的动物。我为狗喊冤叫屈!

猫才是好吃懒做,有肉即来,无食即去的东西。洋奴与小人理应被叫作"走猫"。

或者是因为狗的脾气好,不像猫那样傲慢,所以中国人不说"走猫"而说"走狗"?假若真是那样,我就又觉得人们未免有点"软的欺,硬的怕"了!

不过,也许有一种狗,学名叫作"走狗";那我还不大清楚。

昨 天

昨天一整天不快活。老下雨,老下雨,把人心都好像要下湿了!

有人来问往哪儿跑?答以:嘉陵江没有盖儿。邻家聘女。姑娘有二十二三岁,不难看。来了一顶轿子,她被人从屋中掏出来,放进轿中;轿夫抬起就走。她大声地哭。没有锣鼓。轿子就那么哭着走了。看罢,我想起幼时在鸟市上买鸟。贩子从大笼中抓出鸟来,放在我的小笼中,鸟尖锐地叫。

黄狼夜间将花母鸡叼去。今午,孩子们在山坡后把母鸡找到。脖子上咬烂,别处都还好。他们主张还炖一炖吃了。我没拦阻他们。乱世,鸡也该死两道的!

头总是昏。一友来,又问:"何以不去打补针?"我笑而不答,心中很生气。

正写稿子,友来。我不好让他坐。他不好意思坐下,又不好意思马上就走。中国人总是过度的客气!

友人函告某人如何,某事如何,即答以:"大家肯把心眼放大一些,不因事情不尽合己意而即指为恶事,则人世纠纷可减半矣!"发信后,心中仍在不快。

长篇小说越写越不像话,而索短稿者且伙,颇郁郁!

晚间屋冷话少，又戒了烟，呆坐无聊，八时即睡。这是值得记下来的一天——没有一件痛快事！在这样的日子，连一句漂亮的话也写不出！为什么我们没有伟大的作品哪？哼，谁知道！

傻 子

在民间的故事与笑话里，有许多许多是讲兄弟三个，或姐妹三个，或盟兄弟三个，或女婿三个；第三个必定是傻子，而傻子得到最后的胜利。据说这种结构的公式是世界性的，世界各处都有这样的故事与笑话。为什么呢？因为人们是同情于弱者的。三弟三妹三女婿既最幼，又最傻，所以必须胜利。

和许多别种民间故事与笑话的含义一样，这种同情弱者的表示可也许是"夫子自道也"。这就是说：人民有一肚子委屈而无处去诉，就只好想象出一位"臣包文正"，或北侠欧阳春来，给他们撑一撑腰，吐一口气。同样的，他们制造出弱者胜利的故事与笑话，也是为了自慰；故事与笑话中的傻子就是他们自己。他们自己既弱且愚，可是他们讽刺了那有势力，有钱财，与有学问的人，他们感到胜利。

可是，这种讽刺的胜利到底是否真正的胜利，就不大好说。假若胜利必须是精神上的呢，他们大概可以算得了胜。反之，精神胜利若因无补于实际而算不得胜利，那就不大好办了。

在我们的民间，这种傻子胜利的故事与笑话似乎比哪一国都多。我不知道，我应当庆祝他们已经得到胜利，还是应当把我的"怪难过的"之感告诉给他们。

原载1944年9月1、9、15、23日，11月5、11、15、20日
12月10、15、19、24日重庆《新民报晚刊·西方夜谈》

猫

猫的性格实在有些古怪。说它老实吧,它的确有时候很乖。它会找个暖和地方,成天睡大觉,无忧无虑。什么事也不过问。可是,赶到它决定要出去玩玩,就会走出一天一夜,任凭谁怎么呼唤,它也不肯回来。说它贪玩吧,的确是呀,要不怎么会一天一夜不回家呢?可是,及至它听到点老鼠的响动啊,它又多么尽职,闭息凝视,一连就是几个钟头,非把老鼠等出来不拉倒!

它要是高兴,能比谁都温柔可亲:用身子蹭你的腿,把脖儿伸出来要求给抓痒,或是在你写稿子的时候,跳上桌来,在纸上踩印几朵小梅花。它还会丰富多腔地叫唤,长短不同,粗细各异,变化多端,力避单调。在不叫的时候,它还会咕噜咕噜地给自己解闷。这可都凭它的高兴。它若是不高兴啊,无论谁说多少好话,它一声也不出,连半个小梅花也不肯印在稿纸上!它倔强得很!

是,猫的确是倔强。看吧,大马戏团里什么狮子、老虎、大象、狗熊,甚至于笨驴,都能表演一些玩艺儿,可是谁见过耍猫呢?(昨天才听说:苏联的某马戏团里确有耍猫的,我当然还没亲眼见过。)

这种小动物确是古怪。不管你多么善待它,它也不肯跟着你上街去逛逛。它什么都怕,总想藏起来。可是它又那么勇猛,不要说见着小虫和老鼠,就是遇上蛇也敢斗一斗。它的嘴往往被蜂儿或蝎子螫得肿起来。

赶到猫儿们一讲起恋爱来，那就闹得一条街的人们都不能安睡。它们的叫声是那么尖锐刺耳，使人觉得世界上若是没有猫啊，一定会更平静一些。

可是，及至女猫生下两三个棉花团似的小猫啊，你又不恨它了。它是那么尽责地看护儿女，连上房兜兜风也不肯去了。

郎猫可不那么负责，它丝毫不关心儿女。它或睡大觉，或上屋去乱叫，有机会就和邻居们打一架，身上的毛儿滚成了毡，满脸横七竖八都是伤痕，看起来实在不大体面。好在它没有照镜子的习惯，依然昂首阔步，大喊大叫，它匆忙地吃两口东西，就又去挑战开打。有时候，它两天两夜不回家，可是当你以为它可能已经远走高飞了，它却瘸着腿大败而归，直入厨房要东西吃。

过了满月的小猫们真是可爱，腿脚还不甚稳，可是已经学会淘气。妈妈的尾巴，一根鸡毛，都是它们的好玩具，耍上没结没完。一玩起来，它们不知要摔多少跟头，但是跌倒即马上起来，再跑再跌。它们的头撞在门上，桌腿上，和彼此的头上。撞疼了也不哭。

它们的胆子越来越大，逐渐开辟新的游戏场所。它们到院子里来了。院中的花草可遭了殃。它们在花盆里摔跤，抱着花枝打秋千，所过之处，枝折花落。你不肯责打它们，它们是那么生气勃勃，天真可爱呀。可是，你也爱花。这个矛盾就不易处理。

现在，还有新的问题呢：老鼠已差不多都被消灭了，猫还有什么用处呢？而且，猫既吃不着老鼠，就会想办法去偷捉鸡雏或小鸭什么的开开斋。这难道不是问题么？

在我的朋友里颇有些位爱猫的。不知他们注意到这些问题没有？记得二十年前在重庆住着的时候，那里的猫很珍贵，需花钱去买。在当时，那里的老鼠是那么猖狂，小猫反倒须放在笼子里养着，以免被老鼠吃掉。据说，目前在重庆已很不容易见到老鼠。那么，那里的猫呢？是不是已经不放在笼子里，还是根本不养猫了？这需打听一下，以备参考。

也记得三十年前,在一艘法国轮船上,我吃过一次猫肉。事前,我并不知道那是什么肉,因为不识法文,看不懂菜单。猫肉并不难吃,虽不甚香美,可也没什么怪味道。是不是该把猫都送往法国轮船上去呢?我很难做出决定。

猫的地位的确降低了,而且发生了些小问题。可是,我并不为猫的命运多耽什么心思。想想看吧,要不是灭鼠运动得到了很大的成功,消除了巨害,猫的威风怎会减少了呢?两相比较,灭鼠比爱猫更重要的多,不是吗?我想,世界上总会有那么一天,一切都机械化了,不是连驴马也会有点问题吗?可是,谁能因耽忧驴马没有事做而放弃了机械化呢?

原载 1959 年 8 月《新观察》第 16 期

严肃得很

神的游戏

戏剧不是小说。假若我是个木匠,我一定说戏剧不是大锯。由正面说,戏剧是什么,大概我和多数的木匠都说不上来。对戏剧我是头等的外行。

可是,我作过戏剧。这只有我与字纸篓知道。看别人写戏,我也试试,正如看别人下海,我也去涮涮脚。原来戏剧和小说不是一回事。这个发现,多少是恼人的。

"小说是袖珍戏园"。不错。连卖瓜子的打手巾把的都有地位。形容那位睡着了的观客,和他的梦,都无所不可。一出戏,非把卖瓜子的逐出去不可,那位做梦的先生也该枪毙。戏剧限于台上那点玩艺,而且必定不许台下有人睡觉。一些布景,几个人,说说笑笑或哭哭啼啼,这要使人承认为艺术;天哪,难死人也!景片的绳子松了一些,椅子腿有点活动,都不在话下;她一个劲儿使人明白人生,认识生命,拿揭显代替形容,拿吵嘴当作哲理,这简直不可能。可是真有会干这个的!

设若戏剧是"一个"人的发明,他必是个神。小说,二大妈也会是发明人。从头说起吧。立意有了,人物,地点,时间,也都有了,这不应很乐观么?是。于是提起笔来,终于放下,让谁先出来呢?设若是小说,我就大有办法。我能叫一混成旅人一齐出来,也能叫一个人没有而大讲秋天的红叶。戏剧家必是个神,他晓得而且毫不迟疑的怎样开始。他似乎有件法宝,一祭起便成了个诛仙阵,把台下的众灵魂全引进阵去。并且是很简单呀,没有说明书,没有开场词,没有名人的介绍;一开幕便单摆浮搁地把阵式列开,一两个回合便把人心捉住,拿活人演活人的事,而且叫台下的活人郑重其事地感到一些什么,傻子似的笑或落泪。这个本事是真本事,我只能使眼前的白纸老那么白着吧。请想,我面对面的,十二分诚恳的,给二大妈述说一件事,她还不能明白,或是不愿听;怎能将两个人放在台上交谈一阵,就使她明白而且乐意听呢?大概不是她故意与我作难,就是我该死。

勉强地打了个头儿。一开幕,一胖一瘦在书房内谈话,窗外有片雪景,不坏。胖子先说话,瘦子一边听一边看报。也好。谈了两三分钟,胖子和瘦子的话是一个味儿,话都非常的漂亮,只是显不出胖子是怎么个人,瘦子是怎么个人。把笔放下,叹气。

过了十分钟,想起来了。该上女角了。女角一露面,胖子和瘦子之间便起了冲突,一起冲突便有了人格。好极了。女角出来了。她也加入谈话,三个人说的都一个味儿,始终是白开水。她打扮得很好,长得也不坏,说话也漂亮;她是怎么个人呢?没办法。胖子不替她介绍,瘦子也不管详述族谱,她自己更不好意思自述。这位救命星原来也是木头的。字纸篓里增多了两三张纸。

天才不应当承认失败,再来。这回,先从后头写。问题的解决是更难写的;先解决了,然后再倒转回来补充,似乎更保险。小说不必这样,因为无结果而散也是真实的情形。戏剧必须先作茧,到末了变出蛾子来。是的,先出蛾子好了。反正事实都已预备好,只凭一写了。写吧。胖子瘦子和姑娘又都出来了。还是木头的。瘦子娶了姑娘,胖子饮鸩而死,悲剧呀。自己没悲,胖子没悲,虽然是死了!事实很有味儿,就是人始终没活着。胖子和瘦子还打了一场呢,白打,最紧张处就是这一打,我自己先笑了。

念两本前人的悲剧,找点诀窍吧。哼!事实不如我的奇,穿插不如我的巧,言语没有我的俏,可是,也不是从哪里找来的,前前后后,里里外外，有股悲劲萦绕回环，好似与人物事实平行着一片秋云，空气便是凉飕飕的。不是闹鬼；定是有神。这位神，把人与事放在一个悲的宇宙里。不知他是先造的人呢，还是先造的那个宇宙。一切是在悲壮的律动里，这个律动把二大妈的泪引出来，满满地哭了两三天，泪越多心里越痛快。二大妈的灵魂已到封神台下去，甘心地等着被封为——哪怕是土地奶奶呢，到底是入了神界！

我完了。神始终不照顾我。他不给我这点力量。我的眼总是迷糊，看不见那么立体的一小块——其中有人有事有说有笑，一小块人生，一小块真理，一小块悲史，放在心里正合适，放在宇宙里便和宇宙融成一体，如气之与风。戏剧呀，神的游戏。木匠，还是用你的锯吧。

原载1934年7月14日天津《大公报·文艺副刊》

鬼与狐

我所见过的鬼都是鼻眼俱全，带着腿儿，白天在街上蹓跶的。夜间出来活动的鬼，还未曾遇到过；不是他们的过错，而是因为我不敢走黑道儿。平均地说，我总是晚上九点后十点前睡觉，鬼们还未曾出来；一睁眼就又天亮了，据说鬼们是在鸡鸣以前回家休息的。所以我老与鬼们两不照面，向无交往。即使有时候鬼在半夜扒着窗户看看我，我向来是睡得如死狗一般，大概他们也不大好意思惊动我。据我推测，鬼的拿手戏是在吓唬人；那么，我夜间不醒，他也就没办法。就是他想一口冷气把我吹死，到底未能先使我的头发立起如刺猬的样子，他大概是不会过瘾的。

假若黑夜的鬼可以躲避，白天的鬼倒真没法儿防备。我不能白天也老睡觉。只要我一上街，总得遇上他。有时候在家中静坐，他会找上门来。夜里的鬼并不这样讨人嫌。还有呢，夜间的鬼有种种奇装异服与怪脸面，使人一见就知道鬼来了，如披散着头发，吐着舌头，走道儿没声音和驾着阴风，等等。这些特异的标帜使人先有个准备，能打呢就和他开仗，如若个子太高或样子太可怕呢，咱就给他表演个二百米或一英里竞走，虽然他也许打破我的纪录，而跑到前面去，可是到底我有个希望。白天的鬼，哼，比夜间的要厉害着多少倍，简直不知多少倍。第一，他不吐舌头，也不打旋风；他只在你不留神的时候，脚底下一绊，你准得躺下。他的样子一点也不见得比我难看，十之八九是胖胖的，一肚子鬼胎。他要能吓唬你，自然是见面就"虎"一气了；可是一般的说，他不"虎"，而是嬉皮笑脸地讨人喜欢，等你中了他的计策之后，你才觉出他比棺材板还硬还凉。他与夜鬼的分别是这样：夜鬼拿人当人待，他至多不过希望拉个替身；白日鬼根本不拿人当人，你只是他的诡计中的一个环节，你永远逃不出他的圈儿。夜鬼大概多少有点委屈，所以白脸红舌头地出出恶气，这情有可原。白日鬼什么委屈也没有，他干脆要占别人的便宜。夜鬼不讲什么道德，因为他晓得自己是鬼；白日鬼很讲道德，嘴里讲，心里是男盗女娼一应俱全。更厉害的是他比夜鬼的心眼多，他知道怎样有组织，用大家的势力摆下迷魂大阵，把他所要收拾的一一地捉进阵去。在夜鬼的历史里，很少有大头鬼、吊死鬼等等联合起来做大规模运动的。白日鬼可就两样了，他们永远有团体，有计划，使你躲开这个，躲不了那个，早晚得落在他们的手中。夜鬼因为势力孤单，他知道怎样不专凭势力，而有时也去找个清官，如包老爷之流，诉诉委屈，而从法律上雪冤报仇。白日鬼不讲这一套，世上的包老爷多数死在他们的手里，更不用说别人了。这种鬼的存在似乎专为害人，就是害不死人，也把人气死。他们什么也晓得，只是不晓得怎样不讨厌。他们的心眼很复杂，很快，很柔软——像块皮糖似的怎揉怎合适，怎方便怎去。他们没有半点火气，地道的纯阴，心凉得像块冰似的，口中叼着大吕宋烟。

这种无处无时不讨厌的鬼似乎该有个名称，我想"不知死的鬼"就很恰当。这种鬼虽具有人形，而心肺则似乎不与人心人肺的标本一样。他在顶小的利益上看出天大的甜头，在极黑暗的地方看出美，找到享乐。他吃，他唱，他交媾，他不知道死。这种玩艺们把世界弄成了鬼的世界，有地狱的黑暗，而无其严肃。

鬼之外，应当说到狐。在狐的历史里，似乎女权很高，千年白狐总是变成妖艳的小娘子——可惜就是有时候露出点小尾巴。虽然有时候狐也变成白发老翁，可是究竟是老翁，少壮的男狐精就不大听说。因此，鬼若是可怕，狐便可怕而又可喜，往往使人舍不得她。她浪漫。

因为浪漫，狐似乎有点傻气，至少比"不知死的鬼"傻多了。修炼了千年或更长的时间才能化为人形，不刻苦地继续下功夫，却偏偏为爱情而牺牲，以至被张天师的张手雷打个粉碎，其愚不可及也。况且所爱的往往不是有汽车高楼的痴胖子，而是风流年少的穷书生；这太不上算了，要按着世上女鬼的逻辑说。

狐的手段也不高明。对于得罪他们的人，只会给饭锅里扔把沙子，或把茶壶茶碗放在厕所里去。这种办法太幼稚，只能恼人而不叫人真怕他们。于是人们请来高僧或捉妖的老道，门前挂上符咒，老少狐仙便即刻搬家。在这一点上，狐远不及鬼，更不及白日的鬼。鬼会在半夜三更叫唤几声，就把人吓得藏在被窝里出白毛汗，至少得烧点纸钱安慰安慰冤魂。至于那白日鬼就更厉害了，他会不动声色地，跟你一块吃喝的工夫，把你送到阴间去，到了阴间你还不知道是怎么回事呢。

我以为说鬼说狐的故事与文艺大概多数的是为造成一种恐怖，故意地供给一种人为的哆嗦，好使心中空洞的人有些一想就颤抖的东西——神经的冷水浴。在这个目的以外，也许还有时候含着点教训，如鬼狐的报恩，等等。不论是怎样吧，写这样故事的人大概都是为避免着人事，因为人事中的阴险诡诈远非鬼所能及；鬼的能力与心计太有限了，所以鬼事倒比较得容易写一些。至于鬼狐报恩一类的事，也许是求之人世而不可得，乃转而求诸鬼狐吧。

原载 1936 年 7 月 1 日《论语》第 91 期

谈幽默

"幽默"这个字在字典上有十来个不同的定义。还是把字典放下,让咱们随便谈吧。据我看,它首要的是一种心态。我们知道,有许多人是神经过敏的,每每以过度的感情看事,而不肯容人。这样人假若是文艺作家,他的作品中必含着强烈的刺激性,或牢骚,或伤感;他老看别人不顺眼,而愿使大家都随着他自己走,或是对自己的遭遇不满,而伤感地自怜。反之,幽默的人便不这样,他既不呼号叫骂,看别人都不是东西,也不顾影自怜,看自己如一活宝贝。他是由事事中看出可笑之点,而技巧地写出来。他自己看出人间的缺欠,也愿使别人看到。不但仅是看到,他还承认人类的缺欠;于是人人有可笑之处,他自己也非例外;再往大处一想,人寿百年,而企图无限,根本矛盾可笑。于是笑里带着同情,而幽默乃通于深奥。所以 Thackeray[①] 说:"幽默的写家是要唤醒与指导你的爱心,怜悯,善意——你的恨恶不实在,假装,作伪——你的同情于弱者,穷者,被压迫者,不快乐者。"

Walpole[②] 说:"幽默者'看'事,悲剧家'觉'之。"这句话更能补证上面的一段。我们细心"看"事物,总可以发现些缺欠可笑之处;及至

[①] 萨克雷(1811—1863),英国维多利亚时代小说家,代表作《名利场》。
[②] 沃波尔(1717—1797),英国作家,代表作《奥特兰托城堡》。

盯着坑儿去咂摸，便要悲观了。

我们应再进一步地问，除了上面这点说明，能不能再清楚一些地认识幽默呢？好吧，我们先拿出几个与它相近，而且往往与它相关的几个字，与它比一比，或者可以稍微使我们清楚一点。反语(irony)，讽刺(satire)，机智(wit)，滑稽剧(farce)，奇趣(whimsicality)，这几个字都和幽默有相当的关系。我们先说那个最难讲的——奇趣。这个字在应用上是很松泛的，无论什么样子的打趣与奇想都可以用这个字来表示，《西游记》的奇事，《镜花缘》中的冒险，《庄子》的寓言，都可以叫作奇趣。可是，在分析文艺品类的时候，往往以奇趣与幽默放在一处，如《现代小说的研究》的著者 Marble[①] 便把 whimsicality and humour[②] 作为一类。这大概是因为奇趣的范围很广，为方便起见，就把幽默也加了进去。一般的说，幻想的作品——即使是别有目的——不能不利用幽默，以便使文字生动有趣；所以这二者——奇趣与幽默——就往往成了一家人。这个，简直不但不能帮我们看明何为幽默，反倒使我更糊涂了。不过，有一点可是很清楚：就是文字要生动有趣，必须利用幽默。在这里，我们没弄清幽默是什么，可是明白幽默很重要的一个效用。假若干燥，晦涩，无趣，是文艺的致命伤；幽默便有了很大的重要；这就是它之所以成为文艺的因素之一的缘故吧。

至于反语，便和幽默有些不同了；虽然它俩还是可以联合在一处的东西。反语是暗示出一种冲突。这就是说，一句中有两个相反的意思，所要说的真意却不在话内，而是暗示出来的。《史记》上载着这么回事：秦始皇要修个大园子，优旃对他说："好哇，多多搜集飞禽走兽，等敌人从东方来的时候，就叫麋鹿去挡一阵，满好！"这个话，在表面上，是顺着始皇的意思说的。可是咱们和始皇都能听出其中的真意；不管咱们怎样吧，反正始皇就没再提造园的事。优旃的话便是反

---

① 马布尔。
② 奇趣和幽默。

语。它比幽默要轻妙冷静一些。它也能引起我们的笑,可是得明白了它的真意以后才能笑。它在文艺中,特别是小品文中,是风格轻妙,引人微笑的助成者。据会古希腊语的说:这个字原意便是"说",以别于"意"。因此,这个字还有个较实在的用处——在文艺中描写人生的矛盾与冲突,直以此字的含意用之人生上,而不只在文字上声东击西。在悲剧中,或小说中,聪明的人每每落在自己的陷阱里,聪明反被聪明误;这个,和与此相类的矛盾,普遍被称为Sophoclean irony[①]。不过,这与幽默是没什么关系的。

现在说讽刺。讽刺必须幽默,但它比幽默厉害。它必须用极锐利的口吻说出来,给人一种极强烈的冷嘲;它不使我们痛快的笑,而是使我们淡淡地一笑,笑完因反省而面红过耳。讽刺家故意地使我们不同情于他所描写的人或事。在它的领域里,反语的应用似乎较多于幽默,因为反语也是冷静的。讽刺家的心态好似是看透了这个世界,而去极巧妙地攻击人类的短处,如《海外轩渠录》,如《镜花缘》中的一部分,都是这种心态的表现。幽默者的心是热的,讽刺家的心是冷的;因此,讽刺多是破坏的。马克·吐温(Mark Twain)可以被人形容作:"粗壮,心宽,有天赋的用字之才,使我们一齐发笑。他以草原的野火与西方的泥土建设起他的真实的罗曼司,指示给我们,在一切重要之点上我们都是一样的。"这是个幽默者。让咱们来看看讽刺家是什么样子吧。好,看看Swift[②]这个家伙;当他赞美自己的作品时,他这么说:"好上帝,我写那本书的时候,我是何等的一个天才呀!"在他廿六岁的时候,他希望他的诗能够:"每一行会刺,会炸,像短刃与火。"是的,幽默与讽刺二者常常在一块儿露面,不易分划开;可是,幽默者与讽刺家的心态,大体上是有很清楚的区别的。幽默者有个热心肠儿,讽刺家则时常由婉刺而进为笑骂与嘲弄。在文艺的形式上也可以看出二者

[①] 索福克勒斯的反语。
[②] 斯威夫特(1667—1745),英国讽刺文学作家,代表作《格列佛游记》。

的区别来:作品可以整个的叫作讽刺,一出戏或一部小说都可以在书名下注明 a satire。幽默不能这样。"幽默的"至多不过是形容作品的可笑,并不足以说明内容的含意如何。"一个讽刺"——a satire——则分明是有计划的,整本大套的讥讽或嘲骂。一本讽刺的戏剧或小说,必有个道德的目的,以笑来矫正或诛伐。幽默的作品也能有道德的目的,但不必一定如此。讽刺因道德目的而必须毒辣不留情,幽默则宽泛一些,也就宽厚一些,它可以讽刺,也可以不讽刺,一高兴还可以什么也不为而只求和大家笑一场。

机智是什么呢?它是用极聪明的,极锐利的言语,来道出像格言似的东西,使人读了心跳。中国的老子庄子都有这种聪明。讽刺已经很厉害了,可到底要设法从旁面攻击;至于机智则是劈面一刀,登时见血。"圣人不死,大盗不止!"这才够味儿。不论这个道理如何,它的说法的锐敏就够使人跳起来的了。有机智的人大概是看出一条真理,便毫不含糊地写出来;幽默的人是看出可笑的事而技巧地写出来;前者纯用理智,后者则赖想象来帮忙。Chesterton[①] 说:"在事物中看出一贯的,是有机智的。在事物中看出不一贯的,是个幽默者。"这样,机智的应用,自然在讽刺中比在幽默中多,因为幽默者的心态较为温厚,而讽刺与机智则要显出个人思想的优越。

滑稽戏——farce——在中国的老话儿里应叫作"闹戏",如《瞎子逛灯》之类。这种东西没有多少意思,不过是充分地做出可笑的局面,引人发笑。在影戏的短片中,什么把一套碟子都摔在头上,什么把汽车开进墙里去,就是这种东西。这是幽默发了疯;它抓住幽默的一点原理与技巧而充分地去发展,不管别的,只管逗笑,假若机智是感诉理智的,闹戏则仗着身体的摔打乱闹。喜剧批评生命,闹戏是故意招笑。假若幽默也可以分等的话,这是最下级的幽默。因为它要摔打乱闹的行动,所以在舞台上较易表现;在小说与诗中几乎没有什么地位。

[①] 切斯特顿(1874—1936),英国评论家、作家,代表作《布朗神父探案》。

不过，在近代幽默短篇小说里往往只为逗笑，而忽略了——或根本缺乏——那"笑的哲人"的态度。这种作品使我们笑得肚痛，但是除了对读者的身体也许有点益处——笑为化食糖呀——而外，恐怕任什么也没有了。

有上面这一点粗略的分析，我们现在或者清楚一些了：反语是似是而非，借此说彼；幽默有时候也有弦外之音，但不必老这个样子。讽刺是文艺的一格，诗，戏剧，小说，都可以整篇地被呼为 a satire；幽默在态度上没有讽刺这样厉害，在文体上也不这样严整。机智是将世事人心放在 X 光线下照透，幽默则不带这种超越的态度，而似乎把人都看成兄弟，大家都有短处。闹戏是幽默的一种，但不甚高明。

拿几句话作例子，也许就更能清楚一些：

今天贴了标语，明天中国就强起来——反语。

君子国的标语："之乎者也"——讽刺。

标语是弱者的广告——机智。

张三把"提倡国货"的标语贴在祖坟上——滑稽；再加上些贴标语时怎样摔跟头等招笑的行动，就成了闹戏。

张三把"打倒帝国主义走狗"贴成"走狗打倒帝国主义"——幽默；这个张三贴一天的标语也许才挣三毛小洋，贴错了当然要受罚；我们笑这种贴法，可是很可怜张三。

这几个例子摆在纸面上也许能帮助我们分别地认清它们，但在事实上是不易这样分划开的。从性质上说，机智与讽刺不易分开，讽刺也有时候要利用闹戏；至于幽默，就更难独立。从一篇文章上说，一篇幽默的文字也许利用各种方法，很难纯粹。我们简直可以把这些都包括在幽默之内，而把它们看成各种手法与情调。我们这样分析它们与其说是为从形式上分别得清楚，还不如说是为表明幽默——大概的说——有它特具的心态。

所谓幽默的心态就是一视同仁的好笑的心态。有这种心态的人虽不必是个艺术家，他还是能在行为上言语上思想上表现出这个幽默态度。这种态度是人生里很可宝贵的,因为它表现着心怀宽大。一个会笑,而且能笑自己的人,绝不会为件小事而急躁怀恨。往小了说,他绝不会因为自己的孩子挨了邻儿一拳,而去打邻儿的爸爸。往大了说,他绝不会因为战胜政敌而去请清兵。偏狭,自是,是"四海兄弟"这个理想的大障碍;幽默专治此病。嬉皮笑脸并非幽默;和颜悦色,心宽气朗,才是幽默。一个幽默写家对于世事,如入异国观光,事事有趣。他指出世人的愚笨可怜,也指出那可爱的小古怪地点。世上最伟大的人,最有理想的人,也许正是最愚而可笑的人,吉珂德先生即一好例。幽默的写家会同情于一个满街追帽子的大胖子,也同情——因为他明白——那攻打风磨的愚人的真诚与伟大。

原载 1936 年 8 月 16 日《宇宙风》第 23 期

"幽默"的危险

这里所说的危险,不是"幽默"足以祸国殃民的那一套。

最容易利用的幽默技巧是摆弄文字,"岂有此埋"代替了"岂有此理","莫明其妙"会变成了"莫明其土地堂";还有什么故意把字用在错地方,或有趣地写个白字,或将成语颠倒过来用,或把诗句改换上一两个字,或巧弄双关语……都是想在文字里找出缝子,使人开开心,露露自家的聪明。这种手段并不怎么大逆不道,不过它显然的是专在字面上用功夫,所以往往有些油腔滑调;而油腔滑调正是一般人所谓的"幽默",也就是正人君子所以为理当诛伐的。这个,可也不是这里所要说的。

假若"幽默"也会有等级的话,摆弄文字是初级的,浮浅的;它的确抓到了引人发笑的方法,可是工夫都放在调动文字上,并没有更深的意义,油腔滑调乃必不可免。这种方法若使得巧妙一些,便可以把很不好开口说的事说得文雅一些,"雀入大水化为蛤"一变成"雀入大蛤化为水"仿佛就在一群老翰林面前也大可以讲讲的。虽然这种办法不永远与狎亵相通,可是要把狎亵弄成雅俗共赏,这的确是个好方法。这就该说到狎亵了:我们花钱去听相声,去听小曲;我们当正经话已说完而不便都正襟危坐的时候,不知怎么便说起不大好意思的笑话来了。相声,小曲和不大好意思的笑话,都是整批地贩卖狎亵,而

大家也觉得"幽默"了一下。在幽默的文艺里，如 Aristophanes[①]，如 Rabelais[②]，如 Boccaccio[③]，都大大方方地写出后人得用××印出来的事儿。据批评家看呢，有的以为这种粗莽爽利的写法适足以表示出写家的大方不拘，无论怎样也比那扭扭捏捏的暗示强，暗透消息是最不健康的。(或者《西厢记》与《红楼梦》比《金瓶梅》更能害人吧？)有的可就说，这种粗糙的东西，也该划入低级幽默，实无足取。这个，且当个悬案放在这里，它有无危险，是高是低，随它去吧；这又不是这里所要说的。

来到正文。我所要说的，是我自己体验出的一点道理：

幽默的人，据说，会郑重地去思索，而不会郑重地写出来；他老要嘻嘻哈哈。假若这是真的，幽默写家便只能写实，而不能浪漫。不能浪漫，在这高谈意识正确，与希望革命一下子就成功的时期，便颇糟心。那意识正确的战士，因为希望革命一下子成功，会把英雄真写成个英雄，从里到外都白热化，一点也不含糊，像块精金。一个幽默的人，反之，从整部人类史中，从全世界上，找不出这么块精金来；他若看见一位战士为督战而踢了同志两脚，似乎便有点可笑；一笑可就泄了气。幽默真是要不得的！

浪漫的人会悲观，也会乐观；幽默的人只会悲观，因为他最后的领悟是人生的矛盾——想用七尺之躯，战胜一切，结果却只躺在不很体面的木匣里，像颗大谷粒似的埋在地下。他真爱人爱物，可是人生这笔大账，他算得也特别清楚。笑吧，明天你死。于是，他有点像小孩似的，明知顽皮就得挨打，可是还不能不顽皮。因此，他有时候可爱，有时候讨人嫌；在革命期间，他总是讨人嫌的，以至被正人君子与战士视如眼中钉，非砍了头不解气。多么危险。

---

① 阿里斯托芬(约前448—前380)，古希腊早期喜剧作家。
② 拉伯雷(约1493—1553)，法国文艺复兴时期作家，代表作《巨人传》。
③ 薄伽丘(1313—1375)，意大利文艺复兴时期作家，代表作《十日谈》。

顽皮，他可是不会扯谎。他怎么笑别人也怎么笑自己。Rabelais，当惹起教会的厌恶而想架火烧死他的时候，说：不用再添火了，我已经够热的了。他爱生命，不肯以身殉道，也就这么不折不扣地说出来。周作人（知堂）先生的博学，谁不知道呢，可是在《秉烛谈序言》中，他说："今日翻看唱经堂《杜诗解》——说也惭愧，我不曾读过《全唐诗》，唐人专集在书架上是有数十部，却都没有好好地看过，所有一点知识只出于选本，而且又不是什么好本子，实在无非是《唐诗三百首》之类，唱经之不登大雅之堂，更不用说了，但这正是事实……"在周先生的文章里，像这样的坦白陈述，还有许许多多。一个有幽默之感的人总扭不过去"这是事实"，他不会鼓着腮充胖子。大概是那位鬼气森森的爱兰·坡吧，专爱引证些拉丁或法文的句子，其实他并没读过原书，而是看到别人引证，他便偷偷地拉过来，充充胖子。这并不是说，浪漫者都不诚实，不过他把自己一滴眼泪都视如珍宝，那么，假充胖子也许是不可免的，他唯恐泄了气。幽默的人呢，不，不这样，他不怕泄气，只求心中好过。这么一来，他可就被人视为小丑，永远欠着点严重，不懂得什么叫作激起革命情绪。危险。

他悲观，他顽皮，他诚实；哼，他还容让人呢，这就更糟。按说，一个文人应当老眼看六路，耳听八方，有个风声草动，立刻拔出笔来，才像那么一回子事。战斗的时候，还应当撒手就是一毒气弹，不容来将通名，就给打闷了气。人家只说了他写错一个字，他马上发现那个人的祖宗写过一万个错字，骂了祖宗，子孙只好去重修家谱，还不出话来。幽默的人呀，糟心，即使他没写错那个字，也不去辩驳；"谁没有个错儿呢？"他说。这一说可就泄了大家的劲，而文坛冷冷清清矣。他不但这样容让人，就是在作品之中也是不肯赶尽杀绝。他看清了革命是怎回事，但对于某战士的鼻孔朝天，总免不了发笑。他也看资本家该打倒，可是资本家的胡子若是好看，到底还是好看。这么一来，他便动了布尔乔亚的妇人之仁，而笔下未免留些情分。于是，他自己也就该被打倒，多么危险呢。

这就是我所看出来的一点点意思，对与不对都没关系。

原载 1937 年 5 月 16 日《宇宙风》第 41 期

兔儿爷

我好静,故怕旅行。自然,到过的地方就不多了。到的地方少,看的东西自然也就少。就是对于兔儿爷这玩艺也没有看过多少种。

稍为熟习的只有北方几座城:北平,天津,济南和青岛。在这四个名城里,一到中秋,街上便摆出兔儿爷来——就是山东人称为兔子王的泥人。兔儿爷或兔子王都是泥做的。兔脸人身,有的背后还插上纸旗,头上罩着纸伞。种类多,做工细,要算北平。山东的兔子王样式既少,手工也很糙。

泥人本有多种,可是因为不结实,所以做得都不太精细;给小儿女买玩艺儿,谁也不愿多花钱买一碰即碎的呀。兔儿爷虽也系泥人,但售出的时间只在八月节前的半个月左右,与月饼同为迎时当令的东西,故不妨做得精细一些。况且小儿女们每愿给兔儿爷上供,置之桌上,不像对待别种泥娃娃那么随便,于是也就略为减少碰碎的危险。这样,兔儿爷便获得较优越的地位,而能每年一度很漂亮地出现于街头。

中秋又到了,北平等处的兔儿爷怎样呢?

我可以想象到:那些粉脸彩衣,插旗打伞的泥人们一定还是一行一行的摆在街头,为暴敌粉饰升平啊!

听说敌人这些日子,正在北平大量地焚书,几乎凡不是木板的图书都可以遭到被投入火里的厄运。学校里,人家里,都没有了书,而街头上到处摆出兔儿爷,多么好的一种布置呢!暴敌要的是傀儡呀!

友人来信,说平津大雨,连韭菜都卖到三吊钱(与重庆的"吊"同值)一束,粗粮也卖到一毛多一斤。谁还买得起兔儿爷呢?大概也就是在市上摆几天,给大家热闹热闹眼睛吧?

因而就想到那些高等汉奸,到时候,他们就必出来。正如桂花一开,兔子王便上市。他们的脸很体面,油光水滑的,只可惜鼻下有个三瓣子嘴,而头上有一对长耳朵。他们的身上也花花绿绿,足下登起粉底高靴。身腔里可是空空的,脊背有个泥团儿,为插旗伞之用;旗伞都是纸做的。他们多体面,多空虚,多没有心肝呢!他们唯一的好处似乎只在有两个泥膝,跪下很方便。

兔儿爷怕遇上淘气的孩子,左搬右弄,它脸上的粉,身上的彩,便被弄污;不幸而孩子一失手,全身便变成若干小片片了。孩子并不十分伤心,有钱便能再买一个呀。幸而支持过了中秋,并未粉碎;可又时节已过,谁还有心玩兔子王呢?最聪明的傀儡也不过是些小土片呀!那些带活气的兔子王,越漂亮,我就越替他们担心;小日本鬼子不但淘气,而且是世上最凶狠的孩子啊。兔子王的寿命无论如何过不去中秋,我真想为那些粉墨登场的傀儡们落泪了。

抗战建国需凭真实本领与浩然正气,只能迎时当令充兔子王的,不做汉奸,也是废物。那么,我们不仅当北望平津,似乎也当自省一下吧?

原载 1938 年 10 月 30 日《弹花》第 2 卷第 1 期

灵的文学与佛教

前十多年的时候，我就很想知道一点佛教的学理。那时候我在英国，最容易见到的中国朋友是许地山——落华生先生，他是研究宗教比较学的，记得他在牛津大学的毕业论文就有一篇讨论《法华经》的文章。该时我对他说：我想研究一点佛学；但却没有做佛学专家的野心，所以我请他替我开张佛学入门必读的经书的简单目录——华英文都可以。结果他给我介绍了八十多部的佛书。据说这是最简要不过，再也不能减少的了。这张目录单子到现在我还保存着，可是，我始终没有照这计划去做过。因此，我至今对于佛学，还是个陌生者，并不认识佛学是什么；在座的诸位，都是研究佛学的专家——和尚，在这儿我是没有谈佛学的资格的，是以我现在抛开佛学不谈，来对大家说点关于文艺方面的话，其实我对于文艺也还不十分明了，不过，比较谈起佛学来，总稍清楚些，至少八十部的文艺书我是念过的。

在西洋文学里，有一个很使大家注意的人——但丁，他是中古时代意大利的一个伟大的文学家。我们知道：研究中国文学的就得念屈原的《离骚》，研究英国文学的就得念莎士比亚的作品，研究意大利文学的也是一样，就得念但丁的著作。但丁的作品是很多的，然在他很多的作品中，有一部最伟大，最成功，而在世界上又最著名的，叫作《神曲》；这和托尔斯泰的《战争与和平》一样，是他个人最成功的作品，也是任何研究文艺的人所必要念的一部作品。

《神曲》的内容，分为三部：第一部讲的是地狱；第二部讲的是地狱与天堂之间的事；第三部讲的是天堂。他的体裁是用诗写的——是世界最伟大的长诗。这部作品是伟大，我们撇开他文字美和通俗不谈——但丁的以前的文艺是用古拉丁文写成的，他这部《神曲》则是用纯粹意大利白话文写成的。——单就他替西洋文艺苑开辟一块灵的文学的新园地的这一点来说，也就够显出他的伟大了。

西洋古代希腊罗马的文艺作品，都不曾说到"灵魂"这东西，以为人死了就完了，没有光明，也没有希望，没有黑暗，也没有恐惧，这一人生过了，什么也都完了，虽罗马文学里有少数的作品说到"地狱"这个名字，但只是渺渺茫茫的一个阴影，并未说出人死了以后，为什么会生到地狱里去？既生到地狱里去了，其中生活又是怎么样？只是隐隐约约地道出个地狱的名罢了。到了但丁的时候，他就谈到地狱及地狱中怎么样了，这在他最伟大最著名的《神曲》作品中，第一部就是讲的地狱，可以想见他是一个天主教的教徒，但天主教所奉的《圣经》里并未说到地狱的情形怎样，可是信奉该教的但丁，却离开了《圣经》，大谈特谈其地狱的景况，描写其地狱的惨状，这也许他是受了东方文化——佛教的影响。在中古时候，罗马教皇是最高无上的权威者，他的势力比谁都大，谁也不敢触犯他，各国的王位都要向教皇奉承，甚至做皇帝的要双手捧教皇的脚上马。可是但丁这位先生，却大胆地把教皇活生生地下了地狱，这种思想，颇与佛教的平等思想相吻合。当时中西交通已不如是闭塞，东方文化输入于西方的很多，其中也许有些佛学的东西，传播到那边去，而其受了东方文化的影响，于是便产生了这样的思想。他谈的地狱，与中国所传说的地狱，很有点儿相像，且比中国所传说的还要有系统些，有条理些，而地狱的层次描写得很详尽。犯某些罪的就落于某一层地狱，作奸犯科，不忠不信的人们，固然有上刀山下油锅的一类刑具给他们受，就是不尽忠于宗教的教徒，也有固定的受罪处。地狱之外有一座山，从地狱中悔悟出来的罪犯，就在那座山上修持,背后拴着一块大石,行路的时候,慢慢儿走,地上写着"人要谦卑"的四个字。在这里修行够了日子——经过一百年或五十年不等,就可升天。天的组织,也有其层次的。这一层天住怎样的人,那一层天住怎样的人。讲义气的应该升什么天,行孝顺的应该升什么天,信宗教的应该升什么天,乃至你做了什么好事,就升那一层的天。

在古代的文学里,只谈到人世间的事情,舍了人世间以外,是不谈其他的,这所写的范围非常狭小。到了但丁以后,文人眼光放开了,不但谈人世间事,而且谈到人世间以外的"灵魂",上说天堂,下说地狱,写作的范围扩大了。这一点,对欧洲文化,实在是个最大的贡献,因为说到"灵魂"自然使人知所恐惧,知所希求。从中世纪一直到今日,西洋文学却离不开灵的生活,这灵的文学就成了欧洲文艺强有力的传统,反观中国的文学,专谈人与人的关系,没有一部和《神曲》类似的作品,纵或有一二部涉及灵的生活,但也不深刻。我不晓得,中国的作家为什么忽略了这个,怎样不把灵的生活表现出来?

佛教与人世间,可说简直是打成一片的了,北方有名山的地方,一定也就有所宝刹,这种天然之美与人工之美的混合物,在建筑上、雕刻上、绘画上的艺术观点说来,处处都给予人们的醒目,处处都值得吾人的称颂。讲到建筑,一定先从佛寺说起,因为教徒们已将人间的一切美都贡献于佛了。巍巍庄严的佛像,堂堂皇皇的殿宇,使人看了,不期然而然地肃然起敬;佛像可以代表中国一部分的绘画,看吧!没有一个名画家不会画观世音菩萨的。谈到中国的雕刻,可说全部都是佛教的。若不是古希腊的雕刻传到印度,由印度传到中国,西洋的近代雕刻画也许不会输入中国的。故从这三方说来,中国的雕刻绘画建筑都离不开佛教的,而且它已与人世间打成一片了。

中国是礼乐之邦,但至今不保存,现在社会上的人,既不讲礼,又不谈乐,唯有中国的和尚,在诵经的时候,敲打着乐器,那乐声传播出来,比吹喇叭还动听些,所以中国的人世间,只有在佛教中得到一些崇高的感觉。佛教虽给予人世间的一种崇敬和人世间分不开,但事实上,我国的人民仍都是善恶不辨,是非不明,天天在造恶,天天在做坏事!

最奇怪的,中国文学作品里没有一部写劝善改恶的东西,很多的书本里,虽也有些写到"善有善报,恶有恶报"的字眼,但都不是以灵的生活做骨干底灵的文字,至于像阴骘文这类的著作,虽也可称为导人向善的文字,然总不是文学的作品,只不过是一些劝世文罢了。尤令人莫名其妙的,就是那类最坏的书——使人看了会上当的书,也在说是劝善的作品,没有灵的文学出现,怎能令人走上正轨,做个好好的国民?然而就我研究文学的经验看来,中国确实找不出一部有"灵魂"的伟大杰作,诚属一大缺憾!佛经是不谈小说也不谈戏剧的,南方的僧人,虽也整天在努力讲经,到处弘法,劝人念佛,叫人行好事不要做坏事,或三五成群聚集一些老太婆说个把为善的故事,可是这些不但没有文学的价值,且使讲者自讲,听者自听,对方总是不明白佛经的,虽不无利益,但收效毕竟是很少的。

中国可以说是个佛教国,因为人民缺乏灵的文学底滋养,结果我国的坏人并不比外国少,甚至比外国还要多些;大家都着重于做人,然而着重于做人的人,却有很多简直成了没有"灵魂"的人,叫他吃一点儿亏都不肯,专门想讨便宜,普遍的卑鄙无耻,普遍的龌龊贪污,中国社会的每阶层,无不充满了这种气氛。在这个全民抗战的现阶段,不顾国家存亡人民福利,专为自私自利大发国难财的大有人在,像这样卑污龌龊的国民,国家会强盛吗?

谈到中国灵的生活,灵的文学,道教固然够不上——因为他是根据老庄哲学,再掺点佛教等色彩而成的宗教,就是儒家也没什么,唯有佛才能够得上讲这个;佛陀告诉我们,人不只是这个"肉体"的东西,除了"肉体"还有"灵魂"的存在,既有光明的可求,也有黑暗的可怕。这种说"灵魂"的存在,最易激发人们的良知,尤其在中国这个抗战的时期,使人不贪污,不发国难财,不做破坏抗战的工作,这更需要佛教底因果业报的真理来洗涤人们贪污不良的心理。

中国的佛教,已宣传了将近二千年,但未能把灵的生活推动到社会去,送入到人民的脑海去,致使中国的社会乱七八糟,人民的心理卑鄙无耻,这点我们不能不引以为遗憾!而一些信佛的老公公老婆婆,大都存在着一个老佛爷会来保佑他或她的一切的观念;这样的信佛,佛学怎样推动?社会岂得不糟?而佛教又何能不衰?我们要告诉他们,佛不是一个保险公司的老板,他不能保险你的一切!我们对于这种不正确的佛徒,要他来干吗?根本就要打倒!

中国现在需要一个像但丁这样的人出来,从灵的文学着手,将良心之门打开,使人人都过着灵的生活,使大家都拿出良心来,但不一定就是迷信。想推动中国灵的文学,灵的生活,平常人是不容易做到的,这重任只好落在你们和尚身上,因为你们富于牺牲精神,常人做不到的,你们可以做到,常人穷奢极侈的享受,你们可以置之如敝屣,你们知礼法,能为人,有勇敢,有毅力,对佛学又有深刻的认识和研究,故这责任非你们来负不可;但光靠佛经来推动那还是不够的,因为佛经太深,佛经太美,令人看了就有望门兴叹之感!以我对许先生给我的佛学入门的书单现在尚未着手去念为例,就可知道佛经研究的不易,倘若给予我十年或五年的工夫去念佛经也许会懂得一点佛理,但这机会始终就没有。凭我这样研究佛学尚且感到如此困难,一般的人那就不用说了!

诸位都是研究佛学的和尚,如果能够有一二位对我今天所讲的话感到兴趣,发心去做灵的文学底工作,救救这没有了"灵魂"的中国人心,这样,可以说我讲的一点小意义发生了作用!

原载 1941 年 2 月 1 日《海潮音》第 22 卷第 2 号

我的"话"

二十岁以前，我说纯粹的北平话。二十岁以后，糊口四方，虽然并不很热心去学各地的方言，可是自己的言语渐渐有了变动：一来是久离北平，忘记了许多北平人特有的语调词汇；二来是听到别处的语言，感觉到北平话，特别是在腔调上，有些太飘浮的地方，就故意地去避免。于是，一来二去，我的话就变成一种稍稍忘记过、矫正过的北平话了。大体上说，我说的是北平话，而且相当的喜爱它。

三十岁左右的五年中，住在英国。因为岁数稍大，和没有学习语文的天才，所以并没能把英语学习好。有一个时期，还学习了一点拉丁和法文，也因脑子太笨而没有任何成绩。不过，我总算与外国语言接触过了。在上一段中，我说明了怎样因与国内的方言接触，而稍稍改变了自己的北平话；在这里，就是与外国语接触之后，我便拿北平话——因为我只会讲北平话——去代表中国话，而与外国话比较了。

最初，因英语中词汇的丰富，文法的复杂，我感到华语的枯窘简陋。在偶尔练习一点翻译的时候，特别使我痛苦：找不着适当的字啊！把完好的句子都拆毁了啊！我鄙视我的北平话了！

后来，稍稍学了一点拉丁及法文，我就更爱英文，也就翻回头来更爱华语了，因为以英文和拉丁或法文比较，才知道英文的简单正是语言的进步，而不是退化；那么以华语和英语比较，华语的惊人的简单，也正是它的极大的进步。

及至我读了些英文文艺名著之后,我更明白了文艺风格的劲美,正是仗着简单自然的文字来支持,而不必要花枝招展,华丽辉煌。英文《圣经》,与狄福、司威夫特等名家的作品,都是用了最简劲自然的,也是最好的文字。

这时候,正是我开始学习写小说的时候;所以,我一下手便拿出我自幼儿用惯了的北平话。在第一二本小说中,我还有时候舍不得那文雅的华贵的词汇;在文法上,有时候也不由得写出一二略为欧化的句子来。及至我读了《艾丽司(丝)漫游奇境记》等作品之后,我才明白了用儿童的语言,只要运用得好,也可以成为文艺佳作。我还听说,有人曾用"基本英文"改写文艺杰作,虽然用字极少,也还能保持住不少的文艺性;这使我有了更大的胆量,脱去了华艳的衣衫,而露出文字的裸体美来。在当代的名著中,英国写家们时常利用方言;按照正规的英文法程来判断这些方言,它们的文法是不对的,可是这些语言放在文艺作品中,自有它们的不可忽视的力量,绝对不是任何其他语言可以代替的。是的,它们的确与正规文法不合,可是它们原本有自己的文法啊!你要用它,就得承认它的独立与自由,因为它自有它们的生命。假若你只采取它一两个现成的字,而不肯用它的文法,你就只能得到它的一点小零碎来作装饰,而得不到它的全部生命的力量。因此,我自己的笔也逐渐地、日深一日地,去沾那活的、自然的、北平话的血汁,不想借用别人的文法来装饰自己了。我不知道这合理与否,我只觉得这个做法给我不少的欣喜,使我领略到一点创作的乐趣。看,这是我自己的想象,也是我自己的语言哪!

避免欧化的句子是不容易的。我们自己的文法是那么简单,简直没有法子把一句含意复杂的话说得圆满呀!可是,我还是设法去避免,我会把一长句拆开来说,还教它好听,明白,生动。把含意复杂的一个长句拆开来说,恐怕就不能完全传达那个长句所要表现的意思了,句子的形式既变,意思恐怕也就或多或少总有些变动;即使能够不多不少地恰如原意，那句子形式的变动也会使情调语气随着改变。于此，欧化的语句有时候是必不能舍弃的，特别是在说理的文章里。不过，我自己不大写说理的文章，我所写的大多数是诗歌小说之类的东西。这类的东西需要写得美好，简劲，有感动力。那么，语言之美是独特的无法借用，有不得不在自己的语言中探索其美点者。谈到简劲，中国言语恰恰天然地不会把句子拉长；强使之长，一句中有若干"底"，"地"，与"的"，或许能于一句中表达迂回复杂的意念，有如上述；但在文艺作品中这必然地会使气势衰沉，而且只能看而不能读，给诗歌与戏剧中的对话一个致命伤。在一个哲学家口中，他也许只求他的话能使人作深思，而不管它是多么别扭、生硬、冗长，文艺家便不敢这么冒险，因为他虽然也愿使人深思细想，可是他必定是用从心眼中发出来的最有力、最扼要、最动人的言语，使人哑摸着人情世态，含泪或微笑着去作深思。他要先感动人。这从心眼中掏出来的言语，必是极简单、极自然、极通俗的。媳妇哭婆婆，或许用点儿修辞；当她哭自己的儿女的时候，她只叫一两声"我的肉"，而昏倒了！文字的感动力是来自在某个场合中必然的说某种话——这个话是最普遍常用的，绝难借用外国文法的。一个哲学家，与一个工友，在他痛苦的时节，是同样的只会叫"妈"的。

我明白了上述的一点道理——对不对，我可不敢说——我就决定放弃了翻译工作。这工作是极要紧的，但是它使我太痛苦——顾了自己，便损害了别人；顾及别人，便失落了自己。言语的不同没法使彼此尽欢而散。同时，我写作小说也就要求与口语相合，把修辞看成怎样能从最通俗的浅近的词汇去描写，而不是找些漂亮文雅的字来漆饰。用字如此，句子也力求自然，在自然中求其悦耳生动。我愿在纸上写的和从口中说的差不多。到了这个地步，有时候我颇后悔我曾经矫正过自己的北平话了：有许多好的词汇，好的句法，因为怕别人不懂而不用，乃至渐渐地忘记了。是的，中国话确是太简单了，词与字真是太不够用了；把文言与白话掺合起来用，或者还能勉强应付；可是我立志要写白话，不借助于文言，岂不是自找苦吃？况且，我又忘了许多北平话呢！

我要恢复我的北平话。它怎么说，我便怎么写。怕别人不懂吗？加注解呀。无论怎么说，地方语言运用得好，总比勉强地用四不像的、毫无精力的、普通官话强得多。至于借用外国文法，我不反对别人去试验，我自己可是还无暇及此，因为我还没能把自己的语言运用得很好哇！先把握住自己的话，而后再添加外来的材料，也许更牢靠一些。

近来有件伤心的事：我练习着写诗，把自己憋得半死！我知道，诗是语言的结晶。我写的是白话诗，自然须是白话的结晶。可是，这结晶不成；知道的白话是那么少啊！而且所知道的那一些，又运用得那么拙笨啊！我还是不敢多向外国语求救，可是文言不住地对我招手。我本想置之不理，给它个冷肩膀吃。但是，没了米，也只好吃面粉了，还能饿着吗？唉，对白话我有点不忠之罪！是白话不够用吗？是白话不配上诗的园里去吗？都不是！是自己无才，而且有点偷懒啊！我以为，从诗的言语上说，假若"刁骚"、"歧路"、"原野"、"涟漪"……等无聊的词汇不被铲除了去，白话诗或者老是一片草地，而排列着许多坟头儿，永远成不了美丽的林园。

不过，近来也有桩可喜的事：我在练习写话剧。话剧太难写了，我当然不会一蹴而成功。但是，且不管剧中旁的一切，单就对话来说，实在使我快活。我没有统计过，在一出三幕或四幕剧中，用过多少个字。我可是直觉地感到，我用字很少，因为在写剧的时节，我可以充分地去想象：某个人在某时某地需说什么话，而这些话必定要立竿见影地发生某种效果；用不着转文，也用不着多加修饰，言语是心之声，发出心声，则一呼一嗽都能感人。在这里，我留神语言的自然流露，远过于文法的完整；留神音调的美妙，远过于修辞的选择。剧中人口里的一个"哪"或"吗"，安排得当，比完整而无力的一大句话，要收更多的效果。在这里，才真真的不是作文，而是讲话。话语的本来的文法，在此万不能移动；话语的音节腔调之美，在此需充分地发扬。剧中人所讲的是生命与生活中的话语,不是在背诵文章。

我没有学习语言的天才,故对语言的比较也就没有任何研究。我也没研究过文法,而只知道自己口中所说的话自有文法,很难改创。对语文既无所知,可是还要谈论到它们,不过是本着自己学习写作的经验说说实话而已,说不定就是一片胡言啊!

原载1941年6月16日《文艺月刊》第11年6月号

什么是幽默？

幽默是一个外国字的译音，正像"摩托"和"德谟克拉西"等都是外国字的译音那样。

为什么只译音，不译意呢？因为不好译——我们不易找到一个非常合适的字，完全能够表现原意。假若我们一定要去找，大概只有"滑稽"还相当接近原字。但是，"滑稽"不完全相等于"幽默"。"幽默"比"滑稽"的含意更广一些，也更高超一些。"滑稽"可以只是开玩笑，而"幽默"有更高的企图。凡是只为逗人哈哈一笑，没有更深的意义的，都可以算作"滑稽"，而"幽默"则需有思想性与艺术性。

原来的那个外国字有好几个不同的意思，不必在这一一介绍。我们只说一说现在我们怎么用这个字。

英国的狄更斯、美国的马克·吐温和俄罗斯的果戈里等伟大作家都一向被称为幽默作家。他们的作品和别的伟大作品一样地憎恶虚伪、狡诈等恶德，同情弱者，被压迫者和受苦的人。但是，他们的爱与憎都是用幽默的笔墨写出来的——这就是说，他们写得招笑，有风趣。

我们的相声就是幽默文章的一种。它讽刺，讽刺是与幽默分不开的，因为假若正颜厉色地教训人便失去了讽刺的意味，它必须幽默地去奇袭侧击，使人先笑几声，而后细一哑摸，脸就红起来。解放前通行的相声段子,有许多只是打趣逗哏的"滑稽",语言很庸俗,内容很空洞,只图招人一笑,没有多少教育意义和文艺味道。解放后新编的段子就不同了,它在语言上有了含蓄,在思想上多少尽到讽刺的责任,使人听了要发笑,也要去反省。这大致地也可以说明"滑稽"和"幽默"的不同。

幽默文字不是老老实实的文字,它运用智慧,聪明,与种种招笑的技巧,使人读了发笑,惊异,或啼笑皆非,受到教育。我们读一读狄更斯的,马克·吐温的和果戈里的作品,便能够明白这个道理。听一段好的相声,也能明白些这个道理。

幽默的作家必是极会掌握语言文学的作家,他必须写得俏皮,泼辣,警辟。幽默的作家也必须有极强的观察力与想象力。因为观察力极强,所以他能把生活中一切可笑的事,互相矛盾的事,都看出来,具体地加以描画和批评。因为想象力极强,所以他能把观察到的加以夸张,使人一看就笑起来,而且永远不忘。

不论是作家与否,都可以有幽默感。所谓幽默感就是看出事物的可笑之处,而用可笑的话来解释它,或用幽默的办法解决问题。比如说,一个小孩见到一个生人,长着很大的鼻子;小孩子是不会客气的,马上叫出来:"大鼻子!"假若这位生人没有幽默感呢,也许就会不高兴,而孩子的父母也许感到难以为情。假若他有幽默感呢,他会笑着对小孩说:"就叫鼻子叔叔吧!"这不就大家一笑而解决了问题么?

幽默的作家当然会有幽默感。这倒不是说他永远以"一笑了之"的态度应付一切。不是,他是有极强的正义感的,绝不饶恕坏人坏事。不过,他也看出社会上有些心地狭隘的人,动不动就发脾气,闹情绪,其实那都是三言两语就可以解决的,用不着闹得天翻地覆。所以,幽默作家的幽默感使他既不饶恕坏人坏事,同时他的心地是宽大爽朗,会体谅人的。假若他自己有短处,他也会幽默地说出来,绝不偏袒自己。

人的才能不一样,有的人会幽默,有的人不会。不会幽默的人最好不必勉强要俏,去写幽默文章。清清楚楚、老老实实的文章也能是好文章。勉强耍几个字眼,企图取笑,反倒会弄巧成拙。更需注意:我们讥笑坏的品质和坏的行为,我们可绝对不许讥笑本该同情的某些缺陷。我们应该同情盲人,同情聋子或哑巴,绝对不许讥笑他们。

原载 1956 年《北京文艺》3 月号

从心而论

新年醉话

大新年的，要不喝醉一回，还算得了英雄好汉么？喝醉而去闷睡半日，简直是白糟蹋了那点酒。喝醉必须说醉话，其重要至少等于新年必须喝醉。

醉话比诗话词话官话的价值都大，特别是在新年。比如你恨某人，久想骂他猴崽子一顿。可是平日的生活，以清醒温和为贵，怎好大睁白眼地骂阵一番？到了新年，有必须喝醉的机会，不乘此时节把一年的"储蓄骂"都倾泻净尽，等待何时？于是乎骂矣。一骂，心中自然痛快，且觉得颇有英雄气概。因此，来年的事业也许更顺当，更风光；在元旦或大年初二已自诩为英雄，一岁之计在于春也。反之，酒只两盅，菜过五味，欲哭无泪，欲笑无由。只好哼哼唧唧噜哩噜苏，如老母鸡然，则癞狗见了也多咬你两声，岂能成为民族的英雄？

再说，处此文明世界，女扮男装。许多许多男子大汉在家中乾纲不振。欲恢复男权，以求平等，此其时矣。你得喝醉哟，不然哪里敢！既醉，则挑鼻子弄眼，不必提名道姓，而以散文诗冷嘲，继以热骂：头发烫得像鸡窝，能孵小鸡么？曲线美，直线美又几个钱一斤？老子的钱是容易挣得？哼！诸如此类，无须管层次清楚与否，但求气势畅利。每当少为停顿，则加一哼，哼出两道白气，这么一来，家中女性，必都惶恐。如不惶恐，则拉过一个——以老婆为最合适——

打上几拳。即使因此而罚跪床前,但床前终少见证,而醉骂则广播四邻,其声势极不相同,威风到底是男子汉的。闹过之后,如有必要,得请她看电影;虽发似鸡窝如故,且未孵出小鸡,究竟得显出不平凡的亲密。即使完全失败,跪在床前也不见原谅,到底酒力热及四肢,不至着凉害病,多跪一会儿正自无损。这自然是附带的利益,不在话下。无论怎么说,你总得给女性们一手儿瞧瞧,纵不能一战成功,也给了她们个有力的暗示——你并不是泥人哟。久而久之,只要你努力,至少也使她们明白过来:你有时候也会闹脾气,而跪在床前殊非完全投降的意思。

至若年底搪债,醉话尤为必需。讨债的来了,见面你先喷他一口酒气,他的威风马上得低降好多,然后,他说东,你说西,他说欠债还钱,你唱《四郎探母》。虽曰无赖,但过了酒劲,日后见面,大有话说。此"尖头曼"之所以为"尖头曼"也。

醉话之功,不止于此,要在善于运用。秘诀在这里:酒喝到八成,心中还记得"莫谈国事",把不该说的留下;可以说的,如骂友人与恫吓女性,则以酒力充分活动想象力,务使自己成为浪漫的英雄。骂到伤心之处,宜紧紧摇头,使眼泪横流,自增杀气。

当是时也,切莫题词寄信,以免留叛逆的痕迹。必欲艺术地发泄酒性,可以在窗纸上或院壁上作画。画完题"醉墨"二字,豪放之情乃万古不朽。

《矛盾月刊》新年特大号向我要文章。写小说吧,没工夫;作诗,又不大会。就寄了这么几句,虽然没有半点艺术价值,可是在实际上不无用处。如有仁人君子照方儿吃一剂,而且有效,那我要变成多么有光荣的我哟!

一九三四年节——作者

原载 1934 年 1 月《矛盾》第 2 卷第 5 期

抬头见喜

对于时节,我向来不特别地注意。拿清明说吧,上坟烧纸不必非我去不可,又搭着不常住在家乡,所以每逢看见柳枝发青便晓得快到了清明,或者是已经过去。对重阳也是这样,生平没在九月九登过高,于是重阳和清明一样的没有多大作用。

端阳,中秋,新年,三个大节可不能这么马虎过去。即使我故意躲着它们,账条是不会忘记了我的。也奇怪,一个无名之辈,到了三节会有许多人惦记着,不但来信,送账条,而且要找上门来!

设若故意躲着借款,着急,设计自杀,等等,而专讲三节的热闹有趣那一面儿,我似乎是最喜爱中秋。"似乎",因为我实在不敢说准了。幼年时,中秋必是个很可喜的节,要不然我怎么还记得清清楚楚那些"兔儿爷"的样子呢?有"兔儿爷"玩,这个节必是过得十二分有劲。可是从另一方面说,至少有三次喝醉是在中秋;酒入愁肠呀!所以说"似乎"最喜爱中秋。

事真凑巧,这三次"非杨贵妃式"的醉酒我还都记得很清楚。那么,就说上一说呀。第一次是在北平,我正住在翊教寺一家公寓里。好友卢嵩庵从柳泉居运来一坛子"竹叶青"。又约来两位朋友——内中有一位是不会喝的——大家就抄起茶碗来。坛子虽大,架不住茶碗一个劲进攻;月亮还没上来,坛子已空。干什么去呢?打牌玩吧。各拿出铜元百枚,约合大洋七角多,因这是古时候的事了。第一把牌将立起来，不晓得——至今还不晓得——我怎么上了床。牌必是没打成，因为我一睁眼已经红日东升了。

第二次是在天津，和朱荫棠在同福楼吃饭，各饮绿茵陈二两。吃完饭，到一家茶肆去品茗。我朝窗坐着，看见了一轮明月，我就吐了。这回绝不是酒的作用，毛病是在月亮。

第三次是在伦敦。那里的秋月是什么样子，我说不上来——也许根本没有月亮其物。中国工人俱乐部里有多人凑热闹，我和沈刚伯也去喝酒。我们俩喝了两瓶葡萄酒。酒是用葡萄还是葡萄叶儿酿的，不可得而知，反正价钱很便宜；我们俩自古至今总没做过财主。喝完，各自回寓所。一上公众汽车，我的脚忽然长了眼睛，专找别人的脚尖去踩。这回可不是月亮的毛病。

对于中秋，大致如此——无论如何也不能说它坏。就此打住。

至若端阳，似乎可有可无。粽子，不爱吃。城隍爷现在也不出巡；即使再出巡，大概也没有跟随着走几里路的兴趣。樱桃真是好东西，可惜被黑白桑葚给带累坏了。

新年最热闹，也最没劲，我对它老是冷淡的。自从一记事儿起，家中就似乎很穷。爆竹总是听别人放，我们自己是静寂无哗。记得最真的是家中一张《王羲之换鹅》图。每逢除夕，母亲必把它从个神秘的地方找出来，挂在堂屋里。姑母就给说那个故事；到如今还不十分明白这故事到底有什么意思，只觉得"王羲之"三个字倒很响亮好听。后来入学，读了《兰亭序》，我告诉先生，王羲之是在我的家里。

长大了些，记得有一年的除夕，大概是光绪三十年前的一二年，母亲在院中接神，雪已下了一尺多厚。高香烧起，雪片由漆黑的空中落下，落到火光的圈里，非常的白，紧接着飞到火苗的附近，舞出些金光，即行消灭；先下来的灭了，上面又紧跟着下来许多，像一把"太平花"倒放。我还记着这个。我也的确感觉到，那年的神仙一定是真由天上回到世间。

中学的时期是最忧郁的，四五个新年中只记得一个，最凄凉的一个。那是头一次改用阳历,旧历的除夕必须回学校去,不准请假。姑母刚死两个多月,她和我们同住了三十年的样子。她有时候很厉害,但大体上说,她很爱我。哥哥当差,不能回来。家中只剩母亲一人。我在四点多钟回到家中,母亲并没有把"王羲之"找出来。吃过晚饭,我不能不告诉母亲了——我还得回校。她愣了半天,没说什么。我慢慢地走出去,她跟着走到街门。摸着袋中的几个铜子,我不知道走了多少时候,才走到了学校。路上必是很热闹,可是我并没看见,我似乎失了感觉。到了学校,学监先生正在学监室门口站着。他先问我:"回来了?"我行了个礼。他点了点头,笑着叫了我一声:"你还回去吧。"这一笑,永远印在我心中。假如我将来死后能入天堂,我必把这一笑带给上帝去看。

我好像没走就又到了家,母亲正对着一枝红烛坐着呢。她的泪不轻易落,她又慈善又刚强。见我回来了,她脸上有了笑容,拿出一个细草纸包儿来:"给你买的杂拌儿,刚才一忙,也忘了给你。"母子好像有千言万语,只是没精神说。早早的就睡了。母亲也没精神。

中学毕业以后,新年,除了为还债着急,似乎已和我不发生关系。我在哪里,除夕便由我照管着哪里。别人都回家去过年,我老是早早关上门,在床上听着爆竹响。平日我也好吃个嘴儿,到了新年反倒想不起弄点什么吃,连酒也不喝。在爆竹稍静下些的时节,我老看见些过去的苦境。可是我既不落泪,也不狂歌,我只静静地躺着。躺着躺着,多咱烛光在壁上幻出一个"抬头见喜",那就快睡去了。

原载1934年1月《良友画报》第84期

大发议论

过年是一种艺术。咱们的先人就懂得贴春联,点红灯,换灶王像,馒头上印红梅花点,都是为使一切艺术化。爆竹虽然是噪音,但"灯儿带炮"便给声音加上彩色,有如感觉派诗人所用的字眼儿。盖自有史以来,中国人本是最艺术的,其过年比任何民族都更复杂,热闹,美好,自是民族之光,亦理所当然。

以烹调而言,上自龙肝凤肺,下至姜蒜大葱,无所不吃,且都有奇妙的味道。拿板凳腿做冰激凌,只要是中国人做的,给欧西的化学家吃,他也得莫名其妙,而连声夸好;即使稍有缺点,亦不过使肚子微痛一阵而已。吃了老鼠而再吃猫,既不辨其为鼠为猫,且不在肚中表演猫捕鼠的游戏,是之谓巧夺天工。烹调的方法既巧夺天工。新年便没法儿不火炽,没法儿不是艺术的。一碗清汤,两片牛肉,而后来个硬凉苹果,如西洋红毛鬼子的办法,只足引起伤心,哪里还有心肠去快活。反之,酒有茵陈玫瑰和佛手露,佐以蜜饯果儿——红的是山楂糕,绿的是青梅,黄的是橘饼,紫的是金丝蜜枣,有如长虹吹落,碎在桌上,斑斑块块如灿艳群星,而到了口中都甜津津的,不亦乐乎!加以八碟八碗,或更倍之,各发异香,连冒出的气儿都婉转缓腻,不像馒头揭锅,热气立散;于是吃一看二,咽一块不能不点点头,喝一口不能不咂咂嘴;或汤与块齐尝,则顺流而下,不知所之,岂不快哉!脑与口与肚一体舒畅，宜乎行令猜拳，吃个七八小时也。这是艺术。作得艺术，吃得艺术，于是一肚子艺术，而后题诗壁上，剪烛梅前，入了象牙之塔，出了象牙之狗，美哉新年也！

这不过略提了提"吃"，已足使弱小民族垂涎三尺，而万国来朝。至若吃饱喝足，面色微紫，或看牌，或掷骰，或顶牛，勾心斗角，各运心思，赢了微笑，输急才骂"妈的"；至若穿新衣，逛花灯，看亲戚，接姑奶奶与小外甥……只好从略，只好从略，以免六国联军又打天津。因羡生妒，至蛮不讲理，往往有之。

到了现在，过年的艺术不但在质上，就是在量上，也正在迈进。以次数说，新年起码有两个，增多了一倍。活个七老八十，而能过一百好几十次新年，正是：

　　五风十雨皆为瑞，
　　一岁双年总是春。

人生七十古来稀；到而今，活五十岁而过一百次年，活不到七十也没多大关系了。这顺手儿就解决了人口过剩问题，因为活到四五十岁，已经过了一百来回年，在价值上总算过得去了；那么，五十多而仍不死，就满可以立下遗嘱，而后把自己活埋了。不过，这是附带的话；如不愿活埋呢，也无须一定这么办，活着也好。书归正传：

两个新年，先过国历新年，然后再过"家历"新年。二者之间隔着那么几十天，恰好藕断丝连，顾此而不失彼，是诗意的跌宕，是艺术的沉醉，是电影的广告！前前后后三个来月，甚至于可以把冬至的馄饨接上端阳的粽子，而后紧跟着去到青岛避暑。天哪，感谢你使我们生活在中国！

可是，人心不同，也有不这样看的。记得去年在我们镇上，铺户都在"家历"新年关上了门。小徒弟们在铺内敲锣打鼓，掌柜们把脸喝得怪红。邻家二大妈一向失于修饰，也戴上了朵小红绢石榴花。私塾中的学童们把《三字经》等放在神龛后面，暂由财神奶奶妥为照管。洋学堂的秀才们也回来凑热闹,过了灯节还舍不得走。这本是为艺术而艺术,并没有什么说不过去的地方。哪知道,镇上有位爱国志士发了议论:爱国的人应当遵守国历;再说,国历是最科学的。

我也说了话。我既也是镇上的圣人之一,自然不能增他人的锐气而减自己的威风。你看,大家听了志士的议论,虽然过年如故,可是心中有点不自在。我们镇上的人向来不提倡仇货;也不赞成妇女放脚,因为缠脚是更含有国货的意味。他们不甘于做不爱国的人,但是,他们没话反攻,而爱国志士就鼻孔朝天地得意起来。我不能不开口了!我说:过年是种艺术,谈不到科学;谁能在除夕吃地质学,喝王水,外加安米尼亚?再说,国历是科学的,连洋鬼子都知道,难道堂堂的天朝选民就不晓得?二月是二十八天,正合二十八宿,中西正是一理,不过,科学是日新月异的,将来一高兴,也许二月剩八天,巧合八卦图,而十二月来上五六十来天!再说,家历月月十五有圆月,而国历月月十五有圆太阳,阳胜于阴,理当乾纲大振,大家不怕老婆。可惜,圆月之外还有新月半月,等等,而太阳没有出过太阳牙。

连邻家二大妈也听出我这一套是暗含讥讽,马上给我送过来一大盘年糕;虽然我看出糕的一角似被老鼠啃去,也还很感激她。她的话比年糕的价值还大。她说:八月十五云遮月,正月十五雪打灯。假如十五没月亮,这两句古语从何应验?还有,腊月三十要是出了圆月,咱们是过年好呢,还是拜月好呢?二大妈的话实在有理。于是设法传到爱国志士耳中,省得叫他目空一切。二大妈至少比他多吃过二三十年的年糕,这不是瞎说的。

他似乎也看出八月十五云遮月的重要,可是仍然不服气。他带着讽刺的味儿说:为什么不可以把吃喝玩乐都放在国历新年?莫非是天气不够冷的?

我先回答了他这末一句。对于此点我更有话说。过去的经验不定在什么时候就会大有用处;你看,我恰巧在南洋过过一次年。在那里,元旦依然是风扇与冰激凌的天气。大家赤着脚,穿着单衫,可是拼命的放爆竹，吃年糕，贴对子，买牡丹，祭财神。天气和六月里一样，而过年还是过年。这不是冷不冷的问题。冷也得过年，热也得过年，过年是种艺术，与寒暑表的升降无关。

至于为什么不把吃喝玩乐都放在国历新年，他是只知其一，不知其二。为表示爱国，为表示科学化，我们都应当遵守国历；国历国科国学国民等本来自成一系统。严格地说，一个国民而不欢欢喜喜地过下儿国历新年，理当斩首，号令国门。可是有一层，人当爱国，也当爱家。齐家而后能治国；试看古今多少英雄豪杰，哪个不是先把钱搂到家中，使家族风光起来，而后再谈国事？因此，国历与家历应当两存着；到爱国的时候就爱国，到爱家的时候便爱家，这才称得起是圣之时者。你真要在家历新年之际，三过其门而不入，留神尊夫人罚你跪下顶灯三小时；大冷的天，不是玩的！这不是要哪个与不要哪个的问题，也不是哪个好与哪个坏的问题，而是应当下一番功夫去研究怎样过新新年，与怎样过旧新年。二者的历史不同。性质不同，时间不同，种类不同，所以过法也得不同。把旧玩艺都搬到新节令上来，不但是显着驴唇不对马嘴，而且是自己剥夺了生命的享受。反之，顺着天时地利与人和，各有各的办法，各有各的味道，才能算作生活的艺术。

以国历新年说吧。过这个年得带洋味，因为它是洋钦天监给规定的。在这个新年，见面不应说"多多发财"，而需说"害怕扭一耳"。非这么办不可，你必须带出洋味，以便别于家历新年。该新则新，该旧则旧，这一向是我们的长处。你自己穿洋服去跳舞，而叫小脚夫人在家中啃窝窝头，理当如此。过年也是这样。那么，过国历新年，应在大街上高搭彩牌，以示普天同庆。大家到大饭店去喝香槟。然后，去跳舞一番，或凑几个同志打打微高尔夫。约女朋友看看电影，或去听听西洋音乐，吃些块奶油巧古力，也不失体统。若能凑几个人演一出三幕戏，偏请女客为自己来鼓掌，那更有意思。不必去给父亲拜年，你父亲自然会看到你在报纸上登的贺年小广告。可是见着父亲的时候别忘了说"害怕扭一耳"。你应当做一身新洋服。总之，你要在这个时节充分地表现出来,你是爱国,你懂得新事,你会跳舞,你会溜冰。这个年要过得似乎是洋鬼子,又不十分像;不像吧,又像。这也是一种艺术。若以酒类作喻,这是啤酒。虽然是酒,可又像汽水。拿准这个尺寸,这个新年正大有滋味,你要是不过它一下,你便永远摸不清个人与世界的关系。说到这儿,你顶好给美国总统写个贺年片,贴足邮票寄去。他要是不回拜的话,那是他的错儿,你居心无愧。

这么过了一个年,然后再等过那一个,艺术上的对照法。一个是浪漫的,摩登的,香槟与裸体美人的;一个是写实的,遗传的,家长里短的。你身过二年,胃收百味,是沟通东西文化的活水,是香槟与陈绍的产儿,是一切的一切!

应当再说怎过旧新年。不过,你早就知道。只需告诉你一句:无论是在哪个新年,总不应该还债。还有一句——只是一句了——在旧新年元旦出门,必先看好喜神是在哪一方;国历新年则不受此限制,你拿着顶出来也好。

爱国志士听了这一番高论,茅塞一顿一顿地都开了,托二大妈来约我去打几圈小麻雀,遂单刀赴会焉。

原载 1934 年 2 月 16 日《论语》第 35 期

小 病

大病往往离死太近，一想便寒心，总以不患为是。即使承认病死比杀头活埋剥皮等死法光荣些，到底好死不如歹活着。半死不活的味道使盖世的英雄泪下如雨呀。拿死吓唬任何生物是不人道的。大病专会这么吓唬人，理当回避，假若不能扫除净尽。

可是小病便当另作一说了。山上的和尚思凡，比城里的学生要厉害许多。同样，楚霸王不害病则没的可说，一病便了不得。生活是种律动，需有光有影，有左有右，有晴有雨；滋味就含在这变而不猛的曲折里。微微暗些，然后再明起来，则暗得有趣，而明乃更明；且不至明过了度，忽然烧断，如百烛电灯泡然。这个，照直了说，便是小病的作用。常患些小病是必要的。

所谓小病，是在两种小药的能力圈内，阿司匹灵与清瘟解毒丸是也。这两种药所不治的病，顶好快去请大夫，或者立下遗嘱，备下棺材，也无所不可，咱们现在讲的是自己能当大夫的"小"病。这种小病，平均每个半月犯一次就挺合适。一年四季，平均犯八次小病，大概不会再患什么重病了。自然也有爱患完小病再患大病的人，那是个人的自由，不在话下。

咱们说的这类小病很有趣。健康是幸福；生活要趣味。所以应当讲说一番：

小病可以增高个人的身份。不管一家大小是靠你吃饭，还是你白吃他们，日久天长，大家总对你冷淡。假若你是挣钱的，你越尽责，人们越挑眼，好像你是条黄狗，见谁都得连忙摆尾；一尾没摆到，即使不便明言，也暗中唾你几口。不大离的你必得病一回，必得！早晨起来，哎呀，头疼！买清瘟解毒丸去！还有阿司匹灵吗？不在乎要什么，要的是这个声势。狗的地位提高了不知多少。连懂点事的孩子也要闭眼想想了——这棵树可是倒不得呀！你在这时节可以发散发散狗的苦闷了，卫生的要术。你若是个白吃饭的，这个方法也一样灵验。特别是妈妈与老嫂子，一见你真需要阿司匹灵，她们会知道你没得到你所应得的尊敬，必能设法安慰你：去听听戏，或带着孩子们看电影去吧？她们诚意地向你商量，本来你的病是吃小药饼或看电影都可以治好的，可是你的身份高多了呢。在朋友中，社会中，光景也与此略同。

此外，小病两日而能自己治好，是种精神的胜利。人就是别投降给大夫。无论国医西医，一律招惹不得。头疼而去找西医，他因不能断症——你的病本来不算什么——一定嘱告你住院，而后详加检验，发现了你的小脚趾头不是好东西，非割去不可。十天之后，头疼确是好了，可是足趾剩了九个。国医文明一些，不提小脚趾头这一层，而说你气虚，一开便开二十味药；他越摸不清你的脉，越多开药，意在把病吓跑。就是不找大夫。预防大病来临，时时以小病发散之，而小病自己会治，这就等于"吃了萝卜喝热茶，气得大夫满街爬"！

有宜注意者：不当害这种病时，别害。头疼，大则失去一个王位，小则能惹出是非。设个小比方：长官约你陪客，你说头疼不去，其结果有不易消化者。怎样利用小病，需在全部生活艺术中搜求出来。看清机会，而后一想象，乃由无病而有病，利莫大焉。

这个，从实际上看，社会上只有一部分人能享受，差不多是一种雅好的奢侈。可是,在一个理想国里,人人应该有这个自由与享受。自然,在理想国内也许有更好的办法;不过,什么办法也不及这个浪漫,这是小品病。

原载1934年7月5日《人间世》第7期

避　暑

英美的小资产阶级，到夏天若不避暑，是件很丢人的事。于是，避暑差不多成为离家几天的意思，暑避了与否倒不在话下。城里的人到海边去，乡下人上城里来；城里若是热，乡下人干吗来？若是不热，城里的人为何不老老实实地在家里歇着？这就难说了。再看海边吧，各样杂耍，似赶集开庙一般，男女老幼，闹闹吵吵，比在家中还累得慌。原来暑本无须避，而面子不能不圆上；夏天总得走这么几日，要不然便受不了亲友的盘问。谁也知道，海边的小旅馆每每一间小屋睡大小五口；这只好尽在不言中。

手中更富裕的，讲究到外国来。这更少与避暑有关。巴黎夏天比伦敦热得多，而巴黎走走究竟体面不小。花几个钱，长些见识，受点热也还值得。可是咱们这儿所说的人们，在未走以前已经决定好自己的文化比别国高，而回来之后只为增高在亲友中的身份——"刚由巴黎回来；那群法国人！"

到中国做事的西人，自然更不能忘了这一套。在北戴河，有三家凑赁一所小房的，住上二天，大家的享受正如圈里的羊。自然也有很阔气的，真是去避暑；可是这样的人大概在哪里也不见得感到热，有钱呀。有钱能使鬼推磨，难道不能使鬼做冰激凌吗？这总而言之，都有点装着玩。外国人装蒜，中国人要是不学，便算不了摩登。于是自从

皇上被免职以后，中国人也讲究避暑。北平的西山，青岛和其他的地方，都和洋钱有同样的响声。还有特意到天津或上海玩玩的，也归在避暑项下；谁受罪谁知道。

暑，从哲学上讲，是不应当避的。人要把暑都避了，老天爷还要暑干吗？农人要都去避暑，粮食可还有的吃？再退一步讲，手里有钱，暑不可不避，因为它暑。这自然可以讲得通，不过为避暑而急得四脖子汗流，便大可以不必。到避暑期间而闹得人仰马翻，便根本不如在家里和谁打上一架。

所以我的避暑法便很简单——家里蹲。第一不去坐火车；为避暑而先坐二十四小时的特别热车，以便到目的地去治上吐下泻，我就不那么傻。第二不扶老携幼去张心：比如上山，带着四个小孩，说不定会有三个半滚了坡的。山上的空气确是清新，可是下得山来，孩子都成了瘸子，也与教育宗旨不甚相合。即使没有摔坏，反正还不吓一身汗？这身汗哪里出不了，单上山去出？第三不用搬家。你说，一家大小都去避暑，得带多少东西？即使出发的时候力求简单，到了地方可就明白过来，啊，没有给小二带乳瓶来！买去吧，哼，该买的东西多了！三叔的固元膏忘下了，此处没有卖的，而不贴则三叔就泻肚；得发快信托朋友给寄！及至东西都慢慢买全，也该回家了，往回运吧，有什么可说的！

一个人去自然简单些，可是你留神吧，你的暑气还没落下去，家里的电报到了——急速回家！赶回来吧，原来没事，只是尊夫人不放心你！本来吗，一个人在海岸上溜，尊夫人能放心吗？她又不是没看过美人鱼的照片。

大家去，独自去，都不好；最好是不去。一动不如一静，心静自然凉。况且一切应用的东西都在手底下：凉席，竹枕，蒲扇，烟卷，万应锭，小二的乳瓶……要什么伸手即得，这就是个乐子。渴了有绿豆汤，饿了有烧饼，闷了念书或作两句诗。早早的起来，晚晚的睡，到了晌午再补上一大觉；光脚没人管，赤背也不违警章，喝几口随便，喝两盅也行。有风便荫凉下坐着,没风则勤扇着,暑也可以避了。

这种避暑有两点不舒服:(一)没把钱花了;(二)怕人问你。都有办法:买点暑药送苦人,或是赈灾,即使不是有心积德,到底钱是不必非花在青岛不可的。至于怕有人问,你可以不见客,等秋来的时候,他们问你,很可以这样说:"老没见,上莫干山住了三个多月。"如能把孩子们嘱咐好了,或者不至漏了底。

原载 1934 年 8 月 1 日《论语》第 46 期

习 惯

不管别位,以我自己说,思想是比习惯容易变动的。每读一本书,听一套议论,甚至看一回电影,都能使我的脑子转一下。脑子的转法是像螺丝钉,虽然是转,却也往前进。所以每转一回,思想不仅变动,而且多少有点进步。记得小的时候,有一阵子很想当黄天霸。每逢四顾无人,便掏出瓦块或碎砖,回头轻喊:看镖!有一天,把醋瓶也这样出了手,几乎挨了顿打。这是听《五女七贞》的结果。及至后来读了托尔斯泰等人的作品,就是看杨小楼扮演黄天霸,也不会再扔醋瓶了。你看,这不仅是思想老在变动,而好歹的还高了一二分呢。

习惯可不能这样。拿吸烟说吧,读什么,看什么,听什么,都吸着烟。图书馆里不准吸烟,干脆就不去。书里告诉我,吸烟有害,于是想戒烟,可是想完了,照样地点上一枝。医院里陈列着"烟肺",也看见过,颇觉恐慌,我也是有肺动物啊!这点嗜好都去不掉,连肺也对不起呀,怎能成为英雄?!思想很高伟了;乃至吃过饭,高伟的思想又随着蓝烟上了天。有的时候确是坚决,半天儿不动些小白纸卷,而且自号为理智的人——对面是习惯的人。后来也不是怎么一股劲,连吸三支,合着并未吃亏。肺也许又黑了许多,可是心还跳着,大概一时不至于死,这很足自慰。

什么都这样。按说一个自居摩登的人,总该常常携着夫人在街上走走了。我也这么想过，可是做不到。大家一看，我就毛咕，"你慢慢走着，咱们家里见吧！"把夫人落在后边，我自己迈开了大步。什么"尖头曼""方头曼"的，不管这一套。虽然这么说，到底觉得差一点。从此再不去双双走街。

明知电影比京戏文明些，明知京戏的锣鼓专会供给头疼，可是嘉宝或红发女郎总胜不过杨小楼去。锣鼓使人头疼得舒服，仿佛是。同样，冰激凌，咖啡，青岛洗海澡，美国橘子，都使我摇头。酸梅汤，香片茶，裕德池，肥城桃，老有种知己的好感。这与提倡国货无关，而是自幼儿养成的习惯。年纪虽然不大，可是我的幼年还赶上了野蛮时代。那时候连皇上都不坐汽车，可想见那是多么野蛮了。

跳舞是多么文明的事呢，我也没份儿。人家印度青年与日本青年，在巴黎或伦敦看见跳舞，都讲究馋得咽吐沫。有一次，在艾丁堡，跳舞场拒绝印度学生进去，有几位差点上了吊。还有一次在海船上举行跳舞会，一个日本青年气得直哭，因为没人招呼他去跳。有人管这种好热闹叫作猴子的摹仿，我倒并不这么想。在我的脑子里，我看这并不成什么问题，跳不能叫印度登时独立，也不能叫日本灭亡。不跳呢，更不会就怎样了不得。可是我不跳。一个人吃饱了没事，独自跳跳，还倒怪好。叫我和位女郎来回地拉扯，无论说什么也来不及。看着就不顺眼，不用说真去跳了。这和吃冰激凌一样，我没这个口胃。舌头一凉，马上联想到泻肚，其实心里准知道并没有危险。

还有吃西餐呢。干净，有一定的份量，好消化，这些我全知道。不过吃完西餐要不补充上一碗馄饨两个烧饼，总觉得怪委屈的。吃了带血的牛肉，喝凉水，我一定跑肚。想象的作用。这就没办法了，想象真会叫肚子山响！

对于朋友，我永远爱交老粗儿。长发的诗人，洋装的女郎，打高尔夫的男性女性，咬言咂字的学者，满跟我没缘。看不惯。老粗儿的言谈举止是咱自幼听惯看惯的。一看见长发诗人，我老要告诉他先去理发；即使我十二分佩服他的诗才，他那些长发使我堵得慌。家兄永远到"推剃两便"的地方去"剃",亮堂堂的很悦目。女子也剪发,在理论上我极同意,可是看着别扭。问我女子该梳什么"头",我也答不出,我总以为女性应留着头发。我的母亲,我的大姐,不都是世界上最好的女人么?她们都没剪发。

行难知易,有如是者。

原载 1934 年 9 月 5 日《人间世》第 11 期

又是一年芳草绿

悲观有一样好处，它能叫人把事情都看轻了一些。这个可也就是我的坏处，它不起劲，不积极。您看我挺爱笑不是？因为我悲观。悲观，所以我不能板起面孔，大喊："孤——刘备！"我不能这样。一想到这样，我就要把自己笑毛咕了。看着别人吹胡子瞪眼睛，我从脊梁沟上发麻，非笑不可。我笑别人，因为我看不起自己。别人笑我，我觉得应该；说得天好，我不过是脸上平润一点的猴子。我笑别人，往往招人不愿意；不是别人的量小，而是不像我这样稀松，这样悲观。

我打不起精神去积极地干，这是我的大毛病。可是我不懒，凡是我该做的我总想把它做了，纯为得点报酬养活自己与家里的人——往好了说，尽我的本分。我的悲观还没到想自杀的程度，不能不找点事做。有朝一日非死不可呢，那只好死喽，我有什么法儿呢？

这样，你瞧，我是无大志的人。我不想当皇上。最乐观的人才敢做皇上，我没这份胆气。

有人说我很幽默，不敢当。我不懂什么是幽默。假如一定问我，我只能说我觉得自己可笑，别人也可笑；我不比别人高，别人也不比我高。谁都有缺欠，谁都有可笑的地方。我跟谁都说得来，可是他得愿意跟我说；他一定说他是圣人，叫我三跪九叩报门而进，我没这个瘾。我不教训别人，也不听别人的教训。幽默，据我这么想，不是嬉皮笑脸,死不要鼻子。

也不是怎股子劲儿,我成了个写家。我的朋友德成粮店的写账先生也是写家,我跟他同等,并且管他叫二哥。既是个写家,当然得写了。"风格即人"——还是"风格即驴"?——我是怎个人自然写怎样的文章了。于是有人管我叫幽默的写家。我不以这为荣,也不以这为辱。我写我的。卖得出去呢,多得个三头五块的,买什么吃不香呢。卖不出去呢,拉倒,我早知道指着写文章吃饭是不易的事。

稿子寄出去,有时候是肉包子打狗,一去不回头;连个回信也没有。这,咱只好幽默;多咱见着那个骗子再说,见着他,大概我们俩总有一个笑着去见阎王的。不过,这是不很多见的,要不怎么我还没想自杀呢。常见的事是这个,稿子登出去,酬金就睡着了,睡得还是挺香甜。直到我也睡着了,它忽然来了,仿佛故意吓人玩。数目也惊人,它能使我觉得自己不过值一毛五一斤,比猪肉还便宜呢。这个咱也不说什么,国难期间,大家都得受点苦,人家开铺子的也不容易,掌柜的吃肉,给咱点汤喝,就得念佛。是的,我是不能当皇上,焚书坑掌柜的,咱没那个狠心,你看这个劲儿!不过,有人想坑他们呢,我也不便拦着。

这么一来,可就有许多人看不起我。连好朋友都说:"伙计,你也硬正着点,说你是为人类而写作,说你是中国的高尔基;你太泄气了!"真的,我是泄气,我看高尔基的胡子可笑。他老人家那股子自卖自夸的劲儿,打死我也学不来。人类要等着我写文章才变体面了,那恐怕太晚了吧?我老觉得文学是有用的;拉长了说,它比任何东西都有用,都高明。可是往眼前说,它不如一尊高射炮,或一锅饭有用。我不能吆喝我的作品是"人类改造丸"。我也不相信把文学杀死便天下太平。我写就是了。

别人的批评呢?批评是有益处的。我爱批评,它多少给我点益处;即使完全不对,不是还让我笑一笑吗?自己写的时候仿佛是蒸馒头呢,热气腾腾,莫名其妙。及至冷眼人一看,一定看出许多错儿来。我感谢这种指摘。说得不对呢,那是他的错儿,不干我的事。我永不驳辩,这似乎是胆儿小;可是也许是我的宽宏大量。我不便往自己脸上贴金。一件事总得由两面儿瞧,是不是?

  对于我自己的作品,我不拿她们当作宝贝。是呀,当写作的时候,我是卖了力气,我想往好了写。可是一个人的天才与经验是有限的,谁也不敢保了老写得好,连荷马也有打盹的时候。有的人呢,每一拿笔便想到自己是但丁,是莎士比亚。这没有什么不可以的,天才需有自信的心。我可不敢这样,我的悲观使我看轻自己。我常想客观地估量估量自己的才力;这不易做到,我究竟不能像别人看我看得那样清楚;好吧,既不能十分看清楚了自己,也就不用装蒜。谦虚是必要的,可是装蒜也大可以不必。

  对做人,我也是这样。我不希望自己是个完人,也不故意地招人家的骂。该求朋友的呢,就求;该给朋友做的呢,就做。做得好不好,咱们大家凭良心。所以我很和气,见着谁都能扯一套。可是,初次见面的人,我可是不大爱说话;特别是见着女人,我简直张不开口,我怕说错了话。在家里,我倒不十分怕太太。可是对别的女人老觉着恐慌,我不大明白妇女的心理;要是信口开河地说,我不定说出什么来呢,而妇女又爱挑眼。男人也有许多爱挑眼的,所以初次见面,我不大愿开口。我最不喜辩论,因为红着脖子粗着筋的太不幽默。我最不喜欢好吹腾的人,可并不拒绝与这样的人谈话;我不爱这样的人,但喜欢听他的吹。最好是听着他吹,吹着吹着连他自己也忘了吹到什么地方去,那才有趣。

  可喜的是有好几位生朋友都这么说:"没见着阁下的时候,总以为阁下有八十多岁了。敢情阁下并不老。"是的,虽然将奔四十的人,我倒还不老。因为对事轻淡,我心中不大藏着计划,做事也无须耍手段,所以我能笑,爱笑;天真的笑多少显着年青一些。我悲观,但是不愿老声老气地悲观,那近乎"虎事"。我愿意老年轻轻的,死的时候像朵春花将残似的那样哀而不伤。我就怕什么"权威"咧,"大家"咧,"大师"

咧,等等老气横秋的字眼们。我爱小孩,花草,小猫,小狗,小鱼;这些都不"虎事"。偶尔看见个穿小马褂的"小大人",我能难受半天,特别是那种所谓聪明的孩子,让我难过。比如说,一群小孩都在那儿看变戏法儿,我也在那儿,单会有那么一两个七八岁的小老头说:"这都是假的!"这叫我立刻走开,心里堵上一大块。世界确是更"文明"了,小孩也懂事懂得早了,可是我还愿意大家傻一点,特别是小孩。假若小猫刚生下来就会捕鼠,我就不再养猫,虽然它也许是个神猫。

我不大爱说自己,这多少近乎"吹"。人是不容易看清楚自己的。不过,刚过完了年,心中还慌着,叫我写"人生于世",实在写不出,所以就近地拿自己当材料。万一将来我不得已而做了皇上呢,这篇东西也许成为史料,等着瞧吧。

原载 1935 年 3 月 6 日《益世报·文学》

暑 避

有福之人，散处四方，夏日炎热，聚于青岛，是谓避暑。无福之人，蛰居一隅，寒暑不侵，死不动窝；幸在青岛，暑气欠猛，随着享福，是谓暑避。前者是师出有名，堂堂正正，好不威风；后者是歪打正着，马马虎虎，穷混而已。可是，有福之人到底命大，无福之人泄气到底：有福者避暑，而暑避矣；无福者暑避，而罪来矣。就拿在下而言，做事于青岛，暑气天然不来，是亦暑避者流也。可是，海岸走走，遇上二三老友，多年不见，理当请吃小馆。避暑者得吃得喝，暑避者几乎破产；面子事儿，朋友的交情，死而不怨，毛病在天。吃小馆而外，更当伴游湛山崂山等处，汽车呜呜，洋钱铮铮，口袋无底，望洋兴叹。逝者如斯夫，洋钱一去不复返。炮台已看过十八次，明天又是"早八点见，看看德国的炮台，没错儿"！为德国吹牛，仿佛是精神胜利。

海岸不敢再去，闭门家中坐，连苍蝇也进不来，岂但避暑，兼作蛰宿。哼，快信来矣，"祈到站……"继以电报，"代定旅舍……"于是拿起腿来，而车站，而码头，而旅馆，而中国旅行社……昼夜奔忙，慷慨激昂，暑避者大汗满头，或者是五行多水。

这还是好的，更有三更半夜，敲门如雷；起来一看，大小三军，来了一旅，俱是知己哥们儿，携老扶幼，怀抱的娃娃足够一桌，行李五十余件。于是天翻地覆，楼梯底下支架木床，书架上横睡娃娃，凉台上搭帐棚,一直闹到天亮,大家都夸青岛真凉快。

再加上四届"铁展",乃更伤心。不去吧,似嫌怯懦;去吧,还能不带皮夹?牙关咬定,仁者有勇,直奔"铁展",售品所处有"吸钞石",票子自己会飞。饱载而归,到家细看,一样儿必需的没有,开始悲观。

由此看来,暑避之流顶好投海,好在还方便。

原载 1935 年 7 月 28 日《青岛民报·避暑录话》

婆婆话

一位友人从远道而来看我,已七八年没见面,谈起来所以非常高兴。一来二去,我问他有了几个小孩?他连连摇头,答以尚未有妻。他已三十五六,还做光棍儿,倒也有些意思;引起我的话来,大致如下:

我结婚也不算早,作新郎时已三十四岁了。为什么不肯早些办这桩事呢?最大的原因是自己挣钱不多,而负担很大,所以不愿再套上一份麻烦,做双重的马牛。人生本来是非马即牛,不管是贵是贱,谁也逃不出衣食住行,与那油盐酱醋。不过,牛马之中也有些性子刚硬的,挨了一鞭,也敢回敬一个别扭。合则留,不合则去,我不能在以劳力换金钱之外,还赔上狗事巴结人,由马牛降作走狗。这么一来,随时有卷起铺盖滚蛋的可能,也就得有些准备:积极的是储蓄俩钱,以备长期抵抗;消极的是即使挨饿,独身一个总不致灾情扩大。所以我不肯结婚。卖国贼很可以是慈父良夫,错处是只尽了家庭中的责任,而忘了社会国家。我的不婚,越想越有理。

及至过了三十而立,虽有桌椅板凳亦不敢坐,时觉四顾茫然。第一个是老母亲的劝告,虽然不明说:"为了养活我,你牺牲了自己,我是怎样的难过!"可是再说硬话实在使老人难堪;只好告诉母亲:不久即有好消息。君子一言,驷马难追;一透口话,就满城风雨。朋友们不论老少男女,立刻都觉得有做媒的资格,而且说得也确是近情近理;平日真没想到他们能如此高明。最普遍而且最动听的——不晓得他们都是从哪儿学来的这一套?——是:老光棍儿正如老姑娘。独居惯了就慢慢养成绝户脾气——万要不得的脾气!一个人,他们说,总得活泼泼的,各尽所长,快活地忙一辈子。因不婚而弄得脾气古怪,自己苦恼,大家不痛快,这是何苦?这个,的确足以打动一个卅多岁,对世事有些经验的人!即使我不希望升官发财,我也不甘成为一个老别扭鬼。

那么经济问题呢?我问他们。我以为这必能问住他们,因为他们必不会因为怕我成了老绝户而愿每月津贴我多少钱。哼,他们的话更多了。第一,两个人的花销不必比一个人多到哪里去;第二,即使多花一些,可是苦乐相抵,也不算吃亏;第三,找位能挣些钱的女子,共同合作,也许从此就富裕起来;第四,就说她不能挣钱,而且多花一些,人生本来是经验与努力,不能永远消极地防备,而当努力前进。

说到这里,他们不管我相信这些与否,马上就给我介绍女友了。仿佛是我绝不会去自己找到似的。可是,他们又有文章。恋爱本无需找人帮忙,他们晓得;不过,在恋爱期间,理智往往弱于感情;一旦造成了将错就错的局面,必会将恩作怨,糟糕到底。反之,经友人介绍,旁观者清,即使未必准是半斤八两,到底是过了磅的有个准数。多一番理智的考核,便少一些感情的瞎碰。双方既都到了男大当娶,女大当聘之年,而且都愿结婚,一经介绍,必定郑重其事地为结婚而结婚,不是过过恋爱的瘾,况且结婚就是结婚;所谓同居,所谓试婚,所谓解决性欲问题,原来都是这一套。同居而不婚,也得俩人吃饭,也得生儿养女;并不因为思想高明,而可以专接吻,不用吃饭!

我没了办法。你一言,我一语,说得我心中闹得慌。似乎只有结婚才能心静,别无办法。于是我就结了婚。

到如今,结婚已有五年,有了一儿一女。把五年的经验和婚前所听到的理论相证,倒也怪有个味儿。

第一该说脾气。不错,朋友们说对了:有了家,脾气确是柔和了一些。我必定得说，这是结婚的好处。打算平安的过活必须采纳对方的意见，阳纲或阴纲独振全得出毛病；男女同居，根本需要民治精神，独裁必引起革命；努力于此种革命并不足以升官发财，而打得头破血出倒颇悲壮而泄气。彼此非纳着点气儿不可，久而久之都感到精神的胜利，凡事可以和平解决，夫妇俱可成圣矣。

这个，可并不能完全打倒我在婚前的主张：独身气壮，天不怕地不怕；结婚气馁，该丑着的就得低头。我的顾虑一点不算多此一举。结了婚，脾气确是柔和了，心气可也跟着软下来。为两个人打算，绝不会像一人吃饱天下太平那么干脆。于是该将就者便需将就，不便挺起胸来大吹浩然之气，恋爱可以自由，结婚无自由。

朋友们说对了。我也并没说错。这个，请老兄自己去判断，假如你想结婚的话。

第二该说经济。现在，如果再有人对我说，俩人花钱不见得比一人多，我一定毫不迟疑地敬他一个嘴巴子。俩人是俩人，多数加 s，钱也得随着加 s。是的，太太可以去挣钱，俩人比一人挣得多；可是花得也多呀。公园，电影场，绝不会有"太太免票"的办法，别的就不用说了。及至有了小孩，简直的就不能再有什么预算决算，小孩比皇上还会花钱。太太的事不能再做，顾了挣钱就顾不了小孩，因挣钱而把小孩养坏，照样的不上算；好，太太专看小孩，老爷专去挣钱，小孩专管花钱，不破产者鲜矣。

自然小孩会带来许多快乐，做了父母的夫妻特别的能彼此原谅，而小胖孩子又是那么天真可爱。单单地伸出一个胖手指已足使人笑上半天。可是，小胖子可别生病；一生病，爸的表，娘的戒指，全得暂入当铺，而且昼夜吃不好，睡不安，不亚于国难当前。割割扁桃腺，得一百块！幸亏正是扁桃腺，这要是整个的圆桃，说不定就得上万！以我自己说，我对儿女总算不肯溺爱，可是只就医药费一项来说，已经使我的肩背又弯了许多。有病难道不给治么？小孩真是金子堆成的。这还没提到将来的教育费——谁敢去想，闭着眼瞎混吧！

有人会说喽，结婚之后顶好不要小孩呀。不用听那一套。我看见不少了，夫妻因为没有小孩而感情越来越坏，甚至去抱来个娃娃，暂时敷衍一下。有小孩才像家庭；不然，家庭便和旅馆一样。要有小孩，还是早些有的为是。一来，妇女岁数稍大，生产就更多危险；二来，早些有子女，虽然花费很多，可是多少能早些有个打算，即使计划不能实现，究竟想有个准备；一想到将来，便想到子女，多少心中要思索一番，对于做事花钱就不能不小心。这样，夫妇自自然然地会老成一些了，要按着老法子说呢，父母养活子女，赶到子女长大便倒过头来养活父母。假如此法还能适用，那么早有小孩，更为上算。假如父亲在四十岁上才有了儿子，儿子到二十的时候，父亲已经六十了；说不定，也许活不到六十的；即使儿子应用古法，想养活父亲，而父亲已入了棺材，哪能喝酒吃饭？

这个，朋友，假若你想结婚的话，又该去思索一番。娶妻需花钱，生儿养女需花钱，负担日大，肩背日弯，好不伤心；同时，结婚有益，有子女也有乐趣，即使乐不抵苦，可是生命至少不显着空虚。如何之处，统希鉴裁！

至于娶什么样的太太，问题太大，一言难尽。不过，我看出这么点来：美不是一切。太太不是图画与雕刻，可以用审美的态度去鉴赏。人的美还有品德体格的成分在内。健壮比美更重要。一位爱生病的太太不大容易使家庭快乐可爱。学问也不是顶要紧的，因为有钱可以自己立个图书馆，何必一定等太太来丰富你的或任何人的学问？据我看，结婚是关系于人生的根本问题的；即使高调很受听，可是我不能不本着良心说话，吃，喝，性欲，繁殖，在结婚问题中比什么理想与学问也更要紧。我并不是说妇人应当只管洗衣做饭抱孩子，不应读书做事。我是说，既来到婚姻问题上，既来到家庭快乐上，就乘早不必唱高调，说那些闲盘儿。这是个实际问题，是解决生命的根源上的几项问题，那么，说真实的吧，不必弄一套之乎者也。一个美的摆设，正如一个有学问的摆设，都是很好的摆设，可是未见得是位好的太太。假若你是富家翁呢，那就随便的弄什么摆设也好。不幸，你只是个普通的人，那么，一个会操持家务的太太实在是必要的。假如说吧，你娶了一位哲学博士，长得也顶美，可是一进厨房便觉恶心，夜里和你讨论康德的哲学，力主生育节制，即使有了小孩也不会抱着，你怎办？听我的话，要娶，就娶个能做贤妻良母的。尽管大家高喊打倒贤妻良母主义，你的快乐你知道。这并不完全是自私，因为一位不希望做贤妻良母的满可以不嫁而专为社会服务呀。假如一位反抗贤妻良母的而又偏偏去嫁人，嫁了人又连自己的袜子都不会或不肯洗，那才是自私呢。不想结婚，好，什么主义也可以喊；既要结婚，需承认这是个实际问题，不必弄玄虚。夫妻怎不可以谈学问呢；可是有了五个小孩，欠着五百元债，明天的房钱还没指望，要能谈学问才怪！两个帮手，彼此帮忙，是上等婚姻。

有人根本不承认家庭为合理的组织，于是结婚也就成为可笑之举。这，另有说法，不是咱们所要谈的。咱们谈的是结婚与组织家庭，那么，这套婆婆话也许有一点点用，多少的备你参考吧。

原载1936年9月5日《中流》第1卷第1期

闲 话

妇女有妇女的聪明与本事,用不着我来操心替她们计划什么。再说呢,我这人刚直有余,聪明可差点,给男友做参谋,已往往欠妥;自己根本不是女子,给她们出主意,更非失败不可。所以我一向不谈什么妇女问题;反之,有了难事,便常开个家庭会议,问策于母亲、姐姐和太太。每开一次家庭会议,我就觉出男女的观点是怎样的不同,而想到凡事都须征求男女的意见,才能有妥善的办法。这倒不是谁比谁高明的问题,而是男女各有各的看法,明白了这种看法的不同,才能互相了解,于事有益。往小里说,一家中能各抒所见,管保少吵几次嘴;往大里说,一国中男女公民都有机会开口,政治一定良好,至少是不偏不倚,乾坤定矣。

所以今天我要对妇女讲几句话,并不强迫那位女士一定相信我这一套,而是愿意说出我的看法,也许可以做个参考。

我所要说的不是恋爱问题,因为我看恋爱问题是个最普遍而花哨的问题,写几本书也说不完全,不说一声也可以。我要说点更实际的切近的,不是什么主义,而是一点老实话。

恋爱是梦,最好的希望都在这个梦中。结婚以后,最好的希望像雪似的逐渐消释,梦也就醒过来,原来男女并不是一对天使,而是睁开眼得先顾油盐酱醋——两夫妇早晨煮鸡子吃,因为没有盐,很可以就此开打，而且可以打得很热闹。

　　谁能想到，当初一天发三封情书，到而今会为这么点小事而唱起武戏来呢?! 可是人生原来如此，理想老和实际相距很远；事实的惊人常使一个理想者瞪眼茫然。婚前婚后是两个世界，隔着千山万水。男女在婚前都答应下彼此须能谅解，可是一到婚后非但不能谅解，而且越来越隔膜，甚至于吵闹打架。原因是在一个是男，一个是女，一切都不相同，怎能处处融洽。据我看，最大的毛病是双方都以爱为中心，而另创起一个世界来；这个世界只有这对男女，与一些可喜的花鸟山水。事实上呢，这个世界也许在蜜月里存在数日，绝不能成本大套地往下延续。过了蜜月，我们还得回到这个老世界来。老世界里，男的有男的一段历史，女的有女的一段历史，并不能因为一结婚而把这段历史一刀两断，与以前的一切不相往来。打算彼此了解，就得在此留神：男女必须承认家庭而外，彼此还都有个社会。

　　在几十年前，男的打外，女的打内，女的几乎一点管不着男的，除非是特别有本事，说翻了便能和丈夫打一气的。近来，情形可就不同了：男的已知道必尊重女的，女子呢就更明白怎样管束着男的。这本来是个好现象，可是家庭间的争吵与不安往往也就因为这个。我看见不止一次了，太太想尽力去争女权，把丈夫管得笔管一般直顺。哪知道这笔管一旦弯起来，才弯得奇怪！

　　现在的社会显然是个畸形的，虽然都吵嚷女权，可是女子实在没有得到什么。将来的社会，无疑的，是要平均的发展；一个人就是一个人，不管是男是女。不过，就是到了这个地步，我想男女恐怕是不能完全相同；性的变迁也许比别的都慢一些。用机器孵人已有人想到，倒还没人想使女子长胡子，男人生小孩；方法也许有，可是未免有点多此一举。那么，男女性既不易变，男的多少要比女的野一些，现在如是，将来也如是。真要是给男的都裹上小脚，老老实实地在家里看娃子，何不爽性变成女儿国，而必使男扮女装，抱着小脚哭一场?

　　所以，妇女们，你们必须知道男子不是个"家畜"，必须给他一些自由。自然,男子也不应当把女子看成家畜,是的;不过现在我们只说女子对男子所应有的了解,就不多说反面了。

我看见许多自居摩登的女子,以为非把男子用绳拴起像哈吧狗似的不足以表现自己的爱与摩登。他的朋友来了,桌上有果子他不敢随便让大家吃,唯恐太太不愿意。到了吃饭的时候,他得看太太的眼神才敢留友人吃饭,或是得到她的允许才能和大家出去吃小馆。朋友既不是瞎子,一回拘束,下次就不敢再来领教。这个,最教男子伤心。男子不能孤家寡人,他必须交友。对朋友,他喜欢大家不客气,桌上有果子拿起就吃,说吃饭大家站起就走。男子的粗野正是他的爽直。他不肯因陪太太而把朋友都冷淡了。家中虽有澡盆,及至朋友约去洗澡堂,他不肯拒绝。其余的事也是如此。就是不为图舒服,他也喜欢和男人们去洗澡看戏吃饭,因为男人在一处可以随便地说笑;有女子参加,他们都感到拘束。这自然一半是因为以前男女没有交际,所以彼此不会大大方方地在一块儿无拘无束地做事或娱乐;可是一半也因为男女的天性不同。在小时候,男孩或女孩占多数的时候,不就可以听到:"没有小子玩"或"不跟姑娘们玩"么?男子在婚前就有他的社会;婚后,这个社会还存在。一个朋友也许很不顺眼,可是他是男子的好友,你就不该慢待他。一个结了婚的男子总盼望他的好友太太敬重。这样,他才觉得好友与太太都能了解他,他才真能快乐。

我的一个好友住在天津。每逢我到天津,总是推门就进去;即使他没在家,他的太太也会给我预备好饭食与住处。后来,他的太太死去,他续了弦。我又因事到了天津,照旧推门进去。他在家呢。我约他去吃小馆,他看了看新太太——一位拿男人作家畜的女子。我告辞,他又看了看她,没留我。送我到门口,我看他眼中含着泪。第二天,他找到了我,拉着我的手,他说:"你必能原谅我,我知道我不愿意和她翻脸!可是,这样,我也活不下去!什么事没有她,她立刻说我不爱她,变了心。我不愿吵架,我只好做个有妻而没有朋友的人!"

据我的观察,这位太太实在不错。她的毛病是中了电影毒——爱的升华，绝岛艳迹，一口水要吞了他，两撮泥捏成一个……她相信这些，也实行这些，她自以为非常的高明，十二分的摩登。我的朋友出门去，她只给他一块钱带着，为是教他手中无钱，早早回家。不久，我的朋友就死了。

我没有一点意思说她应当完全负杀死他的责任，不过在他临危的时候，他确是说想他的头一位太太。我也没有一点意思说，结过婚的男子应当野调无腔地，把太太放在家里不管，而自己任意地在外瞎胡闹。不是，我所要说的，是男女必须互相信任，互相承认在家庭之外，彼此还都有个社会；谁也不应当拿谁作家畜。妇女是奴隶的时代已经过去了；电影片上，小说中，所形容的男哈吧狗，也过去了。即使以能调练哈吧狗为荣，为摩登的女子真能成功，充其极也不过有个哈吧狗男人而已。

原载 1936 年 9 月 6 日天津《益世报·文艺周》

有了小孩以后

艺术家应以艺术为妻,实际上就是当一辈子光棍儿。在下闲暇无事,往往写些小说,虽一回还没自居过文艺家,却也感觉到家庭的累赘。每逢困于油盐酱醋的灾难中,就想到独人一身,自己吃饱便天下太平,岂不妙哉。

家庭之累,大半由儿女造成。先不用提教养的花费,只就淘气哭闹而言,已足使人心慌意乱。小女三岁,专会等我不在屋中,在我的稿子上画圈拉杠,且美其名曰"小济会写字"!把人要气没了脉,她到底还是有理!再不然,我刚想起一句好的,在脑中盘旋,自信足以愧死莎士比亚,假若能写出来的话。当是时也,小济拉拉我的肘,低声说:"上公园看猴?"于是我至今还未成莎士比亚。小儿一岁整,还不会"写字",也不晓得去看猴,但善亲亲,闭眼,张口展览上下四个小牙。我若没事,请求他闭眼,露牙,小胖子总会东指西指地打岔。赶到我拿起笔来,他那一套全来了,不但亲脸,闭眼,还"指"令我也得表演这几招。有什么办法呢?!

这还算好的。赶到小济午后不睡,按着也不睡,那才难办。到这么四点来钟吧,她的困闹开始,到五点钟我已没有人味。什么也不对,连公园的猴都变成了臭的,而且猴之所以臭,也应当由我负责。小胖子也有这种困而不睡的时候,大概多数是与小济同时发难。两位小醉鬼一齐找毛病，我就是诸葛亮恐怕也得唱空城计，一点办法没有！在这种干等束手被擒的时候，偏偏会来一两封快信——催稿子！我也只好闹脾气了。不大一会儿，把太太也闹急了，一家大小四口，都成了醉鬼，其热闹至为惊人。大人声言离婚，小孩怎说怎不是，于离婚的争辩中瞎打混。一直到七点后，二位小天使已困得动不得，离婚的宣言才无形地撤销。这还算好的。遇上小胖子出牙，那才真叫厉害，不但白天没有情理，夜里还得上夜班。一会儿一醒，若被针扎了似的惊啼，他出牙，谁也不用打算睡。他的牙出利落了，大家全成了红眼虎。

不过，这一点也不妨碍家庭中爱的发展，人生的巧妙似乎就在这里。记得 Frank Harris 仿佛有过这么点记载：他说王尔德为那件不名誉的案子过堂被审，一开头他侃侃而谈，语多幽默。及至原告提出几个男妓作证人，王尔德没了脉，非失败不可了。Harris 以为王尔德必会说："我是个戏剧家，为观察人生，什么样的人都当交往。假若我不和这些人接触，我从哪里去找戏剧中的人物呢？"可是，王尔德竟自没这么答辩，官司就算输了！

把王尔德且放在一边；艺术家得多去经验，Harris 的意见，假若不是特为王尔德而发的，的确是不错。连家庭之累也是如此。还拿小孩们说吧——这才来到正题——爱他们吧，嫌他们吧，无论怎说，也是极可宝贵的经验。

在没有小孩的时候，一个人的世界还是未曾发现美洲的时候的。小孩是科仑布（哥伦布），把人带到新大陆去。这个新大陆并不很远，就在熟习的街道上和家里。你看，街市上给我预备的，在没有小孩的时候，似乎只有理发馆，饭铺，书店，邮政局等。我想不出婴儿医院，糖食店，玩具铺等的意义。连药房里的许许多多婴儿用的药和粉，报纸上婴儿自己药片的广告，百货店里的小袜子小鞋，都显着多此一举，劳而无功。及至小天使自天飞降，我的眼睛似乎戴上了一双放大镜，街市依然那样，跟我有关系的东西可是不知增加了多少倍！婴儿医院不但挂着牌子，敢情里边还有医生呢。不但有医生，还是挺神气，一点也得罪不得。拿着医生所给的神符，到药房去，敢情那些小瓶子小罐都有作用。不但要买瓶子里的白汁黄面和各色的药饼，还得买瓶子罐子，轧粉的钵，量奶的漏斗，乳头，卫生尿布，玩艺多多了！百货店里那些小衣帽，小家具，也都有了意义；原先以为多此一举的东西，如今都成了非它不行；有时候铺中缺乏了我所要的那一件小物品，我还大有看不起他们的意思：既是百货店，怎能不预备这件东西呢？！慢慢的，全街上的铺子，除了金店与古玩铺，都有了我的足迹；连当铺也走得怪熟。铺中人也渐渐熟识了，甚至可以随便闲谈，以小孩为中心，谈得颇有味儿。伙计们，掌柜们，原来不仅是站柜做买卖，家中还有小孩呢！有的铺子，竟自敢允许我欠账，仿佛一有了小孩，我的人格也好了些，能被人信任。三节的账条来得很踊跃，使我明白了过节过年的时候怎样出汗。

小孩使世界扩大，使隐藏着的东西都显露出来。非有小孩不能明白这个。看着别人家的孩子，肥肥胖胖，整整齐齐，你总觉得小孩们理应如此，一生下来就戴着小帽，穿着小袄，好像小雏鸡生下来就披着一身黄绒似的。赶到自己有了小孩，才能晓得事情并不这么简单。一个小娃娃身上穿戴着全世界的工商业所能供给的，给全家人以一切啼笑爱怨的经验，小孩的确是位小活神仙！

有了小活神仙，家里才会热闹。窗台上，我一向认为是摆花的地方。夏天呢，开着窗，风儿轻轻吹动花与叶，屋中一阵阵的清香。冬天呢，阳光射到花上，使全屋中有些颜色与生气。后来，有了小孩，那些花盆很神秘地都不见了，窗台上满是瓶子罐子，数不清有多少。尿布有时候上了写字台，奶瓶倒在书架上。大扫除才有了意义，是的，到时候非痛痛快快地收拾一顿不可了，要不然东西就有把人埋起来的危险。上次大扫除的时候，我由床底下找到了但丁的《神曲》。不知道这老家伙干吗在那里藏着玩呢！

人的数目也增多了，而且有很多问题。在没有小孩的时候，用一个仆人就够了，现在至少得用俩。以前，仆人"拿糖"，满可以暂时不用；没人做饭，就外边去吃，谁也不用拿捏谁。有了小孩，这点豪气乘早收起去。三天没人洗尿布，屋里就不要再进来人。牛奶等项是非有人管理不可，有儿方知卫生难，奶瓶子一天就得烫五六次；没仆人简直不行！有仆人就得捣乱，没办法！

好多没办法的事都得马上有办法，小孩子不会等着"国联"慢慢解决儿童问题。这就长了经验。半夜里去买药，药铺的门上原来有个小口，可以交钱拿药，早先我就不晓得这一招。西药房里敢情也打价钱，不等他开口，我就提出："还是四毛五？"这个"还是"使我省五分钱，而且落个行家。这又是一招。找老妈子有作坊，当票儿到期还可以入利延期，也都被我学会。没工夫细想，大概自从有了儿女以后，我所得的经验至少比一张大学文凭所能给我的多着许多。大学文凭是由课本里掏出来的，现在我却念着一本活书，没有头儿。

连我自己的身体现在都会变形，经小孩们的指挥，我得去装马装牛，还须装得像个样儿。不但装牛像牛，我也学会牛的忍性，小胖子觉得"开步走"有意思，我就得百走不厌；只做一回，绝对不行。多咱他改了主意，多咱我才能"立正"。在这里，我体验出母性的伟大，觉得打老婆的人们满该下狱。

中秋节前来了个老道，不要米，不要钱，只问有小孩没有？看见了小胖子，老道高了兴，说十四那天早晨需给小胖子左腕上系一根红线。备清水一碗，烧高香三炷，必能消灾除难。右邻家的老太太也出来看，老道问她有小孩没有，她惨淡地摇了摇头。到了十四那天，倒是这位老太太的提醒，小胖子的左腕上才拴了一圈红线。小孩子征服了老道与邻家老太太。一看胖手腕的红线，我觉得比写完一本伟大的作品还骄傲，于是上街买了两尊兔子王，感到老道，红线，兔子王，都有绝大的意义！

原载 1936 年 11 月 25 日《谈风》第 3 期

无 题
（因为没有故事）

人是为明天活着的，因为记忆中有朝阳晓露；假若过去的早晨都似地狱那么黑暗丑恶，盼明天干吗呢？是的，记忆中也有痛苦危险，可是希望会把过去的恐怖裹上一层糖衣，像看着一出悲剧似的，苦中有些甜美。无论怎说吧，过去的一切都不可移动；实在，所以可靠；明天的渺茫全仗昨天的实在撑持着，新梦是旧事的拆洗缝补。

对了，我记得她的眼。她死了好多年了，她的眼还活着，在我的心里。这对眼睛替我看守着爱情。当我忙得忘了许多事，甚至于忘了她，这两只眼会忽然在一朵云中，或一汪水里，或一瓣花上，或一线光中，轻轻地一闪，像归燕的翅儿，只需一闪，我便感到无限的春光。我立刻就回到那梦境中，哪一件小事都凄凉，甜美，如同独自在春月下踏着落花。

这双眼所引起的一点爱火，只是极纯的一个小火苗，像心中的一点晚霞，晚霞的结晶。它可以烧明了流水远山，照明了春花秋叶，给海浪一些金光，可是它恰好的也能在我心中，照明了我的泪珠。

它们只有两个神情：一个是凝视，极短极快，可是千真万确的是凝视。只微微地一看，就看到我的灵魂，把一切都无声地告诉了给我。凝视，一点也不错，我知道她只需极短极快地一看，看的动作过去了，极快地过去了，可是，她心里看着我呢，不定看多么久呢；我到底得管这叫作凝视,不论它是多么快,多么短。一切的诗文都用不着,这一眼道尽了"爱"所会说的与所会做的。另一个是眼珠横着一移动,由微笑移动到微笑里去,在处女的尊严中笑出一点点被爱逗出的轻佻,由热情中笑出一点点无法抑止的高兴。

我没和她说过一句话,没握过一次手,见面连点头都不点。可是我的一切,她知道;她的一切,我知道。我们用不着看彼此的服装,用不着打听彼此的身世,我们一眼看到一粒珍珠,藏在彼此的心里;这一点点便是我们的一切,那些七零八碎的东西都是配搭,都无需注意。看我一眼,她低着头轻快地走过去,把一点微笑留在她身后的空气中,像太阳落后还留下一些明霞。

我们彼此躲避着,同时彼此愿马上搂抱在一处。我们轻轻地哀叹;忽然遇见了,那么凝视一下,登时欢喜起来,身上像减了分量,每一步都走得轻快有力,像要跳起来的样子。

我们极愿意过一句话,可是我们很怕交谈,说什么呢?哪一个日常的俗字能道出我们的心事呢?让我们不开口,永不开口吧!我们的对视与微笑是永生的,是完全的,其余的一切都是破碎微弱,不值得一做的。

我们分离有许多年了,她还是那么秀美,那么多情,在我的心里。她将永远不老,永远只向我一个人微笑。在我的梦中,我常常看见她,一个甜美的梦是最真实,最纯洁,最完美的。多少多少人生中的小困苦小折磨使我丧气,使我轻看生命。可是,那个微笑与眼神忽然地从哪儿飞来,我想起唯有"人面桃花相映红"差可托似的一点心情与境界,我忘了困苦,我不再丧气,我恢复了青春;无疑的,我在她的洁白的梦中,必定还是个美少年呀。

春在燕的翅上,把春光颤得更明了一些,同样,我的青春在她的眼里,永远使我的血温暖,像土中的一颗子粒,永远想发出一个小小的绿芽。一粒小豆那么小的一点爱情,眼珠一移,嘴唇一动,日月都没有了作用,到无论什么时候,我们总是一对刚开开的春花。

不要再说什么,不要再说什么!我的烦恼也是香甜的呀,因为她那么看过我!

原载 1937 年 6 月 10 日《谈风》第 16 期

在乡下

虽然刚住了几天,我已经感到乡间的确可喜。在这生活困难的时候,谁也恐怕不能不一开口就谈到钱;在乡间住,第一个好处是可以省下几文。头发长了,需跑出十里八里去理;脚稍微一懒,就许延迟一个星期;头发长了些,可是袋儿里也沉重了些。洗澡,更谈不到。到极热的时候,可以下河;天不够热的时候,皮肤外有一层可以搓卷着玩的泥,也显着暖和而有趣。这就又省了一笔支出。没有卖鲜果,糖食和点心的;这不但可以省了钱,而且自然地矫正了吃零食的坏习惯。衣服需自己洗,皮鞋需自己擦。路需自己走——没有洋车。就是有,也不能在田埂儿上走。

除了省钱,还另有好多的精神胜利:平剧、川剧全听不到了,但是可以自己唱。在大黄角树下,随意喊吧,除了多管闲事的狗向你叫几声而外,不会有人来叫"倒好"的。话剧更看不到,可是自己可以写两本呀,有的是工夫!

书是不易得到的,但是偶然找来一本,绝不会像在城里时那样掀一掀就了事。在乡下,心里用不着惦记与朋友们定的约会,眼睛用不着时时地看表,于是,拿到一本书的时节,就可以愿意怎么读便怎么读;愿意把这几行读两遍,便读两遍;三遍就三遍;看那一行不大顺眼,便可以跟它辩论一番!这样,书仿佛就与人成了可以谈心的朋友,而不是书架上的摆设了。

　　院中有犬吠声,鸡鸭叫声,孩子哭声;院外有蛙声,鸟声,叱牛声,农人相呼声。但这些声音并不教你心中慌乱。到了夜间,便什么声音也没有;即使蛙还在唱,可是它们会把你唱入梦境里去。这几天,杜鹃特别的多,直到深夜还不住地啼唤;老想问问它们,三更半夜的唤些什么?这不是厌烦,而是有点相怜之意。

　　正在插秧的时候下了大雨,每个农人都面带喜色,水牛忙极了,却一点不慌,还是那么慢条斯理的,像有成竹在胸的样子。

　　晚上,油灯欠亮,蚊虫甚多;所以早早的就躲到帐子里去。早睡,所以就也早起。睡得定,睡得好,脸上就增加了一点肉——很不放心,说不一定还会变成胖子呢!

　　　　　　　　　　　原载1942年5月25日重庆《大公报·战线》

"住"的梦

在北平与青岛住家的时候,我永远没想到过:将来我要住在什么地方去。在乐园里的人或者不会梦想另辟乐园吧。

在抗战中,在重庆与它的郊区住了六年。这六年的酷暑重雾,和房屋的不像房屋,使我会做梦了。我梦想着抗战胜利后我应去住的地方。

不管我的梦想能否成为事实,说出来总是好玩的:

春天,我将要住在杭州。二十年前,我到过杭州,只住了两天。那是旧历的二月初,在西湖上我看见了嫩柳与菜花,碧浪与翠竹。山上的光景如何?没有看到。三四月的莺花山水如何,也无从晓得。但是,由我看到的那点春光,已经可以断定杭州的春天必定会教人整天生活在诗与图画中的。所以,春天我的家应当是在杭州。

夏天,我想青城山应当算作最理想的地方。在那里,我虽然只住过十天,可是它的幽静已拴住了我的心灵。在我所看见过的山水中,只有这里没有使我失望。它并没有什么奇峰或巨瀑,也没有多少古寺与胜迹,可是,它的那一片绿色已足使我感到这是仙人所应住的地方了。到处都是绿,而且都是像嫩柳那么淡,竹叶那么亮,蕉叶那么润,目之所及,那片淡而光润的绿色都在轻轻地颤动,仿佛要流入空中与心中去似的。这个绿色会像音乐似的,涤清了心中的万虑,山中有水,有茶,还有酒。早晚,即使在暑天,也需穿起毛衣。我想,在这里住一夏天,必能写出一部十万到二十万的小说。

假若青城去不成,求其次者才提到青岛。我在青岛住过三年,很喜爱它。不过,春夏之交,它有雾,虽然不很热,可是相当的湿闷。再说,一到夏天,游人来得很多,失去了海滨上的清静。美而不静便至少失去一半的美。最使我看不惯的是那些喝醉的外国水兵与差不多是裸体的,而没有曲线美的妓女。秋天,游人都走开,这地方反倒更可爱些。

不过,秋天一定要住北平。天堂是什么样子,我不晓得,但是从我的生活经验去判断,北平之秋便是天堂。论天气,不冷不热。论吃食,苹果,梨,柿,枣,葡萄,都每样有若干种。至于北平特产的小白梨与大白海棠,恐怕就是乐园中的禁果吧,连亚当与夏娃见了,也必滴下口水来!果子而外,羊肉正肥,高粱红的螃蟹刚好下市,而良乡的栗子也香闻十里。论花草,菊花种类之多,花式之奇,可以甲天下。西山有红叶可见,北海可以划船——虽然荷花已残,荷叶可还有一片清香。衣食住行,在北平的秋天,是没有一项不使人满意的。即使没有余钱买菊吃蟹,一两毛钱还可以爆二两羊肉,弄一小壶佛手露啊!

冬天,我还没有打好主意,香港很暖和,适于我这贫血怕冷的人去住,但是"洋味"太重,我不高兴去。广州,我没有到过,无从判断。成都或者相当的合适,虽然并不怎样和暖,可是为了水仙,素心腊梅,各色的茶花,与红梅绿梅,仿佛就受一点寒冷,也颇值得去了。昆明的花也多,而且天气比成都好,可是旧书铺与精美而便宜的小吃食远不及成都的那么多,专看花而没有书读似乎也差点事。好吧,就暂时这么规定:冬天不住成都便住昆明吧。

在抗战中,我没能发了国难财。我想,抗战结束以后,我必能阔起来,唯一的原因是我是在这里说梦。既然阔起来,我就能在杭州,青城山,北平,成都,都盖起一所中式的小三合房,自己住三间,其余的留给友人们住。房后都有起码是二亩大的一个花园,种满了花草;住客有随便折花的，便毫不客气地赶出去。青岛与昆明也各建小房一所，作为候补住宅。各处的小宅，不管是什么材料盖成的，一律叫作"不会草堂"——在抗战中，开会开够了，所以永远"不会"。

那时候，飞机一定很方便，我想四季搬家也许不至于受多大苦处的。假若那时候飞机减价，一二百元就能买一架的话，我就自备一架，择黄道吉日慢慢地飞行。

原载1944年5月《民主世界》第2期

入 城

有五个月没进城了。乍一到城中,就仿佛乡下的狗来到闹市那样,总有点东西碰击着鼻子——重庆到底有多少人啊,怎么任何地方都磕头碰脑的呢?在街上走,我眼晕!

洋车又贵多了,动不动就是一百。我只好走路。可是走路又真不舒服,一来到处是人,挤得彼此都怪难过;二来是穿少了衣裳,怕冷,穿多了又走不动!我的棉袄真好,当我坐下写作的时候;及至来到城内,它可就变成了累赘,一走路我便遍体生津!

入城就赶上李可染先生的画展,运气真好!我顶喜欢他的作品。他本来会西洋画,近几年来又努力学习中国画,于是"温故知新",他的国画就在理法上兼中西之长,而信笔挥来都能左右逢源。看完画,写了一篇短文交《扫荡副刊》发表,外行人总想假充内行,此一例也。

文艺界的友人这两天在城内的很多,大家许久未见,见面特别亲热。可是,在亲热之中,大家似乎都有那么一二小句要说而又不方便说的话,像"怎样,喝一杯去?"或是"到我那里去吃饭,好不好?"谁都没有胆量约友人,也不愿友人约自己——这年月使人老先想到友人的经济状况!记得,六年前初到重庆的时候,无论怎样穷,大家总还有喝酒的钱。今天,哼,有个李白也得瘾死!

出版界好像都暂不印书,版税无望了!假若刊物也停止,我不晓得写家们还怎么活着!

因住在乡下,城中的话剧摸不着看,进城后听说一出戏需投资到一两百万,而是赔是赚全无把握。听罢此言,我倒盼望城里也没有话剧可看了——省得替友人们提心吊胆!

洪深、马宗融、靳以三教授都满面红光,大家都说:"教书恐怕还是阔事!"细一看,马教授的洋服里子已破成千疮百孔,洪教授的中山装里不是毛衣,不是羊毛的紧身,而是一件旧小棉袄!

在乡下,寂寞。在城里,又嫌太闹。城里乡下时常来往最好,可惜路费与舟车又不那么方便。假如早一点下手,发点国难财,有多么好?悔之晚矣!

原载 1945 年 3 月《艺文志》第 2 期

北京的春节

按照北京的老规矩,过农历的新年(春节),差不多在腊月的初旬就开头了。"腊七腊八,冻死寒鸦",这是一年里最冷的时候。可是,到了严冬,不久便是春天,所以人们并不因为寒冷而减少过年与迎春的热情。在腊八那天,人家里,寺观里,都熬腊八粥。这种特制的粥是祭祖祭神的,可是细一想,它倒是农业社会的一种自傲的表现——这种粥是用所有的各种的米,各种的豆,与各种的干果(杏仁、核桃仁、瓜子、荔枝肉、桂圆肉、莲子、花生米、葡萄干、菱角米……)熬成的。这不是粥,而是小型的农业展览会。

腊八这天还要泡腊八蒜。把蒜瓣在这天放到高醋里,封起来,为过年吃饺子用的。到年底,蒜泡得色如翡翠,而醋也有了些辣味,色味双美,使人要多吃几个饺子。在北京,过年时,家家吃饺子。

从腊八起,铺户中就加紧地上年货,街上加多了货摊子——卖春联的、卖年画的、卖蜜供的、卖水仙花的等都是只在这一季节才会出现的。这些赶年的摊子都教儿童们的心跳得特别快一些。在胡同里,吆喝的声音也比平时更多更复杂起来,其中也有仅在腊月才出现的,像卖宪书的、松枝的、薏仁米的、年糕的,等等。

在有皇帝的时候,学童们到腊月十九日就不上学了,放年假一月。儿童们准备过年,差不多第一件事是买杂拌儿。这是用各种干果(花生、胶枣、榛子、栗子等)与蜜饯搀和成的,普通的带皮,高级的没有皮——例如:普通的用带皮的榛子,高级的用榛瓤儿。儿童们喜吃这些零七八碎儿,即使没有饺子吃,也必须买杂拌儿。他们的第二件大事是买爆竹,特别是男孩子们。恐怕第三件事才是买玩艺儿——风筝、空竹、口琴等——和年画儿。

儿童们忙乱,大人们也紧张。他们需预备过年吃的使的喝的一切。他们也必须给儿童赶快做新鞋新衣,好在新年时显出万象更新的气象。

二十三日过小年,差不多就是过新年的"彩排"。在旧社会里,这天晚上家家祭灶王,从一擦黑儿鞭炮就响起来,随着炮声把灶王的纸像焚化,美其名叫送灶王上天。在前几天,街上就有多少多少卖麦芽糖与江米糖的,糖形或为长方块或为大小瓜形。按旧日的说法:用糖粘住灶王的嘴,他到了天上就不会向玉皇报告家庭中的坏事了。现在,还有卖糖的,但是只由大家享用,并不再粘灶王的嘴了。

过了二十三,大家就更忙起来,新年眨眼就到了啊。在除夕以前,家家必须把春联贴好,必须大扫除一次,名曰扫房。必须把肉、鸡、鱼、青菜、年糕什么的都预备充足,至少足够吃用一个星期的——按老习惯,铺户多数关五天门,到正月初六才开张。假若不预备下几天的吃食,临时不容易补充。还有,旧社会里的老妈妈论,讲究在除夕把一切该切出来的东西都切出来,省得在正月初一到初五再动刀,动刀剪是不吉利的。这含有迷信的意思,不过它也表现了我们确是爱和平的人,在一岁之首连切菜刀都不愿动一动。

除夕真热闹。家家赶做年菜,到处是酒肉的香味。老少男女都穿起新衣,门外贴好红红的对联,屋里贴好各色的年画,哪一家都灯火通宵,不许间断,炮声日夜不绝。在外边做事的人,除非万不得已,必定赶回家来,吃团圆饭,祭祖。这一夜,除了很小的孩子,没有什么人睡觉,而都要守岁。

元旦的光景与除夕截然不同:除夕,街上挤满了人;元旦,铺户都上着板子,门前堆着昨夜燃放的爆竹纸皮,全城都在休息。

男人们在午前就出动,到亲戚家,朋友家去拜年。女人们在家中接待客人。同时,城内城外有许多寺院开放,任人游览,小贩们在庙外摆摊、卖茶、食品和各种玩具。北城外的大钟寺、西城外的白云观、南城的火神庙(厂甸)是最有名的。可是,开庙最初的两三天,并不十分热闹,因为人们还正忙着彼此贺年,无暇及此。到了初五六,庙会开始风光起来,小孩们特别热心去逛,为的是到城外看看野景,可以骑毛驴,还能买到那些新年特有的玩具。白云观外的广场上有赛轿车赛马的;在老年间,据说还有赛骆驼的。这些比赛并不争取谁第一谁第二,而是在观众面前表演骡马与骑者的美好姿态与技能。

多数的铺户在初六开张,又放鞭炮,从天亮到清早,全城的炮声不绝。虽然开了张,可是除了卖吃食与其他重要日用品的铺子,大家并不很忙,铺中的伙计们还可以轮流着去逛庙、逛天桥和听戏。

元宵(汤圆)上市,新年的高潮到了——元宵节(从正月十三到十七)。除夕是热闹的,可是没有月光;元宵节呢,恰好是明月当空。元旦是体面的,家家门前贴着鲜红的春联,人们穿着新衣裳,可是它还不够美。元宵节,处处悬灯结彩,整条的大街像是办喜事,火炽而美丽。有名的老铺都要挂出几百盏灯来,有的一律是玻璃的,有的清一色是牛角的,有的都是纱灯;有的各形各色,有的通通彩绘全部《红楼梦》或《水浒传》故事。这,在当年,也就是一种广告;灯一悬起,任何人都可以进到铺中参观;晚间灯中都点上烛,观者就更多。这广告可不庸俗。干果店在灯节还要做一批杂拌儿生意,所以每每独出心裁的,制成各样的冰灯,或用麦苗做成一两条碧绿的长龙,把顾客招来。

除了悬灯,广场上还放花盆。在城隍庙里并且燃起火判,火舌由判官的泥像的口、耳、鼻、眼中伸吐出来。公园里放起天灯,像巨星似的飞到天空。

男男女女都出来踏月、看灯、看焰火;街上的人拥挤不动。在旧社会里,女人们轻易不出门,她们可以在灯节里得到些自由。

小孩子们买各种花炮燃放,即使不跑到街上去淘气,在家中照样

能有声有光地玩耍。家中也有灯：走马灯——原始的电影——宫灯、各形各色的纸灯，还有纱灯，里面有小铃，到时候就叮叮地响。大家还必须吃汤圆呀。这的确是美好快乐的日子。

一眨眼，到了残灯末庙，学生该去上学，大人又去照常做事，新年在正月十九结束了。腊月和正月，在农村社会里正是大家最闲在的时候，而猪牛羊等也正长成，所以大家要杀猪宰羊，酬劳一年的辛苦。过了灯节，天气转暖，大家就又去忙着干活了。北京虽是城市，可是它也跟着农村社会一齐过年，而且过得分外热闹。

在旧社会里，过年是与迷信分不开的。腊八粥，关东糖，除夕的饺子，都须先去供佛，而后人们再享用。除夕要接神；大年初二要祭财神，吃元宝汤（馄饨），而且有的人要到财神庙去借纸元宝，抢烧头股香。正月初八要给老人们顺星、祈寿。因此那时候最大的一笔浪费是买香蜡纸马的钱。现在，大家都不迷信了，也就省下这笔开销，用到有用的地方去。特别值得提到的是现在的儿童只快活地过年，而不受那迷信的熏染，他们只有快乐，而没有恐惧——怕神怕鬼。也许，现在过年没有以前那么热闹了，可是多么清醒健康呢。以前，人们过年是托神鬼的庇佑，现在是大家劳动终岁，大家也应当快乐地过年。

原载 1951 年 1 月《新观察》第 2 卷第 2 期

乍看舞剑忙提笔

齐白石大师题画诗里有这么一句:"乍看舞剑忙提笔",这大概是说由看到舞剑的鹤立星流而悟出作画的气势,故急于提笔,恐稍纵即逝也。

刘宝全老夫子是位乐师,弹得一手好琵琶,这大有助于他对京韵大鼓的创造新腔,自成一家。

梅兰芳院长喜画。他说过:会画几笔,懂得些彩墨的运用,对设计戏装、舞台布景等颇有帮助。

这类的例子还很多,不必一一介绍。这说明什么?就是:艺术各部门虽各有领域,可是艺术修养却不限于在一个领域里打转转。一位音乐家而会写写诗,填填词,必能按字寻声,丝丝入扣,给歌词制出更好的曲谱来。一位戏曲演员而懂些音韵学,也必能更好地行腔吐字,有余叔岩、言菊朋二家为证。据说:王维的诗中有画,画中有诗,或正因为他既是诗人,又是画家。业精于专,而不忌博也。艺术修养本有专与博的两面,缺一不可。专凭一技之长,不易获得丰富的艺术生活与修养,且往往不能使这一技达乎尖端,有所创辟。古代文人于诗文之外,还讲究精于琴棋书画,也许有些道理。

爱去看戏,还宜自己也学会唱几句。爱看画展,何不自己也学画几笔。自己动手,才能提高欣赏。我记得从前有不少戏曲名演员经常和文人与画家们在一起，你教教我，我教教你，互为师生。我看这个办法不错。当初，我在重庆遇到滑稽大鼓歌手富少舫先生，他要求我给写新词儿，我请他先教会我一些老段子。他教给了我两段最不易唱的，《白帝城》与《长坂坡》。于是，我就能给他写新词儿了。这种互为师生的办法确是不坏。

用不着说，习字学画，或学点吹打拉弹，对陶冶性情也大有好处。每当我工作一天之后，头昏火盛，想发脾气，我就静静地磨点墨，找些废纸，乱写一番。字不成体，全无是处，故有"歪诗怪字愧风流"之语以自嘲。虽愧风流，可是不发脾气了，几乎有练气功之效，连跟我捣乱的白猫也不忍去叱喝一声了。

我有几把戏曲名演员写画的扇子。谈及目前青年演员练字学画，将它们给《北京日报》的记者看了看，证明演员们业余写字作画已有传统。他们嘱我说几句话，就写成这么几行。

原载 1961 年 6 月 8 日《北京日报》

一些人，常在心

代语堂先生拟赴美宣传大纲

话说林语堂先生,头戴纱帽盔,上面两个大红丝线结子;遮目的是一对崂山水晶墨镜,完全接近自然,一点不合科学的制法。身上穿着一件宝蓝团龙老纱大衫,铜纽扣,没有领子——因为反对洋服的硬领,所以更进一步地爽性光着脖子。脚上一双青大缎千层底圆口皂鞋,脚脖儿上豆青的绸带扎住裤口。右手里一把斑竹八根架纸扇,一面画的是淡墨山水,一面自己写的一小段舒白香游山日记——写得非常的好,因为每个字旁都由林先生自己画了双圈。左手提着云南制的水烟袋,托子是珐琅的,非常的古艳。

林先生的身上自然还有别的东西,一一地说来未免有点烦絮;总而言之,他身上没有一件足以惹人怀疑是否国产的物品。这倒不全为提倡国货;每一件东西都是顶古雅精美的,顺手儿也宣传着东方文化。

林先生本打算雇一条带帆的渔船,或西湖上的游艇,在太平洋里一面钓着鱼,一面缓缓前进。这个办法既足以证实他的艺术生活,又足以使两个老渔夫或一对船娘能自食其力地挣口饭吃——后者恐怕是这个计划的主要目的。不过,即使大家都不怕慢,走上三五个月满不在乎,可是小船——虽然是那么有画意——恐怕干不过海洋里的风浪。真要是把老渔夫或船娘都喂了海鱼,未免有悖于人道主义。算了吧,只好坐海船吧。

为减少轮船上的俗气与洋味,林先生带着个十岁的小书童:头上梳着两个抓髻,系着鲜红的头绳。林先生坐在甲板上的藤椅上,书童捧着瑶琴一旁侍立。琴上无弦,省得去弹;只是个"意思"而已。

一"海"无话,林先生吃得胖胖的,就到了美国。船一到码头,新闻记者如蜜蜂一般拥上前来,全是找林先生的。林先生命书童点起檀香,提着景泰蓝香炉在前引路,徐徐地前进。新闻记者围上前来,林先生深感不快,乃曼声曰:"吾乃——'吾国吾民'之著者是也!没别的可说!"众畏其威,乃退。不过,林先生的相,在他没甚留神的时候,已被他们照了去;在当日的晚报就登印出来。

歇兵三日,林先生拟出宣传大纲:

一、男人应否怕老婆——阳纲不振为西方文化之大毛病。予之来所以使懦夫立也——林先生的文字是文言与白话两掺着的,特别是在草拟大纲的时候。公鸡打鸣,母鸡生蛋,天然有别。不可强易。男女平等,本是男的种田,女的纺线,各尽其职之谓。反之,像英美各国,男儿拼挣钱,老婆不管洗衣做饭;哪道婚姻,什么平等!妇道不修,于是在恋爱之前已打听好怎样离婚,以便争取生活费,哀哉!中国古圣先贤都说夫为妻纲,已预知此害;西方无此种圣人,故大吃其亏。宜速迎东方活圣人一位,封为国师!

二、男人怎样可以不怕老婆——在今日的中国,怕老婆者穿洋服。与夫人同行,代她拿伞,抱孩子。洋服者,西洋之服,自古已然,怕老婆非一日矣!为今之计,西洋男子应马上改穿中服,以免万劫茫茫。中服威严,虽贾波林穿上亦无局促瘦窘之相。望而生畏,女人不敢大发雌威矣。中服舒服,男人知道求舒服,女人即知责任之所在;反之,自上锁镣,硬领皮鞋,以示甘受苦刑,则女人见景生情,必使跪着顶灯!猛醒吧,西洋男子!中服使人安详自在。气度安详,则威而不猛,增高身份。譬若老婆发了命令,穿大衫之丈夫可漫应之,Yes, dear;而许久不动,直至对方把命令改成央求,乃徐徐起立。穿西服之丈夫鲜能为此:洋服表示干净利落之精神,一闻令下,必须疾驱而前,显出敏捷脆快；Yes, dear, 未及说完, 早已一道闪光而去, 脸上笑容充满宇宙。久之, 夫人并发令之劳且厌之, 而眉指颐使, 丈夫遂成了专看眼神的动物! 这还了得, 西洋男子必须革命!

三、中西文化及其苍蝇——东方人的闲适, 使苍蝇也得到自由; 西方人的固执, 苍蝇大受压迫。世界大同, 虽是个理想, 但总有实现之一日。以苍蝇言, 在大同主义之下, 必有其东方的自由, 而受过西方科学的洗礼; "明日"之苍蝇必为消毒的苍蝇, 活泼泼的而不负传染恶疾的责任。此事虽小, 足以喻大; 明乎此, 可与言东西文化之交映成辉矣。(此项下还有许多节目, 如中西文化及其蜈蚣, 中西文化及其青蛙等, 即不备录。)

四、东西的艺术及其将来——西方的艺术大体上说来, 总免不了表现肉感, 裸体画与雕刻是最明显的例子。东方的艺术, 反之, 却表现着清涤肉感, 而给现实生活一些云烟林水之气。由这一点上来看, 西方的精神是斑斓猛虎, 有它的猛勇, 活跃及直爽; 东方的精神是淡远的秋林, 有它的安闲, 静恬及含蓄。这样说来, 仿佛各有所长, 船多并不碍江。可是细那么一想, 则东方的精神实在是西方文化的矫正, 特别是在都市文化发达到出了毛病的时候——像今日。西方今日之需要静恬, 就是没别的更好的办法, 至少也需常常看到一种秋江夕照的图画(如林先生扇子上所画的那个), 常常听到一种平沙落雁的音乐, 而把客厅里悬着的大光眼儿, 二光眼儿, 一律暂时收起。光屁股艺术有它的直爽与健康, 但乐园的亚当与夏娃并非只以一丝不挂为荣, 还有林花虫蝶之乐。况且假若他俩多注意些花鸟之趣, 而一心无邪, 恐怕到如今还住在那里——闲着画几幅山水儿什么的, 给天使们鉴赏, 岂不甚好?!

五、吾国与吾民——有书为证, 顶好大家手执一册, 焚香静读, 你们多得些知识, 我多收点版税, 两有益的事儿。

六、幽默的意义与技巧——专为美国大学生讲; 女生暂不招待, 以使听完不懂得发笑, 大杀风景。

七、中国今日的文艺——专为研究比较文学的讲演,听讲时需各携烟斗或香烟与洋火。讲题:(1)《论语》的创始与发展。(2)《人间世》的生灭。(3)《宇宙风》怎样刮风。

原载 1936 年 8 月《逸经》第 11 期

小型的复活
（自传之一章）

"廿三，罗成关。"

廿三岁那一年的确是我的一关，几乎没有闯过去。

从生理上，心理上和什么什么理上看，这句俗语确是个值得注意的警告。据一位学病理学的朋友告诉我：从十八到廿五岁这一段，最应当注意抵抗肺痨。事实上，不少人在廿三岁左右正忙着大学毕业考试，同时眼睛溜着毕业即失业那个鬼影儿；两气夹攻，身体上精神上都难悠悠自得，肺病自不会不乘虚而入。

放下大学生不提，一般的来说，过了廿一岁，自然要开始收起小孩子气而想变成个大人了；有好些廿二三岁的小伙子留下小胡子玩玩，过一两星期再剃了去，即是一证。在这期间，事情得意呢，便免不得要尝尝一向认为是禁果的那些玩艺儿；既不再自居为小孩子，就该老声老气地干些老人们所玩的风流事儿了。钱是自己挣的，不花出去岂不心中闹得慌。吃烟喝酒，与穿上绸子裤褂，还都是小事；嫖嫖赌赌，才真够得上大人味儿。要是事情不得意呢，抑郁牢骚，此其时也，亦能损及健康。老实一点的人儿，即使事情得意，而又不肯瞎闹，也总会想到找个女郎，过过恋爱生活；虽然老实，到底年轻沉不住气，遇上以恋爱为游戏的女子，结婚是一堆痛苦，失恋便许自杀。反之，天下有欠太平，顾不及来想自己，杀身成仁不甘落后，战场上的血多是这般人身上的。

可惜没有一套统计表来帮忙,我只好说就我个人的观察,这个"罗成关论"是可以立得住的。就近取譬,我至少可以抬出自己作证,虽说不上什么"科学的",但到底也不失"有这么一回"的价值。

廿三岁那年,我自己的事情,以报酬来讲,不算十分的坏。每月我可以拿到一百多块钱。十六七年前的一百块是可以当现在二百块用的;那时候还能花十五个小铜子就吃顿饱饭。我记得:一份肉丝炒三个油撕火烧,一碗馄饨带沃两个鸡子,不过是十一二个铜子就可以开付;要是预备好十五枚作饭费,那就颇可以弄一壶白干儿喝喝了。

自然那时候的中交钞票是一块当作几角用的,而月月的薪水永远不能一次拿到,于是化整为零与化圆为角的办法使我往往需当一两票当才能过得去。若是痛痛快快地发钱,而钱又是一律现洋,我想我或者早已成个"阔老"了。

无论怎么说吧,一百多元的薪水总没教我遇到极大的困难;当了当再赎出来,正合"裕民富国"之道,我也就不悦不怨。每逢拿到几成薪水,我便回家给母亲送一点钱去。由家里出来,我总感到世界上非常的空寂,非掏出点钱去不能把自己快乐的与世界上的某个角落发生关系。于是我去看戏,逛公园,喝酒,买"大喜"烟吃。因为看戏有了瘾,我更进一步去和友人们学几句,赶到酒酣耳热的时节,我也能喊两嗓子;好歹不管,喊喊总是痛快的。酒量不大,而颇好喝,凑上二三知己,便要上几斤;喝到大家都舌短的时候,才正爱说话,说得爽快亲热,真露出点燕赵多慷慨悲歌之士的气概来。这的确值得记住的。喝醉归来,有时候把钱包手绢一齐交给洋车夫给保存着,第二日醒过来,于伤心中仍略有豪放不羁之感。

也学会了打牌。到如今我醒悟过来,我永远成不了牌油子。我不肯费心去算计,而完全浪漫地把胜负交与运气。我不看"地"上的牌,也不看上下家放的张儿,我只想象地希望来了好张子便成了清一色或是大三元。结果是回回一败涂地。认识了这一个缺欠以后,对牌便没有多大瘾了，打不打都可以；可是，在那时候我绝不承认自己的牌臭，只要有人张罗，我便坐下了。

我想不起一件事比打牌更有害处的。喝多了酒可以受伤，但是刚醉过了，谁都不会马上再去饮，除非是借酒自杀的。打牌可就不然了，明知有害，还要往下干，有一个人说"再接着来"，谁便也舍不得走。在这时候，人好像已被那些小块块们给迷住，冷热饥饱都不去管，把一切卫生常识全抛在一边。越打越多吃烟喝茶，越输越往上撞火。鸡鸣了，手心发热，脑子发晕，可是谁也不肯不舍命陪君子。打一通夜的麻雀，我深信，比害一场小病的损失还要大得多。但是，年轻气盛，谁管这一套呢！

我只是不嫖。无论是多么好的朋友拉我去，我没有答应过一回。我好像是保留着这么一点，以便自解自慰；什么我都可以点头，就是不能再往"那里"去；只有这样，当清夜扪心自问的时候才不至于把自己整个地放在荒唐鬼之群里边去。

可是，烟，酒，麻雀，已足使我瘦弱，痰中往往带着点血！

那时候，婚姻自由的理论刚刚被青年们认为是救世的福音，而母亲暗中给我定了亲事。为退婚，我着了很大的急。既要非做个新人物不可，又恐太伤了母亲的心，左右为难，心就绕成了一个小疙瘩。婚约到底是废除了，可是我得到了很重的病。

病的初起，我只觉得浑身发僵。洗澡，不出汗；满街去跑，不出汗。我知道要不妙。两三天下去，我服了一些成药，无效。夜间，我做了个怪梦，梦见我仿佛是已死去，可是清清楚楚地听见大家的哭声。第二天清晨，我回了家，到家便起不来了。

"先生"是位太医院的，给我下得什么药，我不晓得，我已昏迷不醒，不晓得要药方来看。等我又能下了地，我的头发已全体与我脱离关系，头光得像个磁球。半年以后，我还不敢对人脱帽，帽下空空如也。

经过这一场病，我开始检讨自己：那些嗜好必须戒除，从此要格外小心,这不是玩的!

可是,到底为什么要学这些恶嗜好呢?啊,原来是因为月间有百十块进的项,而工作又十分清闲。那么,打算要不去胡闹,必定先有些正经事做;清闲而报酬优的事情只能毁了自己。

恰巧,这时候我的上司申斥了我一顿。我便辞了差。有的人说我太负气,有的人说我被迫不能不辞职,我都不去管。我去找了个教书的地方,一月挣五十块钱。在金钱上,不用说,我受了很大的损失;在劳力上自然也要多受好多的累。可是,我很快活:我又摸着了书本,一天到晚接触的都是可爱的学生们。除了还吸烟,我把别的嗜好全自自然然地放下了。挣的钱少,做的事多,不肯花钱,也没闲工夫去花。一气便是半年,我没吃醉过一回,没摸过一次牌。累了,在校园转一转,或到运动场外看学生们打球,我的活动完全在学校里,心整,生活有规律;设若再能把烟卷扔下,而多上几次礼拜堂,我颇可以成个清教徒了。

想起来,我能活到现在,而且生活老多少有些规律,差不多全是那中一"关"的劳;自然,那回要是没能走过来,可就似乎有些不妥了。"廿三,罗成关"是个值得注意的警告!

著者略历

舒舍予,字老舍,现年四十岁,面黄无须。生于北平,三岁失怙,可谓无父。志学之年,帝王不存,可谓无君。无父无君,特别孝爱老母,布尔乔亚之仁未能一扫空也。幼读三百千,不求甚解。继学师范,遂奠教书匠之基。及壮,糊口四方,教书为业,甚难发财;每购奖券,以得末彩为荣,示甘于寒贱也。廿七岁,发愤著书,科学哲学无所懂,故写小说,博大家一笑,没什么了不得。卅四岁结婚,今已有一女一男,均狡猾可喜。闲时喜养花,不得其法,每每有叶无花,亦不忍弃。书无所不读,全无所获,并不着急。教书做事,均甚认真,往往吃亏,亦不后悔。如是而已,再活四十年也许能有点出息!

著有:《老张的哲学》《赵子曰》《二马》《小坡的生日》《猫城记》《离婚》《赶集》《牛天赐传》《樱海集》《蛤藻集》《骆驼祥子》《火车头》,皆小说也。当继续再写八本,凑成廿本,可以搁笔矣。散碎文字,随写随扔;偶搜汇成集,如《老舍幽默诗文集》及《老牛破车》,亦不重视之。

原载1938年2月《宇宙风》第60期

致女友××函

××女士：

假如你也应当关心国事——噢，我的姊妹！你怎么应当不关心呢？我们多少多少英勇的男儿已把血流在战场上，但是我知道他们是死而无怨的，因为他们一向就以舍身报国为志愿与光荣，他们死在战地正是了却生平的心愿，而且激动了别个男儿的雄心壮气。再说，他们并非白白死掉，而是也曾把自己的枪弹与大刀放在敌人身上过，他们死得壮烈，死得不委屈不窝囊。反过来再看看我们的女人呢，男女虽系平等，可是在冲锋陷阵的事业上，女子究竟须让男子一步；在现在的情形下，简直可以说女子还没有参战的能力，虽然军队中已有了一些女兵也是不可磨灭的事实。这就是说，男儿战死，正是求仁得仁，而女子被杀，未免冤枉。

可是，暴敌所至，不但杀戮了女人，而且是污辱过后，轮奸完了，才结果了性命——到这时，还不痛痛快快地杀死，而是想入非非地折磨，割下乳房，剁下双足，或把木棒塞入阴处。暴敌是要看着妇女——我们的姊妹呀！——把血一滴滴地流尽，受尽苦痛而后声断气绝，姊妹们呀，你们没有枪刀，不是武士，为什么受了这么大的污辱与苦痛呢？

敌人这种暴行是人类的羞耻。同时，我们若不报仇，我们便是承认了野兽可以在我们这里横行,我们也便没了人味。

假如你也应当关心国事——我又用了这不该用的"假如"!这是不该用的,女子不是比男子更心软,更同情,更富于情感的么?那么,你既知道成千论万的女同胞们受了那样的苦楚,遭遇了那样的奸劫,你能无动于衷,或付之一笑么?不能吧?

然而,我看见了你。你的头发烫得还是那么讲究,你的脸上还擦着香粉与胭脂,你的衣服还是非常的华丽。这你还不该原谅我用那个"假如"吗?

这么说吧,比如你的亲近的人死去,你还有心去修饰打扮么?当然不会。你的哀痛会使你的态度严肃起来,无论如何你也不肯再画眉敷粉,以彰显你的美妙。

哼!现在有多少多少姊妹遭受了最大的苦痛,而且这苦痛未必就不来到你身上,可是你并不严肃,这表明你既没关心她们,也没为你自己打算;假如么?哼,你是的的确确地未曾关心国事!你若是满腔义愤,你还肯擦胭脂吗?

自然,你可以说:修饰无碍于爱国,粉面下自有热血呀!可是,烫头发费去的时间——不是得用两个钟头吗?——绝不会还用在救国的工作上;买脂粉的金钱绝不会再献给国家。你的时间与金钱只花在了你自己的身上。白花,我老实不客气地讲,这是白花!想想看,五分之一的国土已被敌人占去,百万的军民已被敌人杀戮,你美,给谁看呢?娇美的小姐,在这时候,是最丑陋的!你丽装过市,英武的军人,受伤的士卒,流离的难民,和稍有心肝的人,都向你致敬吗?他们,对你是嗤之以鼻呀!他们的心是忧国思家,他们佩服为国牺牲的英雄,英雄不必美丽漂亮。看见你,他们觉得失望,觉得不平,甚至于感到一种污辱——国破家亡,应有同感,而你却是个例外,别具心肠!你自己想想看吧!

是呀,你还可以说:我没事可做呀,为什么不把自己打扮得齐齐整整呢?平日就是这样,今天自然还是这样。啊,我的朋友,你又说漏了!怎么没事可做呢?在家里,不必出门,都能有事做。给医院里折折纱布，团团棉花，是工作。给伤兵缝缝衣服，织补袜子，也是工作。谁都能做，做出来都有益处。自前线至最后的后方，全面抗战，到处是工作网。没有事做？对着镜子，斟酌眉的短长深浅；或到戏园去，看别人的装束，以证自己的漂亮合时，便绝不会严肃。因为不严肃，所以不会关心国事，也就想不出事做。你可曾看见一位以吃喝玩乐为事的将军，能打胜仗？你可曾看见一位浪漫漂亮的写家，会大量的产生抗战文艺？生活的严肃，是爱国心理的表现，肯脱去高跟鞋的才是有肯跑路的预备，你再想想看。

你的思想很前进。你可以这样说，谁会相信于你呢？救国的事情是心与身并用的。坐在舞厅中讲思想，除了自慰，还有什么呢？设若将领们都到香港去谈战法，而把战场上的事全交与士卒，你看，那能打胜仗吗？民族危亡，我们的思想是要通过热情而现诸事实的。闲着两手的，便是无心，而脑子也会随着空了的。

我知道，这封信写得过长了，也太直爽了。可是，我将永不后悔，即使是深深地得罪了你。我以你作亲姊妹看待，我愿你为我们的受难女同胞们雪耻复仇。中华的儿女，在今日，都当把救国与服务作为摩登的标帜，正像你平日以染红指甲，露出半臂，引为漂亮入时那样。不要以事小而不为，不要以受苦为耻辱。你要证明你是好样的女儿，在危患中证明你是个不甘屈服的志士。祝吉！

老 舍

原载 1938 年 4 月 10 日《弹花》第 1 卷第 2 期

宗月大师

在我小的时候,我因家贫而身体很弱。我九岁才入学。因家贫体弱,母亲有时候想教我去上学,又怕我受人家的欺侮,更怕交不上学费,所以一直到九岁我还不识一个字。说不定,我会一辈子也得不到读书的机会。因为母亲虽然知道读书的重要,可是每月间三四吊钱的学费,实在让她为难。母亲是最喜脸面的人。她迟疑不决,光阴又不等待着任何人,荒来荒去,我也许就长到十多岁了。一个十多岁的贫而不识字的孩子,很自然的是去做个小买卖——弄个小筐,卖些花生,煮豌豆,或樱桃什么的。要不然就是去学徒。母亲很爱我,但是假若我能去做学徒,或提篮沿街卖樱桃而每天赚几百钱,她或者就不会坚决地反对。穷困比爱心更有力量。

有一天刘大叔偶然的来了。我说"偶然的",因为他不常来看我们。他是个极富的人,尽管他心中并无贫富之别,可是他的财富使他终日不得闲,几乎没有工夫来看穷朋友。一进门,他看见了我。"孩子几岁了?上学没有?"他问我的母亲。他的声音是那么洪亮(在酒后,他常以学喊俞振庭的《金钱豹》自傲),他的衣服是那么华丽,他的眼是那么亮,他的脸和手是那么白嫩肥胖,使我感到我大概是犯了什么罪。我们的小屋,破桌凳,土炕,几乎禁不住他的声音的震动。等我母亲回答完,刘大叔马上决定:"明天早上我来,带他上学,学钱、书籍,

一些人,常在心

大姐你都不必管!"我的心跳起多高,谁知道上学是怎么一回事呢!

第二天,我像一条不体面的小狗似的,随着这位阔人去入学。学校是一家改良私塾,在离我的家有半里多地的一座道士庙里。庙不甚大,而充满了各种气味:一进山门先有一股大烟味,紧跟着便是糖精味(有一家熬制糖球糖块的作坊),再往里,是厕所味,与别的臭味。学校是在大殿里。大殿两旁的小屋住着道士和道士的家眷。大殿里很黑,很冷。神像都用黄布挡着,供桌上摆着孔圣人的牌位。学生都面朝西坐着,一共有三十来人。西墙上有一块黑板——这是"改良"私塾。老师姓李,一位极死板而极有爱心的中年人。刘大叔和李老师"囔"了一顿,而后教我拜圣人及老师。老师给了我一本《地球韵言》和一本《三字经》。我于是,就变成了学生。

自从做了学生以后,我时常地到刘大叔的家中去。他的宅子有两个大院子,院中几十间房屋都是出廊的。院后,还有一座相当大的花园。宅子的左右前后全是他的房屋,若是把那些房子齐齐地排起来,可以占半条大街。此外,他还有几处铺店。每逢我去,他必招呼我吃饭,或给我一些我没有看见过的点心。他绝不以我为一个苦孩子而冷淡我,他是阔大爷,但是他不以富傲人。

在我由私塾转入公立学校去的时候,刘大叔又来帮忙。这时候,他的财产已大半出了手。他是阔大爷,他只懂得花钱,而不知道计算。人们吃他,他甘心教他们吃;人们骗他,他付之一笑。他的财产有一部分是卖掉的,也有一部分是被人骗了去的。他不管;他的笑声照旧是洪亮的。

到我在中学毕业的时候,他已一贫如洗,什么财产也没有了,只剩下那个后花园。不过,在这个时候,假若他肯用用心思,去调整他的产业,他还能有办法教自己丰衣足食,因为他的好多财产是被人家骗了去的。可是,他不肯去请律师。贫与富在他心中是完全一样的。假若在这时候,他要是不再随便花钱,他至少可以保住那座花园和城外的地产。可是,他好善。尽管他自己的儿女受着饥寒,尽管他自己受尽折磨，他还是去办贫儿学校，粥厂等慈善事业。他忘了自己。就是在这个时候，我和他过往地最密。他办贫儿学校，我去做义务教师。他施舍粮米，我去帮忙调查及散放。在我的心里，我很明白：放粮放钱不过只足延长贫民的受苦难的日期，而不足以阻拦住死亡。但是，看刘大叔那么热心，那么真诚，我就顾不得和他辩论，而只好也出点力了。即使我和他辩论，我也不会得胜，人情是往往能战败理智的。

在我出国以前，刘大叔的儿子死了。而后，他的花园也出了手。他入庙为僧，夫人与小姐入庵为尼。由他的性格来说，他似乎势必走入避世学禅的一途。但是由他的生活习惯上来说，大家总以为他不过能念念经，布施布施僧道而已，而绝对不会受戒出家。他居然出了家。在以前，他吃的是山珍海味，穿的是绫罗绸缎。他也嫖也赌。现在，他每日一餐，入秋还穿着件夏布道袍。这样苦修，他的脸上还是红红的，笑声还是洪亮的。对佛学，他有多么深的认识，我不敢说。我却真知道他是个好和尚，他知道一点便去做一点，能做一点便做一点。他的学问也许不高，但是他所知道的都能见诸实行。

出家以后，他不久就做了一座大寺的方丈。可是没有好久就被驱逐出来。他是要做真和尚，所以他不惜变卖庙产去救济苦人。庙里不要这种方丈。一般的说，方丈的责任是要扩充庙产，而不是救苦救难的。离开大寺，他到一座没有任何产业的庙里做方丈。他自己既没有钱，他还须天天为僧众们找到斋吃。同时，他还举办粥厂等慈善事业。他穷，他忙，他每日只进一顿简单的素餐，可是他的笑声还是那么洪亮。他的庙里不应佛事，赶到有人来请，他便领着僧众给人家去唪真经，不要报酬。他整天不在庙里，但是他并没忘了修持；他持戒越来越严，对经义也深有所获。他白天在各处筹钱办事，晚间在小室里做功夫。谁见到这位破和尚也不曾想到他会是个在金子里长起来的阔大爷。

去年，有一天他正给一位圆寂了的和尚念经，他忽然闭上了眼，就坐化了。火葬后，人们在他的身上发现许多舍利。

没有他，我也许一辈子也不会入学读书。没有他，我也许永远想不起帮助别人有什么乐趣与意义。他是不是真的成了佛？我不知道。但是，我的确相信他的居心与苦行是与佛极相近似的。我在精神上物质上都受过他的好处，现在我的确愿意他真的成了佛，并且盼望他以佛心引领我向善，正像在三十五年前，他拉着我去入私塾那样！

他是宗月大师。

原载 1940 年 1 月 23 日《华西日报·每周文艺》

自　述

抗战第一年的深秋,我带了五十块钱,由济南跑到汉口。一晃儿,四年了!

妻是深明大义的。平日,她的胆子并不大。可是,当我要走的那天,铺子关上了门,飞机整天在飞鸣,人心恐慌到极度,她却把泪落在肚中,沉静地给我打点行李。她晓得必须放我走,所以不便再说什么。四年没听见她的语声了,沉毅的静默,将永远使我坚强!

儿女都小,不懂别离之苦。小乙帮助妈妈给爸爸拾收东西,而适足以妨碍妈妈。我叱了他一声,他撇了撇嘴,没敢哭出来。至今,我觉得对不起小乙;现在他大概已经学会写几个字了吧?

四年了,每一空闲下来,必然地想起离济南时妻的沉静,与小乙的被叱要哭;想到,泪也就来到;可是,抗战期间,似乎应把个人的难过都忍在心中,不当以泪洗面;我不敢哭。同时,我总设法教自己忙碌;没有空闲,也就没有了闲愁。

要把相当忙碌的四年中所经历的一切都写下来,恐怕不大容易;挑选着说一点吧:

一、我的苦恼:自幼就穷,惯于吃苦。可是,自幼就好洁净,虽在病中也不肯不洗手洗脸,衣服不怕破烂,只怕脏。抗战中,我连好清洁的习惯也不能保持了,很难过。

既爱清洁，很自然也就爱秩序。饮食起卧都有定时，一切东西都有一定的地位。秩序一乱，我就头昏，没法写作。抗战四年，我没有写出很多的文章来，写出的一点也十分拙劣，恐怕没有秩序是个很重要的原因。

爱洁净秩序的人往往好安静。我就是那样。不大爱热闹，不喜欢见生人。可是，在抗战中，没法把自己隐藏起来，什么地方都需去，什么生人都需见，不管我愿意不愿意。设若我能自主，我一定会躲到深山里去。可是流亡四方，原为做一点有益于抗战的事，怎能藏起去呢？也许还有人说我风头十足呢？咱们心里分明；个人内心的痛苦是用不着报告给不关切他的人的。

按理说，上述一些小苦恼本算不了什么。比起抗战将士所受的苦处，这真是微乎其微了。不过，假若我是作着别的事，我想一定不会抱怨什么；我要写作，这就不同了。写作有许多条件，个人的习惯也得算一个。把我放在一个毫无秩序的地方，我实在无法工作。啊，一个人是多么不易适应环境呀！我真钦佩羡慕那些战地的文艺工作者和新闻记者，他们即便是爬在土壕里，还能写他们的笔记或报告。我愿自己也有这种本领！战时的文人，据我看，不但要有文艺上的修养，还需有体质上的准备，"文弱"是战时文人的坏的形容词！可惜，我已年过四十，求不生疾病已属不易；要说一时就把自己练成运动家的模样，或者近乎梦想了。盼望青年文人们都注意到身体！

好清洁与爱秩序绝不是恶劣的习惯，我想不会有人以为我是要养尊处优地去吟风弄月。我之所以提到因不能保持这并不是要不得的习惯而感到苦恼者，倒是为说明假若我有健壮的身体，我就可以连这点苦恼也渐次消灭，使生活的不安毫不影响到我的工作。同时，我还要借此说明：这四年来，我已经没有什么私生活可言。家眷不在我的身边，住处无定，起睡没有定时；别人教我怎样，我就怎样，没有哪一天可以算作我自己的。就是自己的工作，有时候也不能自主；我生活在团体里，我的写作也就往往受人之托，别人出题，我去写。这种没有私生活的生活,给我许多苦痛,可是渐渐的也习惯下来。为了抗战,许多写家是这样的活着;人家既能忍受,我就也得忍受;战争带来的苦难,每一个人都应当分担一些。至于说这种生活妨碍了写作,自然使我最感不快,可是社会上既还没想到文字的事业应当在安静方便的处所去做,而给文人们预备一个工作室,我就只好在忙乱与嘈杂的缝子中,忙里偷闲地去写一点。写不出好东西,还是我自己来负责,不怨别人——要怨,也似乎只好怨自己没有牛一般的力气吧。

二、我的欣悦:抗战以前我不是在青岛,便是在济南,连北平也不大常去。因此,平沪两大文艺本营的工作者,认识我的很少。抗战后,有了见面的机会,我交了许多的朋友。前面说过,我羞见生人;文人中自然也有不少生人,可是我不怕见他们,且愿交为朋友,因为既同是文人,自有相近之处,人虽生,而气味似久已相投,恨未一面耳。

单单是大家呼兄唤弟,不但没有用处,而且也显着肉麻。我的朋友增多,每个人都有他的经验与特长,这才是学习与研究的好机会呀,这才使我欣喜呀!我们谈,我们相互批评,于是我的胆子大起来。不会写剧本么?去讨教!写得不好?请大家批评!就是在这种友谊中,我才开始练习写诗歌与剧本。除了个人的获得,我也为整个的文艺界欣喜,因为互相教导与批评的风气在抗战中造成,一定不会因抗战胜利而消灭;那么,这种好风气的继续存在,也就是文艺能进步不停的保证。

有了这个欣喜,便克服了一切的小烦恼。什么衣服无人补啊,饿冷无人问啊,都是小事,都是小事!我是干文艺的人,只要在文艺上有所获得,便是获得了生命中最善的努力与成就,虽死不怨。

我希望还能再活二十年。这二十年中须再写出像点样子的十本或十多本作品。这些作品将是在写完以后,约请文友详加批评,而后细细修改;而后再评再改,直到大家与我都满意了才去付印。有今日的欣喜,我相信这对来日的希冀不是个梦想。

三、我的态度：从家里跑出来，是为做一点有助于抗战的事。能做多少，做得好坏，都是才力的问题；我晓得自己的才薄力微，但求不变此心，不问收获多寡。四年来，我已没有了私生活；这使我苦痛，可也使我更努力做事；我不怕被称为无才无能，而怕被识为苟且敷衍。被苦痛所压倒是软弱，软弱到相当的程度便会自暴自弃；这，非我所甘心。我永远不会成为英雄，只求有几分英雄气概；至少需消极地把受苦视为当然，而后用事实表现一点积极的向上精神。

有了此态度；我要做什么就极容易决定了。我所要做的必是我所能做的；我能写点小说之类的东西；那么，写作便是我的无容犹豫的工作。同时，妨碍写作的事也必须避免。做编辑，专心去看别人的文字，便没有时间写自己的，我不干。做教员，即使不管误人子弟与否，一面教书，一面写书，总不会是相得益彰的事，我不干。做官，公事房大概不是什么理想的写作的地方，我不干。削去这些枝节，即使本干还是很单细，但总有可以渐次坚实起来的希望；这个希望我抱定了笔与纸不放手。

幸而我的家眷没有跟着我！假若他们是在我的身边，我虽终日不舍纸笔，恐怕为了油盐酱醋，也要耽搁许多时间，耗费许多精神。说不定，还许为了煤米柴炭去作编辑，教员或小官。我感激我的妻！

在抗战前，正如在抗战后，我的志愿不大——只求就我所能做的做出一点事来。抗战后之所以异于抗战前者，就是抗战前生活有规律，抗战后生活较比的散漫。生活的没有严整的秩序，影响到我的工作；可是，生活的简单使我心中清楚，虽然感到小小的苦恼，而不至于使我悲观与灰心。同时，我所能做到的，总愿多做出来一些；不能做的我绝不轻举妄动。这样，我可以在一方面像耕牛似的慢慢地犁着田，在另一方面我抱定不随便生气动怒的主意。假若我被人骂了一顿，我必检讨自己一番；骂得对呢，我须接受；骂得不对，便一笑置之。无论如何，我不还口。以骂还骂，有时候或者是必要的，但是我不愿这样做。

因为我所能做的是写一点小说剧本之类的东西,而骂人并不能与小说剧本相并列,所以即使我会骂人,我也不想开口。我未必能把小说剧本等写得很好,可是我准知道即使骂人骂得极俏皮厉害,也不能代替我那不很好的小说与剧本。因此,假若今天在某刊物或报纸上有骂我的文字,而明天那个刊物或报纸来教我写文章,我还是毫不迟疑地给它写;后天,它又骂了;大后天,再教我写,我还是毫不迟疑地去写。我写不出很好的文章来,但是我总求它有一点文艺性,这才能由学习而逐渐获得一点好的经验。世界上有很好的骂人文字,永垂不朽,但是,并不很多。我没有骂人的天才,所以写诟骂的文字不见得是上算的事;假若我的一本小说可以传到十年百年,我的一篇骂人的短文也不过只能快意一时而已。我很盼望在今天有几个能写骂人文字的人,而且能永垂不朽,给我们的文艺增添一点光采。可是,这种文字极难写,非有极高的天才与识见不行。若是破口骂骂别人,以增自己的威风,居心已愧,必定骂不出什么名堂,而只虚耗了纸笔,在抗战中(或在任何时期),实无可取!

表白自己或者是件讨厌的事。好了我不再多列条目。在第一条里,我说明了自己的苦痛何在,和怎样就可以克服这种苦痛——身体强的才能有充足的战斗力。第二条中,我道出自己的欣喜。这欣喜不是什么利益,而是好学习的心志遇到了可以学习的机会,足以使我更坚定地做个职业的写家,从今天直到入墓。第三条是第一、二两条的产物。我苦恼,就应设法坚强自己,以期继续地工作。我欣喜,就更当削减一切冗叶繁枝,使自己真能成为文艺之林中的一株有出息的小树。

这苦恼,这欣喜,与这由苦乐中决定的态度,是四年来生活的实录,不是空想。既是自己生活的实录,就不求别人来批评,因为我只觉得自己这么做是对的,并不希望别人也照方吃一剂。至于这些事实都与抗战有关与否,我觉得十分惭愧:我真愿为国家出力,做出一番轰轰烈烈的事业来,可是因才力所限,因一向没有显身扬名的宏愿,我仅能在文字上表现一点爱国的诚心。从各尽其力的道理来说,我总算没有偷闲偷赖;从报国救亡上来说,我只有惭愧!

原载 1941 年 7 月 7 日《大公报·战线》

敬悼许地山先生

地山是我的最好的朋友。以他的对种种学问的好知喜问的态度，以他的对生活各方面感到的趣味，以他的对朋友的提携辅导的热诚，以他的对金钱利益的淡薄，他绝不像个短寿的人。每逢当我看见他的笑脸，握住他的柔软而戴着一个翡翠戒指的手，或听到他滔滔不断的讲说学问或故事的时候，我总会感到他必能活到八九十岁，而且相信若活到八九十岁，他必定还能像年轻的时候那样有说有笑，还能那样说干什么就干什么，永不驳回朋友的要求，或给朋友一点难堪。

地山竟自会死了——才将快到五十的边儿上吧。

他是我的好友。可是，我对于他的身世知道得并不十分详细。不错，他确是告诉过我许多关于他自己的事情；可是，大部分都被我忘掉了。一来是我的记性不好；二来是当我初次看见他的时候，我就觉得"这是个朋友"，不必细问他什么；即使他原来是个强盗，我也只看他可爱；我只知道面前是个可爱的人，就是一点也不晓得他的历史，也没有任何关系！况且，我还深信他会活到八九十岁呢。让他讲那些有趣的故事吧，让他说些对种种学术的心得与研究方法吧；至于他自己的历史，忙什么呢？等他老年的时候再说给我听，也还不迟啊！

可是，他已经死了！

我知道他是福建人。他的父亲做过台湾的知府——说不定他就生在台湾。他有一位舅父,是个很有才而后来做了不十分规矩的和尚的。由这位舅父,他大概自幼就接近了佛说,读过不少的佛经。还许因为这位舅父的关系,他曾在仰光一带住过,给了他不少后来写小说的资料。他的妻早已死去,留下一个小女孩。他手上的翠戒指就是为纪念他的亡妻的。从英国回到北平,他续了弦。这位太太姓周,我曾在北平和青岛见到过。

以上这一点:事实恐怕还有说得不十分正确的地方,我的记性实在太坏了! 记得我到牛津去访他的时候,他告诉了我为什么老戴着那个翠戒指;同时,他说了许许多多关于他的舅父的事。是的,清清楚楚地我记得他由述说这位舅父而谈到禅宗的长短,因为他老人家便是禅宗的和尚。可是,除了这一点,我把好些极有趣的事全忘得一干二净;后悔没把它们都笔记下来!

我认识地山,是在二十年前了。那时候,我的工作不多,所以常到一个教会去帮忙,做些"社会服务"的事情。地山不但常到那里去,而且有时候住在那里,因此我认识了他。我呢,只是个中学毕业生,什么学识也没有。可是地山在那时候已经在燕大毕业而留校教书,大家都说他是个很有学问的青年。初一认识他,我几乎不敢希望能与他为友,他是有学问的人哪! 可是,他有学问而没有架子,他爱说笑话,村的雅的都有;他同我去吃八个铜板十只的水饺,一边吃一边说,不一定说什么,但总说得有趣。我不再怕他了。虽然不晓得他有多大的学问,可是的确知道他是个极天真可爱的人了。一来二去,我试着不去问他一些书本上的事;我生怕他不肯告诉我,因为我知道有些学者是有这样脾气的:他可以和你交往,不管你是怎样的人;但是一提到学问,他就不肯开口了;不是他不肯把学问白白送给人,便是不屑于与一个没学问的人谈学问——他的神色表示出来,跟你来往已是降格相从,至于学问之事,哈哈……但是,地山绝对不是这样的人。他愿意把他所知道的告诉人,正如同他愿给人讲故事。他不因为我向他请教而轻视我,而且也并不板起面孔表示他有学问。和谈笑话似的,他知道什么便告诉我什么，没有矜持，没有厌倦，教我佩服他的学识，而仍认他为好友。学问并没有毁坏了他的为人，像那些气焰千丈的"学者"那样。他对我如此，对别人也如此；在认识他的人中，我没有听到过背地里指摘他，说他不够个朋友的。

不错，朋友们也有时候背地里讲究他；谁能没有些毛病呢。可是，地山的毛病只使朋友们又气又笑的那一种，绝无损于他的人格。他不爱写信。你给他十封信，他也未见得答复一次；偶尔回答你一封，也只有几个奇形怪状的字，写在一张随手拾来的破纸上。我管他的字叫作鸡爪体，真是难看。这也许是他不愿写信的原因之一吧？另一毛病是不守时刻。口头的或书面的通知，何时开会或何时集齐，对他绝不发生作用。只要他在图书馆中坐下，或和友人谈起来，就不用再希望他还能看看钟表。所以，你设若不亲自拉他去赴会就约，那就是你的过错；他是永远不记着时刻的。

一九二四年初秋，我到了伦敦，地山已先我数日来到。他是在美国得了硕士学位，再到牛津继续研究他的比较宗教学的；还未开学，所以先在伦敦住几天，我和他住在了一处。他正用一本中国小商店里用的粗纸账本写小说。那时节，我对文艺还没发生什么兴趣，所以就没大注意他写的是哪一篇。几天的工夫，他带着我到城里城外玩耍，把伦敦看了一个大概。地山喜欢历史，对宗教有多年的研究，对古生物学有浓厚的兴趣。由他领着逛伦敦，是多么有趣，有益的事呢！同时，他绝对不是"月亮也是外国的好"的那种留学生。说真的，他有时候过火地厌恶外国人。因为要批判英国人，他甚至于连英国人有礼貌，守秩序和什么喝汤不准出响声，都看成为愚蠢可笑的事。因此，我一到伦敦，就借着他的眼睛看到那古城的许多宝物，也看到它那阴暗的一方面，而不至糊糊涂涂地断定伦敦的月亮比北平的好了。

不久，他到牛津去入学。暑假寒假中，他必到伦敦来玩几天。"玩"这个字，在这里，用得很妥当，又不很妥当。当他遇到朋友的时候，他就忘了自己：朋友们说怎样，他总不驳回。去到东伦敦买黄花木耳，大家做些中国饭吃？好！去逛动物园？好！玩扑克牌？好！他似乎永远没有忧郁，永远不会说"不"。不过，最好还是请他闲扯。据我所知道的，于各种宗教的研究而外，他还研究人学，民俗学，文学，考古学；他认识古代钱币，能鉴别古画，学过梵文与巴利文。请他闲扯，他就能——举个例说——由男女恋爱扯到中古的禁欲主义，再扯到原始时代的男女关系。他的故事多，书本上的佐证也丰富。他的话一会儿低降到贩夫走卒的俗野，一会儿高飞到学者的深刻高明。他谈一整天并无倦容，大家听一天也不感疲倦。

不过，你不要让他独自溜出去。他独自出去，不是到博物院，必是入图书馆。一进去，他就忘了出来。有一次，在上午八九点钟，我在东方学院的图书馆楼上发现了他。到吃午饭的时候，我去唤他，他不动。一直到下午五点，他才出来，还是因为图书馆已到关门的时间的缘故。找到了我，他不住地喊"饿"；是啊，他已经饿了十点钟。在这种时节，"玩"字是用不得的。

牛津不承认他的美国的硕士学位，所以他需花二年的时光再考硕士。他的论文是《法华经》的介绍，在预备这本论文的时候，他还写了一篇相当长的文章，在世界基督教大会（？）上去宣读。这篇文章的内容是介绍道教。在一般的浮浅传教师心里，中国的佛教与道教不过是与非洲黑人或美洲红人所信的原始宗教差不多。地山这篇文章使他们闻所未闻，而且得到不少宗教学者的称赞。

他得到牛津的硕士。假若他能继续住二年，他必能得到文学博士——最荣誉的学位。论文是不成问题的，他能于很短的期间预备好。但是，他必须再住二年；校规如此，不能变更。他没有住下去的钱，朋友们也不能帮助他。他只好以硕士为满意，而离开英国。

在他离英以前，我已试写小说。我没有一点自信心，而他又没工夫替我看看。我只能抓着机会给他朗读一两段。听过了几段，他说"可以，往下写吧！"这，增多了我的勇气。他的文艺意见，在那时候，仿佛是偏重于风格与情调；他自己的作品都多少有些传奇的气息，他

所喜爱的作品也差不多都是浪漫派的。他的家世，他的在南洋的经验，他的旧文学的修养，他的喜研究学问而又不忍放弃文艺的态度，和他自己的生活方式，我想，大概都使他倾向着浪漫主义。

单说他的生活方式吧。我不相信他有什么宗教的信仰，虽然他对宗教有深刻的研究，可是，我也不敢说宗教对他完全没有影响。他的言谈举止都像个诗人。假若把"诗人"按照世俗的解释从他的生活中扩展起来，他就应当有很古怪奇特的行动与行为。但是，他并没做过什么怪事。他明明知道某某人对他不起，或是知道某某人的毛病，他仍然是一团和气，以朋友相待。他不会发脾气。在他的嘴里，有时候是乱扯一阵，可是他的私生活是很严肃的，他既是诗人，又是"俗"人。为了读书，他可以忘了吃饭。但一讲到吃饭，他却又不惜花钱。他并不孤高自赏。对于衣食住行他都有自己的主张，可是假若别人喜欢，他也不便固执己见。他能过很苦的日子。在我初认识他的几年中，他的饭食与衣服都是极简单朴俭。他结婚后，我到北平去看他，他的房屋衣服都相当讲究了。也许是为了家庭间的和美，他不便于坚持己见吧。虽然由破夏布褂子换为整齐的绫罗大衫，他的脱口而出的笑话与戏谑还完全是他，一点儿也没改。穿什么，吃什么，他仿佛都能随遇而安，无所不可。在这里和在其他的好多地方，他似乎受佛教的影响较基督教的为多，虽然他是在神学系毕业，而且也常去做礼拜。他像个禅宗的居士，而绝不能成为一个清教徒。

不但亲戚朋友能影响他，就是不相识而偶然接触的人也能临时地左右他。有一次，我在"家"里，他到伦敦城里去干些什么。日落时，他回来了，进门便笑，而且不住地摸他的刚刚刮过的脸。我莫名其妙。他又笑了一阵。"教理发匠挣去两镑多！"我吃了一惊。那时候，在伦敦理发普通是八个便士，理发带刮脸也不过是一个先令，"怎能花两镑多呢？"原来是理发匠问他什么，他便答应什么，于是用香油香水洗了头，电气刮了脸，还不得两镑多么？他绝想不起那样打扮自己，但是理发匠的建议是不能驳回的！

自从他到香港大学任事，我们没有会过面，也没有通过信；我知道他不喜欢写信，所以也就不写给他。抗战后，为了香港"文协"分会的事，我不能不写信给他了，仍然没有回信。可是，我准知道，信虽没有，事情可是必定办了。果然，从分会的报告和友人的函件中，我晓得了他是极热心会务的一员。我不能希望他按时回答我的信，可是我深信他必对分会卖力气，他是个极随便而又极不随便的人，我知道。

　　我自己没有学问，不能妥切地道出地山在学术上的成就何如。我只知道，他极用功，读书很多，这就值得钦佩、值得效法。对文艺，我没有什么高明的见解，所以不敢批评地山的作品。但是我晓得，他向来没有争过稿费，或恶意地批评过谁。这一点，不但使他能在香港"文协"分会以老大哥的身份德望去推动会务，而且在全国文艺界的团结上也有重大的作用。

　　是的，地山的死是学术界文艺界的极重大的损失！至于谈到他与我私人的关系，我只有落泪了；他既是我的"师"，又是我的好友！

　　啊，地山！你记得给我开的那张"佛学入门必读书"的单子吗？你用功，也希望我用功；可是那张单子上的六十几部书，到如今我一部也没有读啊！

　　你记得给我打电报，教我到济南车站去接周校长吗？多么有趣的电报啊！知道我不认识她，所以你教她穿了黑色旗袍，而电文是："×日×时到站接黑衫女！"当我和妻接到黑衫女的时候，我们都笑得闭不上口啊。朋友，你托友好做一件事，都是那样有风趣啊！啊，昔日的趣事都变成今日的泪源。你怎可以死呢！

　　不能再往下写了……

原载 1941 年 8 月 17 日重庆《大公报》

四位先生

吴组缃先生的猪

从青木关到歌乐山一带等处，在我所认识的文友中要算吴组缃先生为最阔绰。他养着一口小花猪。据说，这小动物的身价，值六百元！

每次我去访组缃先生，必附带地向小花猪致敬，因为我与组缃先生核计过了：假若他与我共同登广告卖身，大概也不会有人出六百元来买！

有一天，我又到吴宅去。给小江——组缃先生的少爷——买了几个比醋还酸的桃子。拿着点东西，好搭讪着骗顿饭吃，否则就不太好意思了。一进门，我看见吴太太的脸比晚日还红。我心里一想，便想到了小花猪。假若小花猪丢了，或是出了别的毛病，组缃先生的阔绰便马上不存在了！一打听，果然是为了小花猪：它已绝食一天了。我很着急，急中生智，主张给它点奎宁吃，恐怕是打摆子。大家都不赞同我的主张。我又建议把它抱到床上盖上被子睡一觉，出点汗也许就好了；焉知道不是感冒呢？这年月的猪比人还娇贵呀！大家还是不赞成。后来，把猪医生请来了。我颇兴奋，要看看猪怎么吃药。猪医生把一些草药包在竹筒的大厚皮儿里，使小花猪横衔着，两头儿向后束在脖子上；这样，药味与药汁便慢慢走入里边去。把药包儿束好，小花猪的口中好像生了两个翅膀，倒并不难看。

虽然吴宅有此骚动,我还是在那里吃了午饭——自然稍微的有点不得劲儿!

过了两天,我又去看小花猪——这回是专程探病,绝不为看别人;我知道现在猪的价值有多大!小花猪的口中已无那个药包,而且也吃点东西了。大家都很高兴,我就又就棍打腿的骗了顿饭吃,并且提出声明:到冬天,得分给我几斤腊肉!组绌先生与太太没加任何考虑便答应了。吴太太说:"几斤?十斤也行!想想看,那天它要是一病不起……"大家听罢,都出了冷汗!

马宗融先生的时间观念

马宗融先生的表大概是,我想是一个装饰。无论约他开会,还是吃饭,他总迟到一个多钟头,他的表并不慢。

来重庆,他多半是住在白象街的作家书屋。有的说也罢,没的说也罢,他总要谈到夜里两三点钟。假若不是别人都困得不出一声了,他还想不起上床去。有人陪着他谈,他能一直坐到第二天夜里两点钟。表、月亮、太阳,都不能引起他注意到时间。

比如说吧,下午三点他需到观音岩去开会,到两点半他还毫无动静。"宗融兄,不是三点有会吗?该走了吧?"有人这样提醒他。他马上去戴上帽子,提起那有茶碗口粗的木棒,向外走。"七点吃饭。早回来呀!"大家告诉他。他回答声"一定回来",便匆匆地走出去。

到三点的时候,你若出去,你会看见马宗融先生在门口与一位老太婆,或是两个小学生,谈话儿呢!即使不是这样,他在五点以前也不会走到观音岩。路上每遇到一位熟人,便要谈,至少十分钟的话。若遇上打架吵嘴的,他得过去解劝,还许把别人劝开,而他与另一位劝架的打起来!遇上某处起火,他得帮着去救。有人追赶扒手,他必然地加入,非捉到不可。看见某种新东西,他得过去问问价钱,不管买与不买。看到戏报子,马上他去借电话,问还有票没有……这样,他从白象街到观音岩,可以走一天,幸而他记得开会那件事,所以只走两三个钟头!到了开会的地方,即使大家已经散了会,他也得坐两点钟,他跟谁都谈得来,都谈得很有趣,很亲切,很细腻。有人随便哼了一句二黄,他立刻请教给他;有人刚买一条绳子,他马上拿过来练习跳绳——五十岁了啊!

七点,他想起来回白象街吃饭,归路上,又照样地劝架,救火,追贼,问物价,打电话……至早,他在八点半左右走到目的地。满头大汗,三步当作两步走的,他走了进来。饭早已开过了。

所以,我们与友人定约会的时候,若说随便什么时间,早晨也好,晚上也好,反正我一天不出门,你哪时来也可以,我们便说"马宗融的时间吧"!

姚蓬子先生的砚台

作家书屋是个神秘的地方,不信你交到那里一份文稿,而三五日后再亲自去索回,你就必定不说我扯谎了。进到书屋,十之八九你找不到书屋的主人——姚蓬子先生。他不定在哪里藏着呢。他的被褥是稿子,他的枕头是稿子,他的桌上、椅上、窗台上……全是稿子。简单地说吧,他被稿子埋起来了。当你要稿子的时候,你可以看见一个奇迹。假如说尊稿是十张纸写的吧,书屋主人会由枕头底下翻出两张,由裤袋里掏出三张,书架里找出两张,窗子上揭下一张,还欠两张。你别忙,他会由老鼠洞里拉出那两张,一点也不少!

单说蓬子先生的那块砚台,也足够惊人了!那是块是无可形容的石砚。不圆不方,有许多角儿,而没有任何角度。有一点沿儿,豁口甚多,底子最奇,四周翘起,中间的一点凸出,如元宝之背,它会像陀螺似的在桌上乱转,还会一头高一头低地倾斜,如浪中之船。我老以为孙悟空就是由这块石头跳出去的!

到磨墨的时候,它会由桌子这一端滚到那一端,而且响如快跑的马车。我每晚十时必就寝,而对门儿书屋的主人要办事办到天亮。从十时到天亮,他至少研十次墨,一次比一次响——到夜最静的时候,大概连南岸都感到一点震动。从我到白象街起,我没做过一个好梦,刚一入梦,砚台来了一阵雷雨,梦为之断。在夏天,砚一响,我就起来拿臭虫。冬天可就不好办,只好咳嗽几声,使之闻之。

现在,我已交给作家书屋一本书,等得到出版,我必定破费几十元,送给书屋主人一块平底的,不出声的砚台!

何容先生的戒烟

首先要声明:这里所说的烟是香烟,不是鸦片。

从武汉到重庆,我老同何容先生在一间屋子里,一直到前年八月间。在武汉的时候,我们都吸"大前门"或"使馆"牌;小大"英"似乎都不够味儿。到了重庆,小大"英"似乎变了质,越来越"够"味儿了,"前门"与"使馆"倒仿佛没了什么意思。慢慢的,"刀"牌与"哈德门"又变成我们的朋友,而与小大"英",不管是谁的主动吧,好像冷淡得日甚一日,不久,"刀"牌与"哈德门"又与我们发生了意见,差不多要绝交的样子。何容先生就决心戒烟!

在他戒烟之前,我已声明过:"先上吊,后戒烟!"本来吗,"弃妇抛雏"地流亡在外,吃不敢进大三元,喝么也不过是清一色(黄酒贵,只好吃点白干),女友不敢去交,男友一律是穷光蛋,住是二人一室,睡是臭虫满床,再不吸两支香烟,还活着干吗呢?可是,一看何容先生戒烟,我到底受了感动,既觉自己无勇,又钦佩他的伟大;所以,他在屋里,我几乎不敢动手取烟,以免动摇他的坚决!

何容先生那天睡了十六个钟头,一支烟没吸!醒来,已是黄昏,他便独自走出去。我没敢陪他出去,怕不留神递给他一枝烟,破了戒!掌灯之后,他回来了,满面红光,含着笑的,从口袋中掏出一包土产卷烟来。"你尝尝这个,"他客气地让我,"才一个铜板一支!有这个,似乎就不必戒烟了!没有必要!"把烟接过来,我没敢说什么,怕伤了他的尊严。面对面的,把烟燃上,我俩细细地欣赏。头一口就惊人,冒的是黄烟,我以为他误把爆竹买来了!听了一会儿,还好,并没有爆炸,就放胆继续地吸。吸了不到四五口,我看见蚊子都争着向外边飞,我很高兴。既吸烟,又驱蚊,太可贵了!再吸几口之后,墙上又发现了臭虫,大概也要搬家,我更高兴了!吸到了半支,何容先生与我也跑出去了!他低声地说:"看样子,还得戒烟!"

何容先生二次戒烟,有半天之久。当天的下午,他买来了烟斗与烟叶。"几毛钱的烟叶,够吃三四天的,何必一定戒烟呢!"他说。吸了几天的烟斗,他发现了:(一)不便携带;(二)不用力,抽不到;用力,烟油射在舌头上;(三)费洋火;(四)须天天收拾,麻烦!有此四弊,他就戒烟斗,而又吸上香烟了。"始作卷烟者,其无后乎!"他说。

最近二年,何容先生不知戒了多少次烟了,而指头上始终是黄的。

原载 1942 年 6 月 22、23、24、25 日《新民报晚刊·西方夜谈》

我的母亲

母亲的娘家是北平德胜门外,土城儿外边,通大钟寺的大路上的一个小村里。村里一共有四五家人家,都姓马。大家都种点不十分肥美的地,但是与我同辈的兄弟们,也有当兵的,做木匠的,做泥水匠的和当巡察的。他们虽然是农家,却养不起牛马,人手不够的时候,妇女便也需下地做活。

对于姥姥家,我只知道上述的一点。外公外婆是什么样子,我就不知道了,因为他们早已去世。至于更远的族系与家史,就更不晓得了;穷人只能顾眼前的衣食,没有工夫谈论什么过去的光荣;"家谱"这字眼,我在幼年就根本没有听说过。

母亲生在农家,所以勤俭诚实,身体也好。这一点事实却极重要,因为假若我没有这样的一位母亲,我之为我恐怕也就要大大地打个折扣了。

母亲出嫁大概是很早,因为我的大姐现在已是六十多岁的老太婆,而我的大甥女还长我一岁啊。我有三个哥哥,四个姐姐,但能长大成人的,只有大姐,二姐,三姐,三哥与我。我是"老"儿子。生我的时候,母亲已有四十一岁,大姐二姐已都出了阁。

由大姐与二姐所嫁入的家庭来推断,在我生下之前,我的家里,大概还马马虎虎的过得去。那时候定婚讲究门当户对,而大姐丈是做小官的,二姐丈也开过一间酒馆,他们都是相当体面的人。

可是,我,我给家庭带来了不幸:我生下来,母亲晕过去半夜,才睁眼看见她的老儿子——感谢大姐,把我揣在怀中,致未冻死。

一岁半,我把父亲"剋"死了。

兄不到十岁,三姐十二三岁,我才一岁半,全仗母亲独力抚养了。父亲的寡姐跟我们一块儿住,她吸鸦片,她喜摸纸牌,她的脾气极坏。为我们的衣食,母亲要给人家洗衣服,缝补或裁缝衣裳。在我的记忆中,她的手终年是鲜红微肿的。白天,她洗衣服,洗一两大绿瓦盆。她做事永远丝毫也不敷衍,就是屠户们送来的黑如铁的布袜,她也给洗得雪白。晚间,她与三姐抱着一盏油灯,还要缝补衣服,一直到半夜。她终年没有休息,可是在忙碌中她还把院子屋中收拾得清清爽爽。桌椅都是旧的,柜门的铜活久已残缺不全,可是她的手老使破桌面上没有尘土,残破的铜活发着光。院中,父亲遗留下的几盆石榴与夹竹桃,永远会得到应有的浇灌与爱护,年年夏天开许多花。

哥哥似乎没有同我玩耍过。有时候,他去读书;有时候,他去学徒;有时候,他也去卖花生或樱桃之类的小东西。母亲含着泪把他送走,不到两天,又含着泪接他回来。我不明白这都是什么事,而只觉得与他很生疏。与母亲相依如命的是我与三姐。因此,他们做事,我老在后面跟着。他们浇花,我也张罗着取水;他们扫地,我就撮土……从这里,我学得了爱花,爱清洁,守秩序。这些习惯至今还被我保存着。

有客人来,无论手中怎么窘,母亲也要设法弄一点东西去款待。舅父与表哥们往往是自己掏钱买酒肉食,这使她脸上羞得飞红,可是殷勤地给他们温酒做面,又给她一些喜悦。遇上亲友家中有喜丧事,母亲必把大褂洗得干干净净,亲自去贺吊——份礼也许只是两吊小钱。到如今为我的好客的习性,还未全改,尽管生活是这么清苦,因为自幼儿看惯了的事情是不易改掉的。

姑母常闹脾气。她单在鸡蛋里找骨头。她是我家中的阎王。直到我入了中学,她才死去,我可是没有看见母亲反抗过。"没受过婆婆的气,还不受大姑子的吗?命当如此!"母亲在非解释一下不足以平服别人的时候,才这样说。是的,命当如此。母亲活到老,穷到老,辛苦到老,全是命当如此。她最会吃亏。给亲友邻居帮忙,她总跑在前面:她会给婴儿洗三——穷朋友们可以因此少花一笔"请姥姥"钱——她会刮痧,她会给孩子们剃头,她会给少妇们绞脸……凡是她能做的,都有求必应。但是吵嘴打架,永远没有她。她宁吃亏,不逗气。当姑母死去的时候,母亲似乎把一世的委屈都哭了出来,一直哭到坟地。不知道哪里来的一位侄子,声称有承继权,母亲便一声不响,教他搬走那些破桌子烂板凳,而且把姑母养的一只肥母鸡也送给他。

可是,母亲并不软弱,父亲死在庚子闹"拳"的那一年。联军入城,挨家搜索财物鸡鸭,我们被搜两次。母亲拉着哥哥与三姐坐在墙根,等着"鬼子"进门,街门是开着的。"鬼子"进门,一刺刀先把老黄狗刺死,而后入室搜索。他们走后,母亲把破衣箱搬起,才发现了我。假若箱子不空,我早就被压死了。皇上跑了,丈夫死了,鬼子来了,满城是血光火焰,可是母亲不怕,她要在刺刀下,饥荒中,保护着女儿。北平有多少变乱啊,有时候兵变了,街市整条地烧起,火团落在我们院中。有时候内战了,城门紧闭,铺店关门,昼夜响着枪炮。这惊恐,这紧张,再加上一家饮食的筹划,儿女安全的顾虑,岂是一个软弱的老寡妇所能受得起的?可是,在这种时候,母亲的心横起来,她不慌不哭,要从无办法中想出办法来。她的泪会往心中落!这点软而硬的性格,也传给了我。我对一切人与事,都取和平的态度,把吃亏看作当然的。但是,在做人上,我有一定的宗旨与基本的法则,什么事都可将就,而不能超过自己画好的界限。我怕见生人,怕办杂事,怕出头露面;但是到了非我去不可的时候,我便不敢不去,正像我的母亲。从私塾到小学,到中学,我经历过起码有二十位教师吧,其中有给我很大影响的,也有毫无影响的,但是我的真正的教师,把性格传给我的,是我的母亲。母亲并不识字,她给我的是生命的教育。

当我在小学毕了业的时候,亲友一致地愿意我去学手艺,好帮助母亲。我晓得我应当去找饭吃,以减轻母亲的勤劳困苦。可是,我也愿意升学。我偷偷地考入了师范学校——制服,饭食,书籍,宿处,都由学校供给。只有这样,我才敢对母亲说升学的话。入学,要交十元的保证金。这是一笔巨款!母亲作了半个月的难,把这巨款筹到,而后含泪把我送出门去。她不辞劳苦,只要儿子有出息。当我由师范毕业,而被派为小学校校长,母亲与我都一夜不曾合眼。我只说了句:"以后,您可以歇一歇了!"她的回答只有一串串的眼泪。我入学之后,三姐结了婚。母亲对儿女是都一样疼爱的,但是假若她也有点偏爱的话,她应当偏爱三姐,因为自父亲死后,家中一切的事情都是母亲和三姐共同撑持的。三姐是母亲的右手。但是母亲知道这右手必须割去,她不能为自己的便利而耽误了女儿的青春。当花轿来到我们的破门外的时候,母亲的手就和冰一样的凉,脸上没有血色——那是阴历四月,天气很暖。大家都怕她晕过去。可是,她挣扎着,咬着嘴唇,手扶着门框,看花轿徐徐地走去。不久,姑母死了。三姐已出嫁,哥哥不在家,我又住学校,家中只剩母亲自己。她还需自晓至晚地操作,可是终日没人和她说一句话。新年到了,正赶上政府倡用阳历,不许过旧年。除夕,我请了两小时的假。由拥挤不堪的街市回到清炉冷灶的家中。母亲笑了。及至听说我还需回校,她愣住了。半天,她才叹出一口气来。到我该走的时候,她递给我一些花生,"去吧,小子!"街上是那么热闹,我却什么也没看见,泪遮迷了我的眼。今天,泪又遮住了我的眼,又想起当日孤独地过那凄惨的除夕的慈母。可是慈母不会再候盼着我了,她已入了土!

儿女的生命是不依顺着父母所设下的轨道一直前进的,所以老人总免不了伤心。我二十三岁,母亲要我结了婚,我不要。我请来三姐给我说情,老母含泪点了头。我爱母亲,但是我给了她最大的打击。

时代使我成为逆子。二十七岁,我上了英国。为了自己,我给六十多岁的老母以第二次打击。在她七十大寿的那一天,我还远在异域。那天,据姐姐们后来告诉我,老太太只喝了两口酒,很早的便睡下。她想念她的幼子,而不便说出来。

"七七"抗战后,我由济南逃出来。北平又像庚子那年似的被鬼子占据了。可是母亲日夜惦念的幼子却跑西南来。母亲怎样想念我,我可以想象得到,可是我不能回去。每逢接到家信,我总不敢马上拆看,我怕,怕,怕有那不祥的消息。人,即使活到八九十岁,有母亲便可以多少还有点孩子气。失了慈母便像花插在瓶子里,虽然还有色有香,却失去了根。有母亲的人,心里是安定的。我怕,怕,怕家信中带来不好的消息,告诉我已是失了根的花草。

去年一年,我在家信中找不到关于老母的起居情况。我疑虑,害怕。我想象得到,若有不幸,家中念我流亡孤苦,或不忍相告。母亲的生日是在九月,我在八月半写去祝寿的信,算计着会在寿日之前到达。信中嘱咐千万把寿日的详情写来,使我不再疑虑。十二月二十六日,由文化劳军的大会上回来,我接到家信。我不敢拆读,就寝前,我拆开信,母亲已去世一年了!

生命是母亲给我的。我之能长大成人,是母亲的血汗灌养的。我之能成为一个不十分坏的人,是母亲感化的。我的性格,习惯,是母亲传给的。她一世未曾享过一天福,临死还吃的是粗粮。唉!还说什么呢?心痛!心痛!

原载 1943 年 1 月 13、15 日《时事新报·青光》

八方风雨

一 前奏

虽然用了个颇像小说或剧本的名字的标题——八方风雨——这却不是小说,也不是剧本,而是在八年抗战中,我的生活的简单纪实。它不是日记,因为我的日记已有一部分被敌人的炸弹烧毁在重庆,无法照抄下来,而且,即使它还全部在我手中,它是那么简单无趣,也不值得印出来。所以,凭着记忆与还保存着的几页日记,我想大概地,简单扼要地,把八年的生活有话即长,无话即短地写下来。我希望它既能给我自己留下一点生命旅程中的印迹,同时也教别离八载的亲友得到我一些消息,省得逐一地在口头或书面上报告。此外,别无什么伟大的企图。在抗战前,我是平凡的人,抗战后,仍然是个平凡的人。那也就可见,我并没有乘着能够混水摸鱼的时候,发点财,或做了官;不,我不单没有摸到鱼,连小虾也未曾捞住一个。那么,腾达显贵与金玉满堂假若是"伟大"的小注儿,我这里所记录的未免就显着十分寒碜了。我必定要这么先声明一下,否则教亲友们看了伤心,倒怪不大好意思的。简言之,这是一个平凡人的平凡生活报告。假若有人喜欢读惊奇,浪漫,不平凡的故事,那我就应该另写一部传奇,而其中的主角也就一定不是我自己了。

所谓,"八方风雨"者,因此,并不是说我曾东讨西征,威风凛凛,也非私下港沪,或飞到缅甸,去弄些奇珍异宝,而后潜入后方,待价而沽。没有,这些事我都没有做过。我只有一支笔。这支笔是我的本钱,也是我的抗敌的武器。我不肯,也不应该,放弃了它,而去另找出路。于是,我由青岛跑到济南,由济南跑到武汉,而后跑到重庆。由重庆,我曾到洛阳,西安,兰州,青海,绥远去游荡,到川东川西和昆明大理去观光。到处,我老拿着我的笔。风把我的破帽子吹落在沙漠上,雨打湿了我的瘦小的铺盖卷儿;比风雨更厉害的是多少次敌人的炸弹落在我的附近,用沙土把我埋了半截。这,是流亡,是酸苦,是贫寒,是兴奋,是抗敌,也就是"八方风雨"。

二 开始流亡

直到二十六年十一月中旬,我还没有离开济南。第一,我不知道上哪里去好:回老家北平吧,道路不通;而且北平已陷入敌手,我曾函劝诸友逃出来,我自己怎能去自投罗网呢?到上海去吧,沪上的友人又告诉我不要去,我只好"按兵不动"。第二,从泰安到徐州,火车时常遭受敌机的轰炸,而我的幼女才不满三个月,大的孩子也不过四岁,实在不便去冒险。第三,我独自逃亡吧,把家属留在济南,于心不忍;全家走吧,既麻烦又危险。这是最凄凉的日子。齐鲁大学的学生已都走完,教员也走了多一半。那么大的院子,只剩下我们几家人。每天,只要是晴天,必有警报:上午八点开始,到下午四五点钟才解除。院里静寂得可怕:卖青菜,卖果子的都已不再来,而一群群的失了主人的猫狗都跑来乞饭吃。

我着急,而毫无办法。战事的消息越来越坏,我怕城市会忽然的被敌人包围住,而我做了俘虏。死亡事小,假若我被他捉去而被逼着做汉奸,怎么办呢?这点恐惧,日夜在我心中盘旋。是的,我在济南,没有财产,没有银钱;敌人进来,我也许受不了多大的损失。但是,一个读书人最珍贵的东西是他的一点气节。我不能等待敌人进来,把我的那点珍宝劫夺了去。我必须赶紧出走。

几次我把一只小皮箱打点好,几次我又把它打开。看一看痴儿弱女,我实不忍独自逃走。这情形,在我到了武汉的时候,我还不能忘记,而且写出一首诗来:

> 弱女痴儿不解哀,牵衣问父去何来?
> 话因伤别潜应泪,血若停流定是灰。
> 已见乡关沦水火,更堪江海逐风雷;
> 徘徊未忍道珍重,暮雁声低切切催。

可是,我终于提起了小箱,走出了家门。那是十一月十五日的黄昏。在将要吃晚饭的时候,天上起了一道红闪,紧接着是一声震动天地的爆炸。三个红闪,爆炸了三声。这是——当时并没有人知道——我们的军队破坏黄河铁桥。铁桥距我的住处有十多里路,可是我的院中的树木都被震得叶如雨下。

立刻,全市的铺户都上了门,街上几乎断绝了行人。大家以为敌人已到了城外。我抚摸了两下孩子们的头,提起小箱极快地走出去。我不能再迟疑,不能不下狠心:稍一踟蹰,我就会放下箱子,不能迈步了。

同时,我也知道不一定能走,所以我的临别的末一句话是:"到车站看看有车没有,没有车就马上回来!"在我的心里,我切盼有车,宁愿在中途被炸死,也不甘心坐待敌人捉去我。同时我也愿车已不通,好折回来跟家人共患难。这两个不同的盼望在我心中交战,使我反倒忘了苦痛。我已主张不了什么,走与不走全凭火车替我决定。

在路上,我找到一位朋友,请他陪我到车站去,假若我能走,好托他照应着家中。

车站上居然还卖票。路上很静,车站上却人山人海。挤到票房,我买了一张到徐州的车票。八点,车入了站,连车顶上已坐满了人。

我有票,而上不去车。

生平不善争夺抢挤。不管是名,利,减价的货物,还是车位,船位,还有电影票,我都不会把别人推开而伸出自己的手去。看看车子看看手中的票,我对友人说:"算了吧,明天再说吧!"

友人主张再等一等。等来等去,已经快十一点了,车子还不开,我也上不去。我又要回家。友人代我打定了主意:"假若能走,你还是走了好!"他去敲了敲末一间车的窗。窗子打开,一个茶役问了声:"干什么?"友人递过去两块钱,只说了一句话:"一个人,一个小箱。"茶役点了头,先接过去箱子,然后拉我的肩。友人托了我一把,我钻入了车中,我的脚还没落稳,车里的人——都是士兵——便连喊:"出去!出去!没有地方。"好容易立稳了脚,我说了声:"我已买了票。"大家看着我,也不怎么没再说什么。我告诉窗外的友人:"请回吧!明天早晨请告诉家里一声,我已上了车!"友人向我招了招手。

没有地方坐,我把小箱竖立在一辆自行车的旁边,然后用脚,用身子,用客气,用全身的感觉,扩充我的地盘。最后,我蹲在小箱旁边。又待了一会儿,我由蹲而坐,坐在了地上,下颏恰好放在自行车的坐垫上——那个三角形的,皮的东西。我只能这么坐着,不能改换姿式,因为四面八方都挤满了东西与人,恰好把我镶嵌在那里。

车中有不少军火,我心里说:"一有警报,才热闹!只要一个枪弹打进来,车里就会爆炸;我,箱子,自行车,全会飞到天上去。"

同时,我猜想着,三个小孩大概都已睡去,妻独自还没睡,等着我也许回去! 这个猜想可是不很正确。后来得到家信,才知道两个大孩子都不肯睡,他们知道爸走了,一会儿问妈:爸上哪儿去了呢?

夜里一点才开车,天亮到了泰安。我仍维持着原来的姿式坐着,看不见外边。我问了声:"同志,外边是阴天,还是晴天?"回答是:"阴天。"感谢上帝!北方的初冬轻易不阴天下雨,我赶得真巧!由泰安再开车,下起细雨来。

晚七点到了徐州。一天一夜没有吃什么,见着石头仿佛都愿意去啃两口。头一眼,我看见了个卖干饼子的,拿过来就是一口。我差点儿噎死。一边打着嗝儿,我一边去买郑州的票。我上了绿钢车。站中,来的去的全是军车,只有这绿钢车,安闲的,漂亮的,停在那里,好像"战地之花"似的。

到郑州,我给家中与汉口朋友打了电报,而后歇了一夜。

到了汉口,我的朋友白君刚刚接到我的电报。他把我接到他的家中去。这是二十六年十一月十八日。从这一天起,我开始过流亡的生活。到今天——三十四年十二月四日——已整整八年了。

三 在武昌

离开家里,我手里拿了五十块钱。回想起来,那时候的五十元钱有多么大的用处呀!它使我由济南走到汉口,而还有余钱送给白太太一件衣料——白君新结的婚。

白君是我中学时代的同学。在武汉,还另有两位同学,朱君与蔡君。不久,我就看到了他们。蔡君还送给我一件大衣。

住处有了,衣服有了,朋友有了:"我将干些什么呢?"这好决定。我既敢只拿着五十元钱出来,我就必是相信自己有挣饭吃的本领。我的资本就是我自己。只要我不偷懒,勤动着我的笔,我就有饭吃。

在汉口,我第一篇文章是给《大公报》写的。紧紧跟着,又有好几位朋友约我写稿。好啦,我的生活可以不成问题了。

倒是继续住在汉口呢?还是另到别处去呢?使我拿不定主意。二十一日,国府明令移都重庆。二十二日,苏州失守。武汉的人心极度不安。大家的不安,也自然地影响到我。我的行李简单,"货物"轻巧,而且喜欢多看些新的地方,所以我愿意再走。

我打电报给赵水澄兄,他回电欢迎我到长沙去。可是武汉的友人们都不愿我刚刚来到,就又离开他们;我是善交友的人,也就犹豫不决。

在武昌的华中大学,还有我一位好友,游泽丞教授。他不单不准我走,而且把自己的屋子与床铺都让给我,教我去住。他的寓所是在云架桥——多么美的地名!——地方安静,饭食也好,还有不少的书籍。以武昌与汉口相较,我本来就欢喜武昌,因为武昌像个静静的中国城市,而汉口是不中不西的乌烟瘴气的码头。云架桥呢,又是武昌最清静的所在,所以我决定搬了去。

游先生还另有打算。假若时局不太坏,学校还不至于停课,他很愿意约我在华中教几点钟书。

可是,我第一次到华中参观去,便遇上了空袭,这时候,武汉的防空设备都极简陋。汉口的巷子里多数架起木头,上堆沙包。一个轻量的炸弹也会把木架打垮,而沙包足以压死人。比这更简单的是往租界里跑。租界里连木架沙包也没有,可是大家猜测着日本人还不至于轰炸租界——这是心理的防空法。武昌呢,有些地方挖了地洞,里边用木头撑住,上覆沙袋,这和汉口的办法一样不安全。有的人呢,一有警报便往蛇山上跑,藏在树林里边。这,只需机枪一扫射,便要损失许多人。

华中更好了,什么也没有。我和朋友们便藏在图书馆的地窖里。摹仿,使日本人吃了大亏。假若日本人不必等德国的猛袭波兰与伦敦,就已想到一下子把军事或政治或工业的中心炸得一干二净,我与我的许多朋友或者早已都死在武汉了。可是,日本人那时候只派几架,至多不过二三十架飞机来。他们不猛袭,我们也就把空袭不放在心上。在地窖里,我们还觉得怪安全呢。

不久,何容,老向与望云诸兄也都来到武昌千家街福音堂。冯先生和朋友们都欢迎我们到千家街去。那里,地方也很清静,而且有个相当大的院子。何容与老向打算编个通俗的刊物;我去呢,也好帮他们一点忙。于是我就由云架桥搬到千家街,而慢慢忘了到长沙去的事。流亡中,本来是到处为家,有朋友的地方便可以小住;我就这么在武昌住下去。

四　略谈三镇

把个小一点的南京，和一个小一点的上海，搬拢在一处，放在江的两岸，便是武汉。武昌很静，而且容易认识——有那条像城的脊背似的蛇山，很难迷失了方向。汉口差不多和上海一样的嘈杂混乱，而没有上海的忙中有静，和上海的那点文化事业与气氛。它纯粹的是个商埠，在北平，济南，青岛住惯了，我连上海都不大喜欢，更不用说汉口了。

在今天想起来，汉口几乎没有给我留下任何印象。虽然武昌的黄鹤楼是那么奇丑的东西，虽然武昌也没有多少美丽的地方，可是我到底还没完全忘记了它。在蛇山的梅林外吃茶，在珞珈山下荡船，在华中大学的校园里散步，都使我感到舒适高兴。

特别值得留恋的是武昌的老天成酒店。这是老字号。掌柜与多数的伙计都是河北人。我们认了乡亲。每次路过那里，我都得到最亲热的招呼，而他们的驰名的二锅头与碧醇是永远管我喝够的。

汉阳虽然又小又脏，却有古迹：归元寺、鹦鹉洲、琴台、鲁肃墓，都在那里。这些古迹，除了归元寺还整齐，其他的都破烂不堪，使人看了伤心。

汉阳的兵工厂是有历史的。它给武汉三镇招来不少次的空袭，它自己也受了很多的炸弹。

武汉的天气也不令人喜爱。冬天很冷，有时候下很厚的雪。夏天极热，使人无处躲藏。武昌，因为空旷一些，还有时候来一阵风。汉口，整个的像个大火炉子。树木很少，屋子紧接着屋子，除了街道没有空地。毒花花的阳光射在光光的柏油路上，令人望而生畏。

越热，蚊子越多。在千家街的一间屋子里，我曾在傍晚的时候，守着一大扇玻璃窗。在窗上，我打碎了三本刊物，击落了几百架小飞机。

蜈蚣也很多，很可怕。在褥下，箱子下，枕下，我都洒了雄黄；虽然不准知道，这是否确能避除毒虫，可是有了这点设施，我到底能睡得安稳一些。有一天，一撕一个的小的邮卷，哼，里面跳出一条蜈蚣来！

提到饮食，武汉并没有什么特殊的东西。除了珍珠丸子一类的几种蒸菜而外，烹调的风格都近似江苏馆子的——什么菜都加点烩粉与糖，既不特别的好吃，也不太难吃。至于烧卖里面放糯米，真是与北方老粗故意为难了！

五 写鼓词

当我还在济南的时候，因时局的紧张，与宣传的重要，我已经想利用民间的文艺形式。我曾随着热心宣传抗战的青年们去看白云鹏与张小轩两先生，讨论鼓书的作法。

在汉口，我遇见了富少舫（山药蛋）先生，董莲枝女士，和她的丈夫郑先生。这三位，都能读书写字，他们的爱国心也自然比一般的艺员更丰富。他们的眼睛不完全看着生意。只要有人供给他们新词儿，他们就肯下功夫去琢磨腔调，去背诵，去演唱，即使因此而影响到生意（都市中有闲的人们，既不喜新词儿，又不喜接受宣传），他们也不管。他们以为能在生意之外，多尽些宣传的责任，是他们的光荣。

和他们认识之后，我便开始写鼓词。

这时候，冯先生正请几位画家给画大张的抗战宣传画，以便放在街上，照着"拉大片"——一名西湖景——的办法，教民众们看。这需要一些韵语，去说明图画，我也就照着"看了一篇又一篇，十冬腊月好冷天"的套子，给每张作一首歌儿。

在战争中，大炮有用，刺刀也有用，同样的，在抗战中，写小说戏剧有用，写鼓词小曲也有用。我的笔需是炮，也需是刺刀。我不管什么是大手笔，什么是小手笔；只要是有实际的功用与效果的，我就肯去学习,去试作。我以为,在抗战中,我不仅应当是个作者,也应当是个最关心战争的国民;我是个国民,我就该尽力于抗敌;我不会放枪,好,让我用笔代替枪吧。既愿以笔代枪,那就写什么都好;我不应因写了鼓词与小曲而觉得有失身份。

在冯先生那里,还来了三位避难的唱河南坠子的。他们都是男人,都会拉会唱。他们都是在河南乡间的集市上唱书的,所以他们需要长的歌词,一段至少也得够唱半天的。我向他们领教了坠子的句法,就开始写一大段抗战的故事,一共写了三千多句。他们都是河南人,所以在他们的书词里有好多好多河南土语。他们的用韵也以乡音为准,譬如"叔"可以押"楼",因为他们的"叔"读如北平的"熟"。我是北平人,只会用北平的俗语;于是,我虽力求通俗,可是有许多用语与词汇不是他们所能了解的。由这点经验,我晓得了通俗文艺若失去它的地方性,无论在言语上,还是在趣味上,它就必定也失去它的活跃与感动力。因此,我觉得民间的精神食粮,应当用一个地方的言语写下来,而后由各地方去翻译成各地方的土语;它的故事与趣味也照各地方的所需,酌量增减改动,才能保存它的文艺性。反之,若仅用死板的,没有生气的官话写出,则尽管各地方的人可以勉强听懂,也不会有多大的感动力量。

这三千多句长的一段韵文,可惜,已找不到了底稿。可是,我确知道那三位唱坠子的先生已把它背诵得飞熟,并且上了弦板。说不定,他们会真在民间去唱过呢——他们在武汉危急的时候,返回了故乡。

六 组织"文协"

文人们仿佛忽然集合到武汉。我天天可以遇到新的文友。我一向住在北方,又不爱到上海去,所以我认识的文艺界的朋友并不很多,戏剧界的名家,我简直一个也不熟识。现在,我有机会和他们见面了。

郭沫若，茅盾，胡风，冯乃超，艾芜，鲁彦，郁达夫，诸位先生，都遇到了。此外，还遇到戏剧界的阳翰笙，宋之的诸位先生和好多位名导演与名艺员。

朋友们见面，不约而同地都想组织全国文艺界抗敌协会，以便团结到一处，共同努力于抗敌的文艺。我不是好事喜动的人，可是大家既约我参加，我也不便辞谢。于是，我就参加了筹备工作。

筹备得相当的快。到转过年三月二十七日成立大会便开成了。文人，在平日似乎有点吊儿郎当，赶到遇到要事正事，他们会干得很起劲，很紧张。文艺协会的筹备期间并没有一个钱，可是大家肯掏腰包，肯跑路，肯车马自备。就凭着这一点齐心努力的精神，大家把会开成，而且开得很体面。

这是，一点也不夸大，历史上少见的一件事。谁曾见过几百位写家坐在一处，没有一点成见与隔膜，而都想携起手来，立定了脚步，集中了力量，勇敢的，亲热的，一心一德的，成为笔的铁军呢？

大会是在商会里开的，连写家带来宾到了七八百人。主席是邵力子先生。这位老先生是"文协"首次大会的主席，也是后来历届年会的主席。上午在商会开会。中午在普海春聚餐；饭后即在普海春继续开会，讨论会章并选举理事。真热闹，也真热烈。有的人登在凳子上宣传大会的宣言，有的人朗读致外国作家的英文与法文信。可是警报器响了，空袭！谁也没有动，还照旧地开会。普海春不在租界，我们不管。一个炸弹就可以打死大半的中国作家，我们不管。

紧急警报！我们还是不动。高射炮响了。听到了敌机的声音。我们还继续开会。投弹了。二十七架敌机，炸汉阳。

解除警报，我们正在选举。五点多钟散会，可是被推为检票——我也是一个——及监票的，还需继续工作。我们一直干到深夜。选举的结果，正是大家所期望的——不分党派，不管对文艺的主张如何，而只管团结与抗战。就我所记得的，邵力子，郭沫若，茅盾，胡风，冯乃超，郁达夫，姚蓬子，楼适夷，王平陵，陈西滢，张恨水，老向诸位先生

一些人，常在心 | 289

都当选。只就这几位说,就可以看出他们代表的方面有多么广,而绝对没有一点谁要包办与把持的痕迹。

第一次理事会是在冯先生那里开的。会里没有钱,无法预备茶饭,所以大家硬派冯先生请客。冯先生非常的高兴,给大家预备了顶丰富,顶实惠的饮食。理事都到会,没有请假的。开会的时候,张善子画师"闻风而至",愿做会员。大家告诉他:"这是文艺界协会,不是美术协会。"可是,他却另有个解释:"文艺就是文与艺术。"虽然这是个曲解,大家可不再好意思拒绝他,他就作了"文协"的会员。

后来,善子先生给我画了一张顶精致的扇面——秋山上立着一只工笔的黑虎。为这个扇面,我特意过江到荣宝斋,花了五元钱,配了一副扇骨。荣宝斋的人们也承认那是杰作。那一面,我求丰子恺给写了字。可惜,第一次拿出去,便丢失在洋车上,使我心中难过了好几天。

我被推举为常务理事,并需担任总务组组长。我愿做常务理事,而力辞总务组组长。"文协"的组织里,没有会长或理事长。在拟定章程的时候,大家愿意教它显出点民主的精神,所以只规定了常务理事分担各组组长,而不愿有个总头目。因此,总务组组长,事实上,就是对外的代表,和理事长差不多。我不愿负起这个重任。我知道自己在文艺界的资望既不够,而且没有办事的能力。

可是,大家无论如何不准我推辞,甚至有人声明,假若我辞总务,他们也就不干了。为怕弄成僵局,我只好点了头。

七 抗战文艺

这一来不要紧,我可就年年地连任,整整做了七年。

上长沙或别处的计划,连想也不再想了。"文协"的事务把我困在了武汉。

"文协"的"打炮"工作是刊行会刊。这又做得很快。大家凑了点钱,凑了点文章,就在五月四日发刊了《抗战文艺》。这个日子选得好。"五四"是新文艺的生日,现在又变成了《抗战文艺》的生日。新文艺假若是社会革命的武器,现在它变成了民族革命抵御侵略的武器。

《抗战文艺》最初是三日刊。不行,这太紧促。于是,出到五期就改了周刊。最热心的是姚蓬子,适夷,孔罗荪与锡金几位先生,他们昼夜地为它操作,奔忙。

会刊虽不很大,它却给文艺刊物开了个新纪元——它是全国写家的,而不是一个人或几个人的。积极的,它要在抗战的大前提下,容纳全体会员的作品,成为"文协"的一面鲜明的旗帜。消极的,它要尽量避免像战前刊物上一些彼此的口角与近乎恶意的批评。它要稳健,又要活泼;它要集思广益,还要不失了抗战的,一定的目标;它要抱定了抗战宣传的目的,还要维持住相当高的文艺水准。这不大容易做到。可是,它自始至终,没有改变了它的本来面目。始终没有一篇专为发泄自己感情,而不顾及大体的文章。

在武汉撤退的时候,有一部分会员,仍停留在那里。他们——像冯乃超和孔罗荪几位先生——决定非至万不得已的时候不离开武汉。于是,在会刊编辑部西去重庆的期间,就由这几位先生编刊武汉特刊。特刊一共出了四期,末一期出版已是十月十五日——武汉是二十五日失守的。连同这四期特刊,《抗战文艺》在武汉一共出了二十期。自十七期起,即在重庆复刊。这个变动的痕迹是可以由纸张上看出来的:前十六期及特刊四期都是用白报纸印的,自第十七期起,可就换用土纸了。

重庆的印刷条件不及武汉那么良好,纸张——虽然是土纸——也极缺乏。因此,在"文协"的周年纪念日起,会刊由周刊改为半月刊。后来,又改成了月刊。就是在改为月刊之后,它还有时候脱期。会中经费支绌与印刷太不方便是使它脱期的两个重要原因。但是,无论怎么困难,它始终没有停刊。它是"文协"的旗帜,会员们决不允许它倒了下去。在武汉的时候,它可以销到七八千份。假若武汉不失守,它一定可以增销到万份以上。销得多就不会赔钱,也自然可以解决了许多困难。可是，武汉失守了，会刊在渝复刊后，只能行销于重庆，昆明，贵阳，成都几个大都市，连洛阳，西安，兰州都到不了。于是，每期只能印五千份，求收支相抵已自不易，更说不到赚钱了。

到了日本投降时，会刊出到了七十期。"文协"呢，由文艺界抗敌协会改名为文艺协会，《抗战文艺》也自然需告一结束，于是编辑者决定再出一小册作为终卷；以后就须出文艺协会的新会刊了。

在香港，昆明和成都的"文协"分会，也都出过刊物，可是都因人才的缺乏与经费的困难，时出时停。最值得一提的是香港分会曾经出过几期外文的刊物，向国外介绍中国的抗战文艺。这是头一个向国外作宣传的文艺刊物，可惜因经费不足而夭折了，直到抗战胜利，也并没有继承它的。

我不惮繁琐地这么叙述"文协"会刊的历史，因为它实在是一部值得重视的文献。它不单刊露了战时的文艺创作，也发表了战时文艺的一切意见与讨论，并且报告了许多文艺者的活动。它是文，也是史。它将成为将来文学史上的一些最重要的资料。同时它也表现了一些特殊的精神，使读者看到作家们是怎样地在抗战中团结到一起，始终不懈地打着他们的大旗，向暴敌进攻。

在忙着办会刊而外，我们几乎每个星期都有座谈会联谊会。那真是快活的日子。多少相识与不相识的同道都成了朋友，在一块儿讨论抗战文艺的许多问题。开茶会呢，大家各自掏各自的茶资；会中穷得连"清茶恭候"也做不到呀。会后，刚刚得到了稿费的人，总是自动地请客，去喝酒，去吃便宜的饭食。在会所，在公园，在美的咖啡馆，在友人家里，在旅馆中，我们都开过会。假若遇到夜间空袭，我们便灭了灯，摸着黑儿谈下去。

这时候大家所谈的差不多集中在两个问题上：一个是如何教文艺下乡与入伍，一个是怎么使文艺效劳于抗战。前者是使大家开始注意到民间通俗文艺的原因；后者是在使大家于诗，小说，戏剧而外，更注意到朗诵诗，街头剧及报告文学等新体裁。

但是,这种文艺通俗运动的结果,与其说是文艺真深入了民间与军队,倒不如说是文艺本身得到新的力量,并且产生了新的风格。文艺工作者只能负讨论,试作,与倡导的责任,而无法自己把作品送到民间与军队中去。这需要很大的经费与政治力量,而文艺家自己既找不到经费,又没有政治力量。这样,文艺家想到民间去,军队中去,都无从找到道路,也就只好写出民众读物,在报纸上刊物上发表发表而已。这是很可惜,与无可如何的事。

虽然我的一篇《抗战一年》鼓词,在"七七"周年纪念日,散发了一万多份;虽然何容与老向先生编的《抗到底》是专登载通俗文艺作品的刊物;虽然有人试将新写的通俗文艺也用木板刻出,好和《孟姜女》与《叹五更》什么的放在一处去卖;虽然不久教育部也设立了通俗读物编刊处;可是这个运动,在实施方面,总是枝枝节节没有风起云涌的现象。我知道,这些作品始终没有能到乡间与军队中去——谁出大量的金钱,一印就印五百万份?谁给它们运走?和准否大量的印,准否送到军民中间去?都没有解决。没有政治力量在它的后边,它只能成为一种文艺运动,一种没有什么实效的运动而已。

会员郁达夫与盛成先生到前线去慰劳军队。归来,他们报告给大家:前线上连报纸都看不到,不要说文艺书籍了。士兵们无可如何,只好到老百姓家里去借《三国演义》,与《施公案》一类的闲书。听到了这个,大家更愿意马上写出一些通俗的读物,先印一二百万份送到前线去。我们确是愿意写,可是印刷的经费,与输送的办法呢?没有人能回答。于是,大家只好干着急,而想不出办法来。

八 入川

在武汉,我们都不大知道怕空袭。遇到夜袭,我们必定"登高一望"。探照灯把黑暗划开,几条银光在天上寻找。找到了,它们交叉在一处，照住那银亮的，几乎是透明的敌机。而后，红的黄的曳光弹打上去，高射炮紧跟着开了火。有声有色，真是壮观。

四月二十九与五月三十一日的两次大空战，我们都在高处看望。看着敌机被我机打伤，曳着黑烟逃窜，走着走着，一团红光，敌机打几个翻身，落了下去；有多么兴奋，痛快呀！一架敌机差不多就在我们的头上，被我们两架驱逐机截住，它就好像要孵窝的母鸡似的，有人捉它，它就爬下不动那样，老老实实地被击落。

可是，一进七月，空袭更凶了，而且没有了空战。在我的住处，有一个地洞，横着竖着，上下与四壁都用木柱密密地撑住，顶上堆着沙包。有一天，也就是下午两三点钟吧，空袭，我们入了这个地洞。敌机到了。一阵风，我们听到了飞沙走石；紧跟着，我们的洞就像一只小盒子被个巨人提起来，紧紧的乱摇似的，使我们眩晕。离洞有三丈吧，落了颗五百磅的炸弹，碎片打过来，把院中的一口大水缸打得粉碎。我们门外的一排贫民住房都被打垮，马路上还有两个大的弹坑。

我们没被打死，可是知道害怕了。再有空袭，我们就跑过铁路，到野地的荒草中藏起去。天热，草厚，没有风，等空袭解除了，我的袜子都被汗湿透。

不久，冯先生把我们送到汉口去。武昌已经被炸得不像样子了。千家街的福音堂中了两次弹。蛇山的山坡与山脚死了许多人。

因为我是"文协"的总务主任，我想非到万不得已不离开汉口。我们还时常在友人家里开晚会，十回倒有八回遇上空袭，我们煮一壶茶，灭去灯光，在黑暗中一直谈到空袭解除。邵先生劝我们快走，他的理由是："到了最紧急的时候，你们恐怕就弄不到船位，想走也走不脱了！"

这样，在七月三十日，我，何容，老向与肖伯青（"文协"的干事），便带着"文协"的印鉴与零碎东西，辞别了武汉。只有友人白君和冯先生派来的副官，来送行。

船是一家中国的公司的，可插着意大利旗子。这是条设备齐全，而一切设备都不负责任的船。舱门有门轴，而关不上门；电扇不会转；

衣钩掉了半截;什么东西都有,而全无用处。开水是在大木桶里。我亲眼看见一位江北娘姨把洗脚水用完,又倒在开水桶里!我开始拉痢。

一位军人,带着紧要公文,要在城陵矶下船。船上不答应在那里停泊。他耽误了军机,就碰死在绕锚绳的铁柱上!

船只到宜昌。我们下了旅馆。我继续拉痢。天天有空袭。在这里,等船的人很多,所以很热闹——是热闹,不是紧张。中国人仿佛不会紧张。这也许就是日本人侵华失败的原因之一吧?日本人不懂得中国人的"从容不迫"的道理。

我们求一位黄老翁给我们买票。他是一位极诚实坦白的人,在民生公司做事多年。他极愿帮我们的忙,可是连他也不住的抓脑袋。人多船少,他没法子临时给我们赶造出一只船来。等了一个星期,他算是给我们买到了铺位——在甲板上。我们不挑剔地方,只要不叫我们浮着水走就好。

仿佛全宜昌的人都上了船似的。不要说甲板上,连烟囱下面还有几十个难童呢。开饭,昼夜地开饭。茶役端着饭穿梭似的走,把脚上的泥垢全印在我们的被上枕上。我必须到厕所去,但是在夜间三点钟,厕所外边还站着一排候补员呢!

三峡有多么值得看哪。可是,看不见。人太多了,若是都拥到船头上去观景,船必会插在江里,永远不再抬头。我只能侧目看下面,看到人头——头发很黑——在水里打旋儿。

八月十四,我们到了重庆。上了岸,我们一直奔了青年会去。会中的黄次咸与宋杰人两先生都欢迎我们,可是怎奈宿舍已告客满。这时候重庆已经来了许多公务人员和避难的人,旅馆都有人满之患。青年会宿舍呢,地方清静,床铺上没有臭虫,房价便宜,而且有已经打好了的地下防空洞,所以永远客满。我们下决心不去另找住处。我们知道,在会里——哪怕是地板呢——作候补,是最牢靠的办法。黄先生们想出来了一个办法,教我们暂住在机器房内。这是个收拾会中的器具的小机器房,很黑,响声很大。

天气还很热。重庆的热是出名的。我永远没睡过凉席,现在我没法不去买一张了。睡在凉席上,照旧汗出如雨。墙,桌椅,到处是烫的;人仿佛是在炉里。只有在一早四五点钟的时候,稍微凉一下,其余的时间全是在热气团里。城中树少而坡多,顶着毒花花的太阳,一会儿一爬坡,实在不是好玩的。

四川的东西可真便宜,一角钱买十个很大的烧饼,一个铜板买一束鲜桂圆。好吧,天虽热,而物价低,生活容易,我们的心中凉爽了一点。在青年会的小食堂里,我们花一二十个铜板就可以吃饱一顿。

"文协"的会友慢慢地都来到,我们在临江门租到了会所,开始办公。

我们的计划对了。不久,我们便由机器房里移到楼下一间光线不很好的屋里去。过些日子,又移到对门光线较好的一间屋中。最后,我们升到楼上去,屋子宽,光线好,开窗便看见大江与南山。何容先生与我各据一床。他编《抗到底》,我写我的文章。他每天是午前十一点左右才起来。我呢,到十一点左右已写完我一天该写的一二千字。写完,我去吃午饭。等我吃过午饭回来,他也出去吃东西,我正好睡午觉。晚饭,我们俩在一块儿吃。晚间,我睡得很早,他开始工作,一直到深夜。我们,这样,虽分住一间屋子,可是谁也不妨碍谁。赶到我们偶然都喝醉了的时候,才忘了这互不侵犯协定,而一齐吵嚷一回。

我开始正式的去和富少舫先生学大鼓书。好几个月,才学会了一段《白帝城》,腔调都摹拟刘(宝全)派。学会了这么几句,写鼓词就略有把握了。几年中,我写了许多段,可是只有几段被富先生们采用了:

《新拴娃娃》(内容是救济难童),富先生唱。

《文盲自叹》(内容是扫除文盲),富先生唱。

《陪都巡礼》(内容是赞美重庆),富贵花小姐唱。

《王小赶驴》(内容是乡民抗敌),董莲枝女士唱。

以上四段,时常在陪都演唱。其中以《王小赶驴》为最弱,因为董女士是唱山东犁铧大鼓的,腔调太缓慢,表现不出激昂慷慨的情调。

于此,知内容与形式必求一致,否则劳而无功。

我也开始写旧剧剧本——用旧剧的形式写抗战的故事。这没有多大的成功。我只听说有一两出曾在某地表演过,我可是没亲眼看到。旧剧,因为是戏剧,比鼓词难写多了。最不好办的是教现代的人穿行头,走台步;不如此吧,便失去旧剧之美;按葫芦挖瓢吧,又使人看着不舒服;穿时装而且歌且舞吧,又像文明戏。没办法!

这时候,我还为《抗到底》写长篇小说——《蜕》。这篇东西没能写成。《抗到底》后来停刊了,我就没再往下写。

转过年来,二十八年之春,我开始学写话剧剧本。对戏剧,我是十成十的外行,根本不晓得小说与剧本有什么分别。不过,和戏剧界的朋友有了来往,看他们写剧,导剧,演剧,很好玩,我也就见猎心喜,决定瞎碰一碰。好在,什么事情莫不是由试验而走到成功呢。我开始写《残雾》。

初夏,"文协"得到战地党政工作委员会的资助,派出去战地访问团,以王礼锡先生为团长,宋之的先生为副团长,率领罗烽,白朗,葛一虹等十来位先生,到华北战地去访问抗战将士。

同时,慰劳总会组织南北两慰劳团,函请"文协"派员参加。理事会决议:推举姚蓬子,陆晶清两先生参加南团,我自己参加北团。

这是在五三、五四敌机狂炸重庆以后。重庆的房子,除了大机关与大商店的,差不多都是以竹篾为墙,上敷泥土,因为冬天不很冷,又没有大风,所以这种简单、单薄的建筑满可以将就。力气大的人,一拳能把墙砸个大洞。假若鲁智深来到重庆,他会天天闯祸的。这种房子盖得又密密相连,一失火就烧一大片。火灾是重庆的罪孽之一。日本人晓得这情形,所以五三、五四都投的是燃烧弹——不为炸军事目标,而是蓄意要毁灭重庆,造成恐怖。

前几天,我在公共防空洞里几乎憋死。人多,天热,空袭的时间长,洞中的空气不够用了。五三、五四我可是都在青年会里,所以没受到什么委屈。五四最糟,警报器因发生障碍,不十分响;没有人准知道是否有了空袭,所以敌机到了头上,人们还在街上游逛呢。火,四面八方全是火,人死得很多。我在夜里跑到冯先生那里去,因为青年会附近全是火场,我怕被火围住。彻夜,人们像流水一般,往城外搬。

经过这个大难,"文协"会所暂时移到南温泉去,和张恨水先生为邻。我也去住了几天。人心慢慢地安定了,我回渝筹备慰劳团与访问团出发的事情。我买了两身灰布的中山装,准备远行。此后,我老穿着这样的衣服。下过几次水以后,衣服灰不灰,蓝不蓝,老在身上裹着,使我很像个清道夫。吴组缃先生管我的这种服装叫作斯文扫地的衣服。

"文协"当然不会给我盘缠钱,我便提了个小铺盖卷,带了自己的几块钱,北去远征。

在起身以前,我写完了《残雾》。没加修改,便交王平陵先生去发表。我走了半年。等我回来,《残雾》已上演过了,很成功。导演是马彦祥先生,演员有舒绣文、吴茵、孙坚白、周伯勋诸位先生。可惜,我没有看见。

慰劳团先到西安,而后绕过潼关,到洛阳。由洛阳到襄樊老河口,而后出武关再到西安。由西安奔兰州,到由兰州榆林,而后到青海、绥远、宁夏、兴集,一共走了五个多月,两万多里。

这次长征的所见所闻,都记在《剑北篇》里——一部没有写完,而且不大像样的,长诗。在陕州,我几乎被炸死。在兴集,我差一点被山洪冲了走。这些危险与兴奋,都记在《剑北篇》里,即不多赘。

王礼锡先生死在了洛阳,这是文艺界极大的一个损失!

九 由川到滇

从二十九年起,大家开始感觉到生活的压迫。四川的东西不再便宜了,而是一涨就涨一倍地天天往上涨。我只好经常穿着斯文扫地的衣服了。我的香烟由使馆降为小大英,降为刀牌,降为船牌,再降为四川土产的卷烟——也可美其名曰雪茄。别的日用品及饮食也都随着香烟而降格。

生活不单困苦,而且也不安定。二十八,二十九,三十,这三年,日本费尽心机,用各种花样来轰炸。有时候是天天用一二百架飞机来炸重庆,有时候只用每次三五架,甚至于一两架,自晓至夜的施行疲劳轰炸,有时候单单在人们要睡觉,或睡的正香甜的时候,来捣乱。日本人大概是想以轰炸压迫政府投降。这是个梦想。中国人绝不是几个或几千个炸弹所能吓倒的。虽然如此,我在夏天可必须离开重庆,因为在防空洞里我没法子写作。于是,一到雾季过去,我就须预备下乡,而冯先生总派人来迎接:"上我这儿来吧,城里没法子写东西呀!"二十九年夏天,我住在陈家桥冯公馆的花园里。园里只有两间茅屋,归我独住。屋外有很多的树木,树上时时有各种的鸟儿为我——也许为它们自己——唱歌。我在这里写《剑北篇》。

雾季又到,回教协会邀我和宋之的先生合写以回教为主题的话剧。我们就写了《国家至上》。这剧本,在重庆,成都,昆明,大理,香港,桂林,兰州,恩施,都上演过。他是抗战文艺中一个成功的作品。因写这剧本,我结识了许多回教的朋友。有朋友,就不怕穷。我穷,我的生活不安定,可是我并不寂寞。

二十九年冬,因赶写《面子问题》剧本,我开始患头晕。生活苦了,营养不足,又加上爱喝两杯酒,遂患贫血。贫血遇上努力工作,就害头晕——一低头就天旋地转,只好静卧。这个病,至今还没好,每年必犯一两次。病一到,即须卧倒,工作完全停顿!着急,但毫无办法。有人说,我的作品没有战前的那样好了。我不否认。想想看,抗战中,我是到处流浪,没有一定的住处,没有适当的饭食,而且时时有晕倒的危险,我怎能写出字字珠玑的东西来呢?

三十年夏,疲劳轰炸闹了两个星期。我先到歌乐山,后到陈家桥去住,还是应冯先生之邀。这时候,罗莘田先生来到重庆。因他的介绍,我认识了清华大学校长梅贻琦先生,梅先生听到我的病与生活状况,决定约我到昆明去住些日子。昆明的天气好,又有我许多老友,我很愿意去。在八月下旬，我同莘田搭机，三个钟头便到了昆明。

我很喜爱成都，因为它有许多地方像北平。不过，论天气，论风景，论建筑，昆明比成都还更好。我喜欢那比什刹海更美丽的翠湖，更喜欢昆明湖——那真是湖，不是小小的一汪水，像北平万寿山下的人造的那个。土是红的，松是绿的，天是蓝的，昆明的城外到处像油画。

更使我高兴的，是遇见那么多的老朋友。杨今甫大哥的背有点驼了，却还是那样风流儒雅。他请不起我吃饭，可是也还烤几罐土茶，围着炭盆，一谈就和我谈几点钟。罗膺中兄也显着老，而且极穷，但是也还给我包饺子，煮俄国菜汤吃。郑毅生，陈雪屏，冯友兰，冯至，陈梦家，沈从文，章川岛，段喆人，闻一多，萧涤非，彭啸咸，查良钊，徐旭生，钱端升诸先生都见到，或约我吃饭，或陪我游山逛景。这真是快乐的日子。在城中，我讲演了六次；虽然没有什么好听，听众倒还不少。在城中住腻，便同莘田下乡。提着小包，顺着河堤慢慢地走，风景既像江南，又非江南；有点像北方，又不完全像北方；使人快活，仿佛是置身于一种晴朗的梦境，江南与北方混在一起而还很调谐的，只有在梦中才会偶尔看到的境界。

在乡下，我写完了《大地龙蛇》剧本。这是受东方文化协会的委托，而始终未曾演出过的，不怎么高明的一本剧本。

认识一位新朋友——查阜西先生。这是个最爽直，热情，多才多艺的朋友。他听我有愿看看大理的意思，就马上决定陪我去。几天的工夫，他便交涉好，我们坐两部运货到畹汀的卡车的高等黄鱼。所谓高等黄鱼者，就是第一不要出钱，第二坐司机台，第三司机师倒还请我们吃酒吃烟——这当然不在协定之内，而是在路上他们自动这样做的。两位司机师都是北方人。在开车之前他们就请我们吃了一桌酒席！后来，有一位摔死在澜沧江上，我写了一篇小文悼念他。

到大理，我们没有停住，马上奔了喜洲镇去。大理没有什么可看的，不过有一条长街，许多卖大理石的铺子而已。它的城外，有苍山洱海，才是值得看的地方。到喜洲镇去的路上，左是高山，右是洱海，真是置身图画中。喜洲镇，虽然是个小镇子，却有宫殿似的建筑，小街左右都流着清清的活水。华中大学由武昌移到这里来，我又找到游泽丞教授。他和包漠庄教授，李何林教授，陪着我们游山泛水。这真是个美丽的地方，而且在赶集的时候，能看到许多夷民。

极高兴地玩了几天，吃了不知多少条鱼，喝了许多的酒，看了些古迹，并对学生们讲演了两三次，我们依依不舍地道谢告辞。在回程中，我们住在了下关等车。在等车之际，有好几位回教朋友来看我，因为他们演过《国家至上》。查阜西先生这回大显身手，居然借到了小汽车，一天便可以赶到昆明。

在昆明过了八月节，我飞回了重庆来。

十　写与游

这时候，我已移住白象街新蜀报馆。青年会被炸了一部分，宿舍已不再办。

夏天，我下乡，或去流荡；冬天便回到新蜀报馆，一面写文章，一面办理"文协"的事。"文协"也找到了新会所，在张家花园。

物价像发疯似的往上涨。文人们的生活都非常的困难。我们已不能时常在一处吃饭喝酒了，因为大家的口袋里都是空空的。"文协"呢有许多会员到桂林和香港去，人少钱少，也就显着冷落。可是，在重庆的几个人照常的热心办事，不肯教它寂寞地死去。办事很困难，只要我们动一动，外边就有谣言，每每还遭受了打击。我们可是不灰心，也不抱怨。我们诸事谨慎，处处留神。为了抗战，我们甘心忍受一切的委屈。

我的身体也越来越坏，本来就贫血，又加上时常"打摆子"（川语，管疟疾叫打摆子），所以头晕病更加重了。

不过，头晕并没完全阻止了我的写作。只要能挣扎着起床，我便拿起笔来，等头晕得不能坐立，再把它放下。就是在这么挣扎着的情形下，八年中我写了：

鼓词，十来段。旧剧，四五出。话剧，八本。短篇小说，六七篇。长篇小说，三部。长诗，一部。此外还有许多篇杂文。

这点成绩，由质上量上说都没有什么了不起。不过，把病痛，困苦，与生活不安定，都加在里面，即使其中并无佳作，到底可以见出一点努力的痕迹来了。

书虽出了不少，而钱并没拿到几个。战前的著作大致情形是这样的：商务的三本（《老张的哲学》《赵子曰》《二马》），因沪馆与渝馆的失去联系，版税完全停付；直到三十二年才在渝重排。《骆驼祥子》《樱海集》《牛天赐传》《老牛破车》四书，因人间书屋已倒全无消息。到三十一年，我才把《骆驼祥子》交文化生活出版社重排。《牛天赐传》到最近才在渝出版。《樱海集》与《老牛破车》都无机会在渝付印。其余的书的情形大略与此相同，所以版税收入老那么似有若无。在抗战中写的东西呢，像鼓词，旧剧等，本是为宣传抗战而写的，自然根本没想到收入。话剧与鼓词，目的在学习，也谈不到生意经。只有小说能卖，可是因为学写别的体裁，小说未能大量生产，收入就不多。

不过，写作的成绩虽不好，收入也虽欠佳，可是我到底学习了一点新的技巧与本事。这就"不虚此写"！一个文人本来不是商人，我又何必一定老死盯着钱呢？没有饿死，便是老天爷的保佑；若专算计金钱，而忘记了多学习，多尝试，则未免挂羊头而卖狗肉矣。我承认八年来的成绩欠佳，而不后悔我的努力学习。我承认不计较金钱，有点愚蠢，我可也高兴我肯这样愚蠢；天下的大事往往是愚人干出来的。

有许多去教书的机会，我都没肯去：一来是，我的书籍，存了济南，已全部丢光；没有书自然没法教书。二来是，一去教书，势必就耽误了乱写，我不肯为一点固定的收入而随便搁下笔。笔是我的武器，我的资本，也是我的命。

三十一年夏天，我随冯先生去游灌县与青城山。

我真喜爱青城山。它的翠绿的颜色直到如今还印在我的脑中。三峡,剑门,华山,终南,祁连山我都看过了,它们都有它们的特点,都有它们的奇伟处,可是我觉得它们都不如青城。我是喜安静的人,所以特别喜欢青城的幽寂。

可惜,我没能到峨嵋去!四川真伟大,有多少奇山异水可看呀!一个人若能走遍了四川,也就够开眼的了!就是在重庆那么乱的山城里,它到底有许多青峰,和两条清江可以作诗料呀!

我爱花,即使不能去看高山大川,我的案头一年四季总有一瓶鲜花给我一点安慰。梅,各色的梅;腊梅,各种的腊梅;杜鹃,茶花,水仙,菊,和各种的花,都能在街头买到。看着花,我想像着那山腰水滨的美丽,便有些乐不思"离"蜀矣!

十一 在北碚

北碚是嘉陵江上的一个小镇子,离重庆有五十多公里,这原是个很平常的小镇市;但经卢作孚与卢子英先生们的经营,它变成了一个"试验区"。在抗战中,因有许多学校与机关迁到此处,它又成了文化区。此地出煤。在许多煤矿中,天府公司且有最新的设备与轻便铁路。原有的手工业是制造石器——石砚及磨石等——与挂面,现在又添上小的粉面厂与染织厂。

这里的学校是复旦大学,体育专科学校,戏剧专科学校,重庆师范,江苏省立医学院,兼善中学和勉仁中学等。迁来的机关有国立编译馆,礼乐馆,中工所,水利局,中山文化教育馆,儿童福利所,江苏医院,教育电影制片厂……有了这么多的学校与机关,市面自然也就跟着繁荣起来。它有整洁的旅舍,相当大的饭馆,浴室,和金店银行。它也有公园,体育场,戏馆,电灯,和自来水。它已不是个小镇,而是个小城。它的市外还有北温泉公园,可供游览及游泳;有山,山上住着太虚大师与法尊法师,他们在缙云寺中设立了汉藏理学院,教育年青的和尚。

二十八、二十九两年，此地遭受了轰炸，炸去许多房屋，死了不少的人。可是随炸随修。它的市容修改得更整齐美丽了。这是个理想的住家的地方。具体而微的，凡是大都市应有的东西，它也都有。它有水路，旱路直通重庆，百货可以源源而来。它的安静与清洁又远非重庆可比。它还有自己的小小的报纸呢。

林语堂先生在这里买了一所小洋房。在他出国的时候，他把这所房交给老向先生与"文协"看管着。因此，一来这里有许多朋友，二来又有住处，我就常常来此玩玩。在复旦，有陈望道、陈子展、章靳以、马宗融、洪深、赵松庆、伍蠡甫、方令孺诸位先生；在编译馆，有李长之、梁实秋、隋树森、阎金锷、老向诸位先生；在礼乐馆，有杨仲子、杨荫浏、卢前、张充和诸位先生；此外还有许多河北的同乡；所以我喜欢来到此处。虽然他们都穷，但是轮流着每家吃一顿饭，还不至于教他们破产。

三十一年夏天，我又来到北碚，写长篇小说《火葬》，从这一年春天，空袭就很少了；即使偶尔有一次，北碚也有防空洞，而且不必像在重庆那样跑许多路。

哪知道，这样一来可就不再动了。十月初，我得了盲肠炎，这个病与疟疾，在抗战中的四川是最流行的；大家都吃平价米，里边有许多稗子与稻子。一不留神把它们咽下去，入了盲肠，便会出毛病。空袭又多，每每刚端起饭碗警报器响了；只好很快地抓着吞咽一碗饭或粥，顾不得细细地挑拣；于是盲肠炎就应运而生。

我入了江苏医院。外科主任刘玄三先生亲自动手。他是北方人，技术好，又有个热心肠。可是，他出了不少的汗。找了三个钟头才找到盲肠。我的胃有点下垂，盲肠挪了地方，倒仿佛怕受一刀之苦，而先藏躲起来似的。经过还算不错，只是外边的缝线稍粗（战时，器材缺乏），创口有点出水，所以多住了几天院。

我还没出院，家眷由北平逃到了重庆。只好叫他们上北碚来。我还不能动。多亏史叔虎，李效庵两位先生——都是我的同学——设法给他们找车，他们算是连人带行李都来到北碚。

从这时起,我就不常到重庆去了。交通越来越困难,物价越来越高;进一次城就仿佛留一次洋似的那么费钱。除了"文协"有最要紧的事,我很少进城。

妻絜青在编译馆找了个小事,月间拿一石平价米,我照常写作,好歹地对付着过日子。

按说,为了家计,我应去找点事做。但是,一个闲散惯了的文人会做什么呢?不要说别的,假若在从武汉撤退的时候,我若只带二三百元(这并不十分难筹)的东西,然后一把捣一把地去经营,说不定我就会成为百万之富的人。有许多人,就是这样的发了财的。但是,一个人只有一个脑子,要写文章就顾不得做买卖,要做生意就不用写文章。脑子之外,还有志愿呢。我不能为了金钱而牺牲了写作的志愿。那么,去做公务人员吧?也不行!公务人员虽无发国难财之嫌,可是我坐不惯公事房。去教书呢,我也不甘心。教我放下毛笔,去拿粉笔,我不情愿。我宁可受苦,也不愿改行。往好里说,这是坚守自己的岗位;往坏里说,是文人本即废物。随便怎么说吧,我的老主意。

我戒了酒。在省钱而外,也是为了身体。酒,到此时才看明白,并不帮忙写作,而是使脑子昏乱迟钝。

我也戒烟。这却专为省钱。可是,戒了三个月,又吸上了。不行,没有香烟,简直活不下去!

既不常进城,我开始计划写一部百万字的长篇小说。一百万字,我想,能在两年中写完;假若每天能照准写一千五百字的话。三十三年元月,我开始写这长篇——就是《四世同堂》。

可是,头昏与疟疾时常来捣乱。到三十三年年底,我才只写了三十万字。这篇东西大概非三年写不完了。

北碚虽然比重庆清静,可是夏天也一样的热。我的卧室兼客厅兼书房的屋子,三面受阳光的照射,到夜半热气还不肯散,墙上还可以烤面包。我睡不好。睡眠不足,当然影响到头昏。屋中坐不住,只好到室外去,而室外的蚊子又大又多,扇不停挥,它们还会乘机而入,把疟虫注射在人身上。"打摆子"使贫血的人更加贫血。

三十三年这一年又是战局最黑暗的时候,中原,广西,我们屡败;敌人一直攻进了贵州。这使我忧虑,也极不放心由桂林逃出来的文友的安全。忧虑与关切也减低了我写作的效率。

十二 望北平

三十三年四月十六日,"文协"开年会。第二天,朋友们给我开了写作二十年纪念会,到会人很多,而且有朗诵,大鼓,武技,相声,魔术等游艺节目。有许多朋友给写了文章,并且送给我礼物。到大家叫我说话的时候,我已泣不成声。我感激大家对我的爱护,又痛心社会上对文人的冷淡,同时想到自己的年龄加长,而碌碌无成,不禁百感交集,无法说出话来。

这却给我以很大的鼓励。我知道我写作成绩并不怎么好;友人们鼓励我,正像鼓励一个拉了二十年车的洋车夫,或辛苦了二十年的邮差,虽然成绩欠佳,可是始终尽责不懈。那么,为酬答友人的高情厚谊,我就该更坚定地守住岗位,专心一志地去写作,而且要写得更用心一些。我决定把《四世同堂》写下去。这部百万字的小说,即使在内容上没什么可取,我也必须把它写成,成为从事抗战文艺的一个较大的纪念品。

三十三年的战局很坏,我可是还天天写作。除了头昏不能起床,我总不肯偷懒。这一年,《四世同堂》得到三十万字。

三十四年,我的身体特别坏。年初,因为生了个小女娃娃,我睡得不甚好,又患头晕。春初,又打摆子。以前,头晕总在冬天。今年,夏天也犯了这病。秋间,患痔,拉痢。这些病痛时常使我放下笔。本想用两年的工夫把《四世同堂》写完,可是到三十四年年底,只写了三分之二。这简直不是写东西,而是玩命!

抗战胜利了,我进了一次城。按我的心意,"文协"既是抗敌协会,理当以抗战始,以胜利终。进城,我想结束结束会务,宣布解散。朋友们可是一致地不肯使它关门。他们都愿意把"抗敌"取销,成为永久的文艺协会。于是,大家开始筹备改组事宜,不久便得社会部的许可,发下许可证。

关于复员,我并不着急。一不营商,二不求官,我没有忙着走的必要。八年流浪,到处为家;反正到哪里,我也还是写作,干吗去挤车挤船的受罪呢?我很想念家乡,这是当然的。可是,我既没钱去买黑票,又没有衣锦还乡的光荣,那么就叫北平先等一等我吧,写了一首"乡思"的七律,就拿它结束这段"八方风雨"吧:

茫茫何处话桑麻?破碎山河破碎家;
一代文章千古事,余年心愿半庭花!
西风碧海珊瑚冷,北岳霜天羚角斜;
无限乡思秋日晚,夕阳白发待归鸦!

三十四年十二月二十八日于四川北碚
原载1946年4月4日至5月16日北平《新民报》